순결한 탐정 김재건과

춤추는 꼭두각시

순결한 탐정 김재건과

춤추는 꼭두각시

박하루
탐정소설

엘릭시르

차례

1. 의뢰 ——— 007

2. 교주 ——— 028

3. 오후 ——— 082

4. 엑스포 ——— 094

5. 선예 ——— 136

6. 범죄자들 ——— 162

7. 스캔들 ——— 177

8. 조각들 ——— 212

9. 꼭두각시들 ——— 246

10. 재회 ——— 288

11. 꼭두각시 춤 ——— 321

12. 탐정은 결코 먼저 움직이지 않아 ——— 385

작가 후기 ——— 393

1 의뢰

“요약해보죠. 친한 친구가 애인 문제로 상담해 왔는데 알고 보니까 그 친구 애인이라는 사람은 오랫동안 생이별한 채 소식도 모르고 있던 친오빠였다, 이건가요?”

의뢰인을 앞에 두고 재건은 말했다.

“아니죠! 그게 핵심이 아니라, 그 오빠가 이상한 종교에 빠져 실종됐다는 게 핵심이죠. 제일 중요한 걸 빼먹으면 어떡해요?”

선예가 말했다. 처음부터 이 허술해 보이는 탐정에게 기대를 갖지 않았다. 그를 찾은 것은 순전히 지인의 소개 때문이었다. 기적 같은 사건 해결 능력을 보여준다고 침을 튀기며 추천한 탓에 지푸라기라도 잡는 심경으로 만나러 온 것이다.

하지만 탐정이 다 뭔가. 말이 탐정이지 뺀질거리는 양복과 말투는 영락없는 불법 용역 업체 사장이다. 그렇지만 경찰은 기다리라고만 했고 방송국은 몇 번 취재를 시도하더니 느닷없이 취재 불가를 통보했다. 이제는 더 의지할 곳이 없었다.

“그 사이비 종교……의 교주가 과학으로 검증되지 않는 초능력을 쓰나요?”

“아뇨. 에, 어쩌면? 아니, 잘은 모르지만 아닐걸요.”

“아니면 교주의 정체가 인간이 아니라든가?”

“설마요.”

“아니면 신도들이 환각 상태에 빠져서 단체로 폭동을 일으킨다든가?”

“그 정도는 아니에요.”

“그럼 대체 뭐가!”

탐정은 소리쳤다.

“뭐가 이 환상의 탐정 김재건이 해결해야 할 일이란 거죠? 널리고 널린 사이비 종교잖아. 홈페이지 못 봤어요?”

“그야…….”

재건은 숨을 크게 들이마시더니 포효하듯 말을 쏟아냈다.

“인간의 상식으로는 풀 수 없는 미궁 속의 사건, 과학으로는 검증되지 않는 초자연적인 현상, 다른 세계에서 온 존재와 관련된 수수께끼, 그 밖에 전 세계를 지배하려는 비밀 조직의 음모라든지, 은밀히 나라를 전복하려는 테러 범죄 전문. 상식을 파괴하고 현실을 뛰어넘는 초월 탐정 김, 재, 건."

"그런 것만 찾다가 굶어 죽겠다!"

어디선가 조그마한 아이가 나타나 탐정의 뒤통수를 후려쳤다. 중학생 정도로 보이는 남자아이였다. 남자아이? 선예는 잠시 판단을 보류했다. 여자들이 할 법한 쇼트커트에 하이 톤 목소리, 젖살이 채 빠지지 않은 앙증맞은 볼, 그리고 새침한 표정. 아니, 분명 남자아이다. 하지만 여자아이라 소개한다 해도 믿길 외모였다.

"이 버릇없는 녀석을 보게. 아무 사건이나 받다가는 초월 탐정이라는 이름이 무의미해진다고."

"무의미고 자시고 지금은 아무도 그런 이름을 모르거든요? 뭐라도 의뢰를 받아야 이름이 알려지든 하지!"

"훗. 송사리 같은 명성 따윈 필요 없다고. 난 대한민국 유일! 아니, 세계 유일의 초월 탐정이니까."

선예는 자리에서 벌떡 일어났다. 더는 들을 필요가 없었다. 경찰과 똑같았다. 의뢰를 진지하게 받아들이지 않는 탐정에게 무슨 말을 한다는 말인가.

"송사리 같은 의뢰라 죄송하게 됐네요. 그럼 저는 이만."

하고는 몸을 홱 돌려 걸어나간다. 소녀, 아니 소년은 부리나케 달려가 선예의 앞을 막아섰다.

“우아앗! 죄송해요, 고객님. 우리 탐정님이, 아니, 탐정 놈이 아직 영업에 서툴러서 저러는데, 아마 본심은 아닐 거예요. 다른 건 몰라도 실력만큼은 최고니까 조금만 양해해주시면, 정말 만족할 만한 결과로 보답해드리니까, 그러니 잠시만…….”

“물론…….”

재건도 자리에서 일어났다. 그러더니 뒷짐을 지고 걸어나오며 잘난 척하는 말투로 말한다.

“제가 제공하는 것만큼의 서비스는 전 세계 어디에서도 찾으실 수가 없을 겁니다.”

천천히 문으로 다가온다. 선예는 화가 난 표정이었고 그 앞을 막아선 소년은 어쩔 줄을 몰라 하는 표정이었지만 재건은 커피 광고라도 찍는 듯 여유로운 얼굴이었다.

“왜냐하면 요 기능에서 여타 수사기관과 차원이 다르기 때문이죠.”

하며 관자놀이를 집게손가락으로 두드린다. 말을 마친 재건은 날래게 몸을 움직여 문 앞을 막아서더니 팔을 벌린다. 자세를 낮추고 날카로운 시선으로 쳐다보는 게 페널티킥을 막으려는 골키퍼 같다.

“됐거든요? 지금 장난하는 것도 아니고. 어이가 없어서, 정말.”

선예는 재건을 밀치고 문을 나서려 했다. 하지만 재건은 선예의 앞을 철저히 마크했다. 선예는 짜증을 내며 핸드백으로 재건의 어깨를 내려쳤다. 하지만 재건은 꿋꿋하게 길을 내주지 않았다.

"부탁인데 잠시만 더 들어주시면 안 될까요? 사정이 어려운 것 같은데 우리가 이런 일은 진짜 프로라서 장담할 수 있거든요.

아저씬 끝까지 잘난 척이에요? 당장 무릎을 꿇고 머리를 조아려도 모자랄 판에!"

소년은 필사적이었다. 선예는 애처롭게 쳐다보는 소년을 차마 뿌리칠 수 없었다.

"그 녀석 말 듣는 게 좋을 겁니다. 기회는 쉽게 찾아오는 게 아니거든요."

"댁은 가만히 있어!"

끝까지 초를 치는 재건이었다.

결국 선예는 다시 소파에 앉았다. 소년은 부리나케 코코아도 내오고 겉옷을 받아 옷걸이에 걸었다. 사무실 안이 조금 싸늘하다고 판단했는지 난로도 가지고 와 틀어주었다. 그사이 재건은 딴청을 부리고 있었다.

소년의 이름은 마곤이라고 했다. 호칭으로 보아 친족 관계는 아닌 듯했다. 아르바이트생인가? 그렇게 보기에는 둘 사이가 지나치게 허물 없어 보인다. 사무실은 이상한 곳이었다. 벽에는 곰팡이가 슬어 있고 장식장은 피규어나 프라모델 같은 장난감으로 가득했다. 위치도 별스럽기 그지없었다. 사무실은 뜬금없이 용산 나진상가에 자리해 있었다. 처음 주소를 확인했을 때 설마 전자 상가 한복판에 탐정 사무소가 있을까 하고 생각했다. 그런데 정말로 전자 상가 한복판이었다. 두리번거리는 손님들과 분주히 물건을 나르는 직원들과 각종 컴퓨터 부품으로 어수선하기 그지없는 곳이었다.

탐정이라는 자의 차림새도 우스꽝스러웠다. 키는 훤칠했다. 키가 작은 편인 선예가 올려다봐야 할 만큼 키가 컸다. 그는 제법 비싸 보이는 정장을 입고 있었으나 선예는 순간적인 눈썰미로 몇몇 부분을 짚어냈고 (비록 사적인 만남은 아니었지만) 종합 점수로 낙제점을 매겼다. 일단, 어느 시대 콘셉트인지 모를 만큼 머리가 덥수룩했다. 파란색 와이셔츠는 단추가 풀린 채 칼라가 삐져나와 건달처럼 보였다. 무엇보다, 반반한 얼굴 덕에 다른 모든 요소를 덮어둔다 할지라도 저 알록달록한 발목 양말과 꼬질꼬질한 운동화는 용납할 수 없었다.

"흠."

부산스러운 마곤의 접대가 끝나자 재건은 입을 열었다.

"조금 전의 말은 사과드리겠습니다. 죄송합니다."

"이제 와서요?"

선예는 여전히 가시가 돋친 말투였다.

"제가 조금, 예민한 상태였거든요. 무려 세 달 동안! 그동안 있었던 의뢰가 전부 불륜 조사였다니 믿어지십니까?"

"그걸 전부 거절한 탓에 지금 우리는 가스비도 못 내고 있다고요! 이 겨울에!"

"생각을 하게, 친구. 두뇌를 써. 그때 소모되는 열량이 자네 몸을 충분히 따뜻하게 덥혀줄 테니."

"헛소리하지 마요! 생각은 무슨 생각!"

"자네가 어제 노트북으로 본 살색 동영상을 복기한다든가?"

"무슨 소리야! 그런 걸 복기하는 사람이 어디 있어?"

"음, 반박의 초점이 묘하군. 그 말은 '어제' '네'가 '살색 동영상을' '노트북으로 봤다'는 사실은 부정하지 않는 건가? 가만있자, 재생 기록을 조회해보면 이 녀석의 취향을 엿볼 수 있겠네요. 너 재생 정보 삭제는 잘하고 있니?"

재건은 책상 위에 놓인 노트북을 들어올리며 말한다.

"시끄러! 안 봤다고! 그런 말 하면서 진짜로 노트북 꺼내 들지 마!"

마곤은 재건을 타고 오르다시피 해서 손에 든 노트북을 빼앗아 들었다.

"이 모양이군요."

선예가 말했다.

"이 모양이죠. 뭐, 오해는 없으셨음 합니다. 이 정도는 보통이니까요."

재건은 말했다.

"알았어요. 왠지 그런 것에 열 내면 제가 지는 것 같은 기분이네요. 원래 이런 식이란 거죠? 여기는."

하며 어수선한 장식장을 둘러본다. 마곤은 손으로 부채질을 하며 소파에 등을 기댄다.

"흔히 있는 일이죠. 아니, 저 또래에선 안 그런 애가 없다고 봐야 돼요. 놀랍고 신비로운 동영상으로 밤을 새우는 게."

"아직까지 그 얘기였어!"

마곤은 다시 벌떡 일어난다.

"앉아요, 귀여운 소년. 제발 우리 이야기를 진전시키자고요."

"그래, 앉으렴. 일단 이야기를 더 들어보도록 하죠."

마곤은 씩씩거리며 자리에 앉았다.

선예는 가방 속에서 스프링 노트를 꺼냈다. 신문 스크랩북이었다. 재건은 호오, 하는 소리를 내며 넘어가는 페이지를 훔쳐보았다. 노트는 제법 두꺼웠지만 전부 이번 사건에 해당하는 것은 아닌 듯했다. 그렇다면 스크랩은 평소의 습관이다.

선예는 노트를 펼쳐 재건의 앞에 던졌다. 그것을 본 재건은 반사적으로 자리에서 일어났다.

"이건!"

"이런 거엔 관심이 생기나 보죠?"

재건은 신문을 잡아 뜯어 코를 박고 들여다보았다.

"이봐요! 스크랩을 뜯으면 어떡해요!"

"쏘리, 쏘리. 그러니까 이 녀석이란 얘기죠? 배다른 오라버니를 홀린 녀석이! 왜 이것부터 말 안 했어요?"

"얘기할 틈이라도 줬나요? 그리고 배다른 오빠란 얘긴 안 했거든요?"

"이런 사건이라면 대환영이지! 난 기승전결이 싫단 말이야. 모든 사건은 본론부터 파헤쳐야 해. 나머지는 눈속임에 불과하니까!"

재건은 몸을 부르르 떨었다.

"뭔데 그래요?"

마곤은 신문을 낚아챘다. 헤드라인은 이렇게 씌어 있었다.

청춘을 사로잡은 멘토 꼭두각시, 그는 누구인가?

"꼭두각시? 어디서 본 것 같은데."

"텔레비전에서 봤겠지. 아니면 여기서 봤다거나."

재건은 사무실 안쪽으로 달려 들어가 큼지막한 백과사전만 한 두께의 서류철을 들고 나왔다.

"이건 제 자료집이죠. 국내의 각종 주요 인물과 주시할 만한 현상을 스크랩하고 메모해둔 건데요."

재건은 단번에 한 페이지를 폈다. 자주 펼쳐본 듯 익숙한 손놀림이었다.

"지켜보고 있던 놈입니다. 행보도 수상하고 생긴 것도 수상하고 말하는 것도 수상해서 언젠가 건드려보려고 벼르고 있었어요. 그런데 이렇게 가지고 오시다니!"

선예가 가져온 신문지 조각, 그리고 재건이 펼친 자료에는 기괴한 차림의 사내—체형으로 봐서 그는 남자가 틀림없었다—의 사진이 실려 있었다. 얼굴은 치렁치렁한 헝겊—차라리 걸레라고 부르는 편이 나아 보였지만—으로 감싸고 통이 긴 마술사 모자를 쓰고 있었다. 눈은 잠자리처럼 크고 둥그런 모양이었는데 검은 철망 같은 것이 격자처럼 덮여 있었다. 코트인지 망토인지 모를 치렁치렁한 옷은 어디가 소매이고 어디가 앞섶인지 알 수 없을 만큼 어수선했다.

한마디로 기괴한 겉모습이었다. 마곤은 방송에서 웬 광대가 나와 춤을 추던 것을 떠올렸다. 그때는 그저 코미디언이겠거니 생각했을 뿐이다.

"뭐하는 놈이죠?"

마곤은 물었다.

재건은 기다렸다는 듯이 브리핑을 시작했다.

"처음 이자가 주목을 받은 것은 작년 구월. 수수께끼의 의인으로 처음 이슈가 됐죠. 공사중이라 스크린 도어가 열려 있던 지하철 철로로 취객이 떨어졌습니다. 열차 불빛이 터널 안쪽에서 막 달려들고 있던 상황, 모두들 자기 생명과 취객에게 남은 생명을 저울질하느라 시간을 낭비하던 차에, 가면을 쓴 사람이 달려들어 취객을 구했죠. 그땐 평범한 옷에 가면만 쓰고 있었는데 그 사람을 이전에도 이후에도 봤다는 증언이 없는 걸 봐서는 뛰어들기 전에 가면을 뒤집어쓴 것 같더군요."

재건은 페이지를 넘긴다.

"그 일이 있기 반년쯤 전에 이자는 책을 냈습니다. 제목은 『자기 지배와 해방의 윤리학』. 특이한 점은 저자명이 없었다는 거죠. 그냥 출판사 편집부 이름으로 출판이 됐는데 이후 활동에서도 마찬가지였어요. 그 뒤로 강연을 하고 다녔지만 인기가 있는 편은 아니었다고 합니다. 그럴 수밖에요. 이름도, 심지어 예명도 알려지지 않았고 전적도 경력도 정체도 나이도 모두 불명이었거든요."

"닉네임은 있지 않아요? 여기 기사에서는……."

선예가 지적하자 재건은 말을 잘라 붙이듯 이어나갔다.

"꼭두각시, 라고 하죠. 자신이 붙인 이름이 아닙니다. 저서와 강연에서 등장하는 개념 비슷한 용어인데 유명해진 뒤에 사람들이 그렇게 부르기 시작했죠. 이 사람은 아까 말한 지하철 사건으로 갑자기 주목을 받았어요. 수수께끼의 가면 의인, 정체는 누구인가? 몇몇 기자들이 파고들었는데 알고 보니 정체마저도 미스터리인 수상쩍은 존재였던 거죠.

그런데 점점 유명해졌어요. 이 사건과 비슷한 시기에 어떤 동영상이 폭발적인 조회 수를 기록했거든요. 누가 휴대폰으로 찍은 흔하디흔한 힐링 강연 동영상인데 이게 묘하게 사람 마음을 건드리는 게 있었거든요. 아마 지하철 사건과 맞물려 시너지 효과가 있었을 거예요. 이후로 강연이나 저서도 유명해지고 인터넷에선 팬 카페도 생겨났죠. 그러다가 마침내 대중 강연으로 수십만을 이끌고 다니는 유명 인사가 되었다는 이야기."

"거기까지는 저도 알아요. 이렇게 기사도 잔뜩 나오고 텔레비전에서도 가끔 나오니까요. 뉴스에도 나오고요."

선예는 말했다.

"이 녀석이 알고 보니 사이비 종교 교주였다는 건가요?"

마곤이 물었다.

"그렇지. 딴에는 종교가 아니라고 주장하긴 하지만. 여하튼, 녀석은 실체도 이름도 없어요. 그래서 경찰이 애를 먹고 있는 것 같더라고."

"경찰? 경찰이 왜 이 사람을? 무슨 범죄라도 저지른 거예요? 이 사람 교단에서?"

"아니, 아니. 그렇게 앞지르지 말라고. 이자는 아무 짓도 안 했어. 아직은 말이지. 강연을 하고 돌아다닐 뿐이야. 사이비 종교라고 한 것도 일부 기독교 인사들이 언론 플레이를 해서 그렇게 알려진 것뿐이야. 드러난 것으로만 보자면 이 사람은 교단조차 만들지 않았어. 추종자들 모아서 집회라든가 수련회 같은 걸 정기적으로 열 뿐이지."

"바로 거기에 오빠가 들어간 거예요. 친구며 가족이며 전부 버리고요. 헌금도 엄청 갖다 바친다던데, 그러면 사이비 종교 아닌가요?"

"그들은 종교가 아니라고 주장하고 있다는 거죠. 실제로 어떨지는 직접 살펴봐야 알겠지만."

"경찰은 그 점 때문에 수사를 하는 건가요?"

마곤은 물었다.

"아니. 종교인지 아닌지 경찰이 따질 필요는 없지."

"그럼 왜죠?"

"녀석이 누군지 모르기 때문이야."

재건은 자리에서 일어나 말했다. 안 그래도 키가 큰 재건을 두 사람은 앉은 자리에서 올려다봐야 했다.

"얼굴도 소속도 나이도 이름도 몰라. 저 펑퍼짐한 옷을 봐.

체형조차 알 수 없어. 사람들 앞에서 말할 땐 항상 음성 변조기를 써서 목소리도 알 수 없지. 그야말로 유령 같은 존재야. 그렇다고 법인으로 활동하는 것도 아냐. 강연비나 출연료는 현금으로. 결정적으로 놈은 닉네임조차 만들지 않았어. 사람들이 꼭두각시라고 부르긴 하지만 본인은 그 이름을 거부해. 한마디로 녀석에겐 이름이 없다고."

재건은 폴짝 뛰어 책상을 타넘더니 창가 앞에 섰다. 마치 모놀로그를 연기하듯 과장된 몸짓으로 말을 이었다.

"이름……. 이게 아주 중요하죠. 특히나 이름만 타다닥 입력하면 그 사람에 대한 모든 걸 알 수 있는 경찰에게는요. 경찰 입장에선 그 사람은 무적자라든가 불법 체류자, 난민과 같아요. 당연히 세금도 안 낼 것이고 범죄를 저지른다 해도 추적할 수도 없어요. 설령 잡는다 해도 그 사람을 심판하려면 법리적으로 많은 문제가 있을 겁니다. 드러난 법적 인격과 꼭두각시로 알려진 사람이 동일 인물임을 증명하는 데 엄청난 곤란을 겪을 거예요.

한마디로 불안해진 거지. 공공기관으로서의 불안. 시민과 비시민을 나누는 이분법. 이름은 그저 누군가를 부르는 수단이 아니에요. 오히려 이름은 본질이죠. 전체예요. 사회 체계 속에서 그 사람을 위치 짓는 본질적인 행위예요. 이름을 모르면 그 사람은 존재하지 않아요."

"알쏭달쏭하네요. 그래서 수사를 하는 건가요?"

선예는 말했다.

"뭐어, 본격적으로 수사본부를 설치하거나 하진 않을 겁니다. 본능적으로 아, 저놈 수상한 놈이다, 하는 기분으로 예의 주시할 인물 정도로 올려놓았을 거예요. 적어도 제가 들은 정보에 의하면요. 저도……."

재건은 잠시 끊었다 말했다.

"조사를 시작한 게 그 때문이에요. 극단적으로 익명성을 추구하는 사람이 종종 있긴 하지만 이자는 너무해요. 제 생각엔 뭔가 위험한 일을 꾸미고 있어요, 평범한 사람은 상상도 못 할. 이렇게 철저하게 자기를 드러내지 않으면서 사람들에게 노출되는 건, 음……. 전 이자가 하는 말이 들리거든요. 자, 봐라. 나는 어떤 것으로도 지칭할 수 없다. 난 오로지 내 말과 이 이미지로만 존재한다. 그리고 묻는 거죠. 내가 이 통조림 깡통같이 꽉 막힌 나라에서 무언가를 한다면 너희는 막을 수 있겠는가?"

재건은 창가에 서서 햇빛을 양팔로 가르며 말했다. 조명 속을 뛰어다니는 연극배우처럼.

"그게 그렇게까지 거창한 일일까요?"

마곤은 눈을 찌푸리며 말했다.

"그냥 엔터테이너일 수도 있잖아요. 범죄를 저지른다는 보장도 없는데."

"그래서 지금까지 내가 가만히 있었지! 선예 씨가 올 때까지. 이 순간을 기다리고 있었다고요. 그 수상쩍은 놈을 파헤칠 구실을."

"좀 전까진 송사리 같은 의뢰니 뭐니 했으면서."

선예는 여전히 가시 돋친 어투로 말했다.

"그건 제가 선예 씨를 몰라봐서 그랬던 것입니다. 제 불찰, 제 실수, 다시 사과드립니다. 꾸벅."

"말로만 사과하나요? 아니, 질타하는 게 아니라 지금 '꾸벅'이라고 말로만 했거든요?"

"역시! 예리하시네요. 그래야 내 의뢰인이죠. 그런 서술 트릭을 눈치채시다니."

"트릭도 아니고 그냥 보이거든요? 빳빳하게 서 있는 게."

"그만큼 제가 흥분했다는 뜻이겠죠. 피가 몰리잖아요."

"피가? 어디에요?"

"그야 부드럽고 말랑말랑한……."

"네?"

"둘이 무슨 얘기하는 거예요!"

마곤은 소리쳐 말을 가로막았다.

"못 하는 소리가 없어! 빨리 사건 이야기나 하라고요."

"아니, 이런 얘기 하면 안 되니?"

재건은 눈썹을 있는 대로 비틀며 말했다.

“전 미성년자고, 이분은 의뢰인인데다, 어, 여성분이잖아요! 때와 장소를 가리라고요!”

“때와 장소? 생리적인 이야기를 하는데 그런 게 필요할까?”

“당연하죠! 지금 그걸 말이라고 해요?”

“들어봐. 그건 말이지, 자연스러운 일이고 나에겐 언제나 일어나는 일이야. 특히나 아침에 일어나면 더욱 활성화되지.”

“그렇게 일일이 설명하지 말라고요!”

마곤은 얼굴이 빨개졌다.

“이건 너도 겪는 일이잖아? 더군다나 이건 내 일에선 꼭 필요한 거야. 얼마나 신비로운 일인지, 이 자리에서 열어서 너한테 한번 보여주고 싶다.”

재건은 천천히 소파로 다가왔다.

“그만! 어쩌려고요!”

마곤은 뒤로 물러나다 소파에서 떨어지고 말았다. 선예도 한마디했다.

“말도 안 되는 짓 할 생각 말아요! 나 소리지를 거야.”

“오오, 걱정 마세요. 숙녀분께 그런 자극적인 광경은 보여드리고 싶지 않습니다. 하지만 상상력을 발휘해서 묘사 정도는 할 수 있겠죠."

"묘사도 하지 마!"

선예의 얼굴은 하얗게 질려갔다.

"분홍색의 말랑말랑한 그것은 혈액이 헤모글로빈을 싣고 오면……."

"하지 말라고!" "하지 마!"

두 사람은 동시에 외치며 재건에게 달려들었다. 마곤은 머리로 재건의 배를 들이받았고 선예는 놀라운 점프력으로 튀어 올라 무릎으로 이마를 가격했다. 재건은 그 자리에서 무릎을 꿇고 말았다.

"크헉!"

발파 해체된 건물이 무너져 내리듯, 장신인 재건의 몸은 무릎부터 엉덩이, 그리고 등까지 차례대로 바닥으로 가라앉고 말았다.

끄윽 하는 소리와 함께 잠꼬대 같은 말이 마지막으로 흘러나오면서 재건의 의식은 차차 사라져갔다.

"아침마다 뇌에 산소 공급을 하는 게 중요하다는 말이 뭐가 어때서……."

두 사람은 서로 마주보고는 한숨을 내쉬었다.

"그럼 의뢰는 수락하는 걸로 알고 가볼게요. 자세한 수사

방침은 정해지면 보고해주세요, 변태 탐정님."

그렇게 말하고 선예는 사무실을 나갔다.

"끄응."

재건은 혹이 난 이마에 물수건을 대고 있었다.

"어쩐지, 좀, 엄청난 의뢰인이군요."

마곤은 옆에서 나초 봉지를 끌어안고 노트북으로 영화를 보고 있었다.

"어쩌면 상상 이상의 적인지도 모르겠어."

"누구요? 의뢰인? 꼭두각시?"

"흐음, 그 기술은 평범한 여자의 것이 아닌데 말이야."

"……뭐, 킥이 엄청나긴 했죠."

"내일 당장 움직인다. 아무래도 느낌이 안 좋아. 거기 파일을 보면 반석 교회, 반석 수련원 파트가 있을 거야."

"여기가 놈의 본거지인가요?"

"아니. 자주 출몰하는 곳. 문 닫은 교회 건물을 사들여서 쓰고 있어. 여기서 놈은 광신도들을 길러내는 것 같아."

마곤은 현대식으로 으리으리하게 지어진 교회 건물이 인쇄된 신문 스크랩을 들춰보았다. 첫 번째 사진 지붕 꼭대기에 붙어 있던 십자가는 두 번째 사진부터는 보이지 않았다.

"그보다 봤냐?"

"뭘요?"

"난 못 봤다고. 얻어맞느라."

"그러니까 뭘요?"

"넌 아래 있었잖아."

"뭘 기준으로요?"

"선예 씨는 치마를 입고 있었고."

"……."

"호오, 그 와중에 치마 밑이 걱정되셨다, 이거죠? 이거 고마워서 어쩌죠?"

가느다란 손이 테이블 위에 있던 휴대폰을 집어 든다. 들려 올라가는 휴대폰을 따라 팔의 주인을 추적했다. 재건은 자신이 문이 닫히는 소리를 들었던가 골똘히 생각해본다. 그리고 당황함을 감추려 재빨리 있는 대로 말을 뱉어낸다.

"물론이죠. 처음 봤을 때 느꼈습니다. 향수를 뿌린 지 얼마 안 된 것 같더군요. 지하철역에서 화장을 고쳤겠죠. 코트는 드라이클리닝을 하셨군요. 머리는 미용실 솜씨고요. 여길 찾기 전에 꽤나 긴장을 하셨다는 뜻입니다. 우리 사이는 좀 더 부드러워질 필요가 있습니다. 그렇다면 우리 둘의 공통점을 찾아보는 거죠. 뭐가 있을까요? 선예 씨는 코트, 나는 수트. 선예 씨는 치마, 나는 바지. 선예 씨는 풍성한 파마, 나는 댄디한 커트. 음, 역시 비슷한 것은 우리 둘 다 팬티를 입었다는 사실만이. 그런 거였죠. 굳이 확인 안 해봐도 알 수 있는…….”

재건이 횡설수설하자 선예는 입가에 미소를 머금으며 말했다. 돌로 만들어진 것 같은 딱딱한 미소였다.

“숙녀의 팬티에 관심이 많으신가 봐요. 그렇다면 한번 보여드릴까요?”

도망갈 곳은 없었다. 등은 덫에 걸린 쥐처럼 소파에 파묻혀 있었으니.

“볼 수 있다면 말이죠!”

다시 한번 치마가 펄럭이면서 구두 뒷굽이 얼굴로 날아왔다.

재건은 아무것도 볼 수 없었다.

2 교주

서초구에 위치한 반석 교회의 연원은 그리 길지 않다. 종교인이라면 누구나 이름 한 번은 들어봤을 법한 큰 교회의 부목사 중 한 명이었던 조기룡이 교단과 마찰을 일으키고 독립해 나와 일가의 재력을 동원하여 세운 교회가 반석 교회였다. 교인들 사이에서는 나름대로 명망이 있고 교단 내에서도 한 세력을 차지하던 그였기에 새로운 교회에서의 포부 역시 작지 않았지만 그의 교회는 연 지 일 년 만에 문을 닫고 말았다. 무리한 성전 건설로 인한 빚 때문에 내부 갈등이 심했고 결정적으로 조기룡이 개인 비리로 실형을 받게 되어 교회는 풍비박산이 나고 말았다. 하나님 나라를 위한 전진기지라는 야심 찬 슬로건을 내건 교회는 건물만 남기고 사라지고 말았다.

문제는 건물의 처리였다. 건물에 대한 권리는 조기룡을 비롯한 다섯 장로가 나눠 가지고 있었는데 누구도 이 건물을 활용할 아이디어를 찾지 못했다. 교회 건물은 본래 목적 이외의 것으로 활용하기도 어려운데다, 망한 교회라는 인식 탓에 거기에 새로운 교회를 개장하는 것도 힘들어 보였으며, 프랜차이즈 오픈하듯 망한 교회 자리에 다시 교회를 여는 것도 눈치 보이는 일이었다. 따라서 반년 동안 교회는 그 자리에 방치돼 있었다.

그래서 교회를 임대하려는 자가 나타났을 때 다섯 장로는 진행중이던 서로에 대한 소송도 순식간에 정리하고 손을 잡을 수 있었다. 앞서 감옥에 들어간 조기룡과도 쉽게 이야기가 되었다. 건물에서 풍기는 온갖 구질구질한 냄새를 감안하고도 시세에 그리 떨어지지 않은 임대료로 건물 전체를 빌리려는 자가 있었다. 이윽고, 십자가는 떨어지고 반석 교회라는 간판은 새로운 것으로 바뀌었다. 종교적인 인테리어는 교체되었다. 그곳은 이제 교회가 아니었다. 새로운 주인은 이름을 밝히지 않았다. 장로들은 새로운 간판이 달리고 나서 다시 건물을 찾았을 때, 이곳이 무엇을 하는 곳인지 알 수 없었다.

간판에는 "반석 수련원"이라고 씌어 있었다.

"조기룡 목사가 구속된 지 반년. 이 건물의 간판이 바뀌고, 그로부터 석 달 뒤에 꼭두각시는 책을 내고 활동을 시작해.

그리고 또 반년이 지나 지하철 사건이 일어나고 놈은 유명해지기 시작했지. 이것만 봐도 놈은 치밀하게 움직였다는 걸 알 수 있어. 수면 위로 천천히 올라온 거야. 성급하지 않게. 무슨 일을 꾸미는 걸까."

주차장 입구가 마주보이는 갓길에 재건은 자신의 프라이드를 대고서 건물을 주시했다. 마곤은 조수석에 앉아 『자기 지배와 해방의 윤리학』을 훑어보고 있었다. 오다 발견한 조그마한의 서점 진열장에서 집어 온 책이었다.

"이 책은 도저히 뭔 소리인지 모르겠어요."

"쉽게 쓴 책은 아니니까. 꽤나 탄탄한 철학적, 자연과학적 토대 위에 쓴 책이야. 그래봤자 뻔하고 지루한 소리밖에 없지만."

"이거 읽어본 적 있어요?"

마곤은 책을 소리 나게 덮고는 말했다.

"물론. 얼마나 유명한지 동네 책방에도 있던데. 읽다 말았지만."

"다 읽지도 않고 어떻게 알아요?"

"다 볼 것 없지. 거의 모든 책은 서론과 결론만 봐도 내용을 알 수 있어."

"그것만으로 책 내용을 알 수 있다고요?"

"당연하지. 서론은 앞으로 헛소리를 얼마나 그럴듯하게 늘어놓을 것인가 자랑하는 부분이고, 결론은 이제까지 글이 얼마나 헛소리였는지 설명해주는 부분이니까."

"설마 모든 책이 그럴까."

"사람이 생각하는 건 전부 거기서 거기야. 특히나 이렇게 활동을 하면서 책을 낸다는 건 말이야, 자기 행동을 정당화하려는 목적 이외의 것을 찾을 수 없다고."

"그럼 이걸 뭐하러 산 거예요?"

"쓸모없다고는 안 했어. 뻔한 내용이라는 거지. 적당한 철학을 몇 개 섞어서 그럴듯하게 포장한 책이지만 최소한 그걸 쓴 자에 대한 단서는 되겠지. 장식용으로도 좋고."

책은 디자인도 좋고 제본도 튼튼했다. 선반을 가득 차지한 재건의 개인적인 장난감들에 비하면 확실히 저렴한 장식품일지도 모른다.

"그렇다 치죠, 뭐."

"좋아. 작전은 숙지했지? 오퍼레이션 풋볼피시. 정공법이다."

"로저 댓."

그렇게 말하며 마곤은 안전띠를 풀었다.

"일단 목적은 행정실 컴퓨터에 접근해서 회원 정보를 빼내는 거야. 간단해. 이 트로이 목마를 심어두면 우리는 집에 돌아가서 배달되기만 기다리면 돼."

재건은 USB를 마곤에게 던졌다.

"맨날 그거예요? 이제 색다른 것 좀 생각해봐요."

"하지만 이 작전은 침투 작전의 완전체인걸. 이보다 완벽한 작전은 생각할 수도 없어."

"완벽하다니요. 탐정님이 완벽히 노출돼버리잖아요. 한 번 쓰고 버리는 작전이에요. 계속 쓰는 건 무리예요."

"잠깐, 잠깐! 그렇게 말하면 제가 어떻게 알아요! 풋볼피시가 대체 뭔데 그래요?"

뒷좌석에 있던 선예가 끼어든다.

"그보다 선예 씨가 여기 왜 있는 거예요?"

재건은 백미러를 들여다보며 말했다.

아침에 일어나지 못해 뭉그적거리던 두 사람을 두들겨 깨운 것이 선예였다. 그러더니 이제는 멋대로 재건의 차에 올라타 현장에까지 따라나서려고 한다.

"왜라뇨? 제가 고용인인데 당연히 피고용인이 하는 일을 잘 감시할 필요가 있지 않겠어요?"

"계집애가 끼어들면 마가 낀단 말이야. 저리 안 꺼져?"

재건은 미간을 찌푸리며 말했다. 하지만 아무 일도 일어나지 않았다.

"어디서 하드보일드 탐정 흉내예요? 어서 풋볼피시가 뭔지나 설명해주세요. 벨트에서 축구공이라도 튀어나오는 건가요?"

선예는 앞좌석을 발로 차며 말했다.

"이 악덕 고용주 같으니라고. 이거 영업 비밀이란 말입니다. 우리 같은 영세업자더러 알려달라고 하는 건 그냥 죽으라는 소리예요."

"별거 아니에요. 그냥 탐정님이 시선 끄는 사이에 제가 침투하는 작전인데."

마곤이 말했다.

"아니, 그걸 말하면 어떡해! 기밀 사항이잖아!"

"누나도 가는 김에 같이 해줄래요? 시선 끌어주는 사람이 많으면 침투도 쉬워지거든요."

마곤은 재건은 무시하고 말했다.

"당연하지! 저기에 오빠가 있을지도 모르는데 나도 뭔가를 해야지. 그런데 침투를 혼자 하는 거야? 어떻게? 은신술이라도 배웠어?"

"이봐들, 탐정을 빼놓고 얘기하지 마."

두 사람은 탐정을 대화에서 배제해버렸다.

"아뇨. 아니, 비슷한 거긴 한데, 그런 게 있어요. 저만 할 수 있는 게 있어요."

"제자야, 그거 네 비밀 아니었니?"

"우웅, 뭐, 믿는 게 있겠지. 그럼 난 뭘 하면 돼? 저 안에 들어가서 깽판이라도 칠까?"

"그럴 필요는 없고 약간 수상한 짓만 해주시면 돼요. 탐정님이 잘할 텐데 같이 장단만 맞춰주시면. 따로따로 주의를 분산시켜도 되고요."

"헤이! 이러면 안 된다고! 왜 둘이서만 얘기하는 거야? 작전을 세우는 건 나라고."

"시끄러워요! 지금 이 아이가 혼자 음침하고 불길한 악의 소굴로 들어간다고 하잖아요! 고작 미끼 역할밖에 하지 않으면서 무슨 말이 그렇게 많아요?"

선예는 쏘아붙였다.

"뭐, 뭐라고요? 고작 미끼라니. 어떻게 그런 말을! 저 상처받았어요!"

재건은 밖으로 뛰어나갔다. 재건의 뒷모습을 힐끗 쳐다보더니 선예가 말했다.

"우리도 일어날까? 차는 여기 둬도 되려나?"

"통행에 크게 지장은 없으니 견인은 안 될 거예요."

"이런 똥차는 견인해 갔다간 그대로 폐차일 것 같은데."

"지금까지 수많은 위기를 넘나든 차니까 견인의 위기도 극복해낼 거예요."

"든든한데? 그럼, 가자."

선예는 신이 나서 차에서 내렸다. 차가워지기 시작한 공기가 옷 틈새로 스며드는 맑은 날이었다. 마곤은 한숨을 내쉬며 뒤따라 내렸다.

"오퍼레이션 풋볼피시! 출동! 이얍!"

선예는 소풍이라도 나온 것처럼 신이 나 소리쳤다.

"전 어쩌면 좋을까요? 가장으로서의 권위는 이젠 기대하지도 않아요. 하지만 최소한 사장으로서 제 직장의 사업을 제 맘대로 결정할 권리 정도는 보장돼야 하는 것 아닌가요? 이제는 일을 수주한 의뢰인조차도 절 그렇게 깔보고 무시하는데 자아 존중감이 지금 신발 바닥에 붙은 껌 같아요. 걸을 때마다 끈적끈적하게 밑에서 잡아당기는 것 같은. 여기선 그분을 뭐라고 부르죠? 아, 큰선생님? 알겠습니다. 큰선생님께서는 뭐라고 하실까요?"

재건은 최대한 비굴한 표정을 지으며 말했다. 상담원은 환대하는 미소를 지었다. 그 미소가 거짓돼 보이지 않는다는 점에 재건은 조금 놀랐다. 은행 창구 직원이나 내레이터 모델의 굳어버린 듯한 미소와는 달랐다.

"큰선생님은 아무런 답도 내려주시지 않아요. 우리는 이곳에서 스스로 답을 찾아가고 있답니다."

"그럼 저는 어떻게 해야 하나요? 이 상태로는 아무것도 할 수 없을 것 같은데."

"형제님. 형제님은 가족이 어떻게 되시나요?"

"가족요?"

"네. 같이 사는 가족이나 아니면 지금은 떨어졌더라도 가족이라 생각하는 사람들요."

"가족은, 없는데요. 전 혼자예요."

"그러시구나……. 죄송해요. 그렇다면 오래된 친구는 계신가요? 동창이나 동네 친구나 아니면 어쩌다 만난 친구라도 좋아요. 마음을 알아주는 친구가 있나요?"

"지금 소중한 사람을 생각해라, 뭐 이런 말 하려는 건가요? 미안하지만 난 그런 얘길 듣고 싶진 않아요."

상담원은 살짝 웃고는 말했다.

"그런 이야기를 하려는 게 아닙니다, 형제님. 오히려 저는 그런 친구라고 해도 형제님과는 아무런 상관도 없는 남이라는 이야기를 하고 싶었어요."

"남이라고요?"

"네. 아무리 가까운 사람이라 해도 그 사람이 형제님 자신이 될 순 없죠. 설령 부모나 형제라 해도요. 우린 종종 그 사실을 잊고 마치 우리가 같은 인격인 것처럼, 그 사람들의 눈치를 보고 내가 아닌 그 사람들의 행복을 생각하게 되죠."

"그게 나쁜 건가요?"

"좋은 것도 나쁜 것도 아니에요. 하지만 가장 중요한 자기 자신을 사랑하는 법을 잊어버리는 건 세상에서 가장 바보 같은 짓이라는 얘기를 하고 싶어요. 나를 가장 잘 알고 나를 가장 사랑해줄 사람은 누구겠어요? 친구? 가족? 아니에요. 오직 나밖에 없어요."

"그런 것도 같네요."

"우리 프로그램을 통해서 각각 형제자매님들은 자신을 사랑하는 법을 배울 수 있어요."

"그렇군요! 많은 것을 깨달았습니다. 정말 고마워요, 누나."

그렇게 순순히 감화되자 카운터 직원은 조금 당황하는 기색을 보였다. 하지만 이내 익숙한 응대 모드로 들어간다.

"그렇담 다행이네요. 우리 프로그램에 참여해보시겠어요? 당연히 참가비는 없고요, 여기서는 매주 한 번씩 큰선생님의 강연도 들을 수 있고 많은 선생님들, 형제자매들의 도움도 받을 수 있어요. 우리는……."

"아니요. 이것만으로도 충분해요."

재건은 그가 더 달변을 펼치기 전에 적절히 끊었다.

"전 이제 새사람이 됐어요. 오, 할렐루야! 여기선 뭐라고 외치죠? 엔 타로 아둔? 그런데 누나, 여기 일 몇 시에 끝나요? 끝나고 커피라도 한잔할래요?"

"하하, 제가 개인적으로 따로 시간을 낼 수는……."

재건은 아예 카운터 위에 올라앉아 말했다.

"오늘이 아니면 주말은 어때요? 설마 행복과 해방을 설파하는 이런 곳에서 주말까지 부려먹거나 하진 않죠?"

"자꾸 이러시면 곤란해요. 등록은 하시겠어요? 전……."

조금 더 얼굴이 가까워진다. 직원의 얼굴이 점점 굳어져간다. 재건은 테이블 위로 올라가서는 은근슬쩍 직원의 손을 잡았다.

"음, 누나라고 불러서 기분 상했나? 몇 살이에요? 스물여섯? 일곱? 남자친구는 없죠? 지금까지 대화 나누는 동안 몇 건의 카톡이 왔는데 각각 다른 남자로부터 왔네요. 다림질을 잘 못하시네요. 셔츠 라인이 약간 비뚤어져 있고요. 그 말은 혼자 사신다는 뜻이고 왼쪽 귓가에 새치 한 가닥이 있다는 것은 그걸 알아채줄 만큼 가까이 접근한 사람이 없었다는 뜻이죠. 종합하자면 그쪽은 가까이 지내는 특별한 남성이 없다, 정도가 되겠군요."

"저기, 이러시면……."

"그렇다면 차 한 잔, 아니, 영화 한 편, 아니, 도스토옙스키 문학에 나오는 구원의 문제에 대한 심오한 논의, 아니 아니, 이건 됐고요, 서로가 서로에 대해 알아갈 진중하고도 의미 있는 시간을 가져볼 수 있는 거 아니에요?"

난처한 상황에 빠진 직원은 어쩔 줄을 몰랐다. 그녀는 책상

아래의 긴급 호출 버튼을 눌렀다. 업무 매뉴얼에서 배운 적은 있었으나 한 번도 써본 적은 없었다. 그녀는 경비원이 달려올 것이라 생각했다. 이 건물에는 항시 제복 경비원이 상주하고 있다. 그는 직원이나 회원들과도 두루 알고 지내고 종종 수련에도 동참하는 사람 좋은 중년 남성이었다. 직원은 당연히 그가 호루라기를 불며 달려올 것이라 기대하고 있었다.

하지만 재건의 어깨를 움켜쥔 사람은 경비원이라기보다는 차라리 국정원이나 기무사에서 온 사람 같았다.

"뭐야?"

선글라스를 끼고 검은 정장을 입은 남자는 묵직하게 말했다.

"따라오시죠."

재건은 불룩 튀어나온 가슴팍을 힐끗 보았다. 재건은 그게 무엇인지 알 수 있었다. 총이다. 진짜 총인지 아니면 가스총이나 총기 비슷한 것인지는 알 수 없었지만 그들은 무장 경비원이 분명했다.

마중나온 가드는 두 명이었다. 재건은 조금 더 소란을 피우더라도 당장 그것을 꺼내 들지는 않을 것이라 생각했다.

"이봐, 뭐하는 거야? 왜 내 어깨를 잡는 거지? 혹시 나한테 관심 있어?"

"조용히 따라오시죠. 소란 피우지 말고."

재건은 목소리를 높였다.

"하! 어디로 따라오라는 거야? 무슨 일을 당할 줄 알고. 내가 아무리 쫄깃쫄깃하게 보인다 해도 그런 취향은 아니라고."

이미 주변의 시선은 모이기 시작했다.

"제압해."

뒤에 선 가드는 짧게 말했다. 앞에 있던 가드는 재건의 어깨를 누르며 팔을 꺾으려 했다. 하지만 재건은 그런 기술에 능숙하게 대응할 수 있었다.

재건은 교묘히 몸을 비틀어 빠져나갔다.

"날 잡아가겠다고? 무슨 권리로? 내 엉덩이는 소중하다고! 멍청하게 생긴 아저씨들. 헤이, 누나. 이게 당신네 선생님이 가르치는 건가? 사랑과 인류 증식을 위해 노력하는 이런 미청년을 무력으로 제압해서 축축하고 냄새나는 어딘가로 끌고 가는 게?"

재건은 카운터 위로 뛰어올랐다. 가드들이 잡으려 했으나 재빨리 미끄러져 빠져나갔다. 도망가면서 양팔을 벌리고서 연극배우처럼 말했다. 쩌렁쩌렁 울려대는 그의 목소리는 홀의 모든 사람들이 들을 수 있었다.

"세뇨리타에게 순정을 품는 게 어디가 잘못된 거지? 너희는 단 한 번이라도 온몸을, 세포 하나까지도 불태워 누군가를 사랑해본 적 있나? 너흰 지금 뭘 기대하며 이 십자가가 부러진 교회당에 와 있는 거지?"

"붙잡아!"

가드들이 몸을 부딪쳐 왔다. 체중만 따져도 재건은 한 명 한 명을 당해낼 수가 없었다.

"이거 놔!"

재건은 몸부림치며 소리질렀다.

"너희 두목을 데려와! 이건 따져야겠어! 카운터 누나한테 추파 던지는 게 뭐가 잘못된 거지? 이거 놔! 놓으란 말이야!"

두 가드는 재건을 짊어지고 비상구 안으로 들어갔다.

선예는 한숨을 내쉬었다.

시선을 끈 것은 좋았지만 지켜보는 사람의 얼굴이 화끈거릴 만큼 부끄러웠다. 가능하면 저 사람과 최대한 떨어져서 이 일을 끝내야지.

"전 잠입에 특화된 초능력이 있어요."

마곤은 그렇게 말했었다. 초능력이라니. 당연히 선예는 믿지 않았다. 마곤은 이런 상황이 익숙하다는 듯 설명했다.

"안 믿어도 좋아요. 아니면 침투할 수 있는 기술 같은 게 있다고 생각해도 돼요. 근데 여기엔 약점이 있는데 CCTV는 어떻게 할 수 없다는 거예요. 시간을 들여서 회로 차단하고 해킹하는 것도 탐정님이 할 수는 있는데 시간이 너무 오래 걸려서 이 방법을 주로 써요. 탐정님이 난리를 피우면 전 들어가는 거. 화면을 감시하는 사람의 눈을 피하는 거죠."

선예는 초능력이 있다면 자기에게 보여달라고 말했다. 하지만 마곤은 정신 집중이 필요하고 극심한 피로를 수반하는 능력이라 작전을 앞두고 함부로 쓸 수 없다고 말했다. 대신 결과로 보여주겠다고. 선예는 일단 수긍했다. 터무니없는 작전 같아 보였지만 두고 보기로 한다.

마곤은 스리슬쩍 비상구 안으로 들어간다.

초월 탐정, 이라고 했던가?

친한 언니로부터 소개를 받았을 때도 홈페이지에서 소개글을 봤을 때도 그리고 지금도, 그저 터무니없는 자라는 생각밖에는 없었다.

그래서 마음에 들었다. 성인이 된 지 한참이 지나서도 철들 생각이 없는 골칫거리. 어쩌면 단순한 바보일지도 모른다. 하지만 그는 적어도 사기꾼은 아니었다. 사기꾼은 거짓을 현실로 위장해 피해자들을 속여넘긴다. 이자는 온몸이 비현실적이다. 모든 말이 거짓말이다. 그는 자신의 말이 '현실인 체'하지 않는다.

선예는 소리를 질렀다.

"저 남자야! 아까 음침한 얼굴로 엉덩이를 만졌어!"

물론 손가락은 가드에게 붙들려 저항하는 재건을 가리키면서. 선예의 목소리까지 더해져 로비의 시선은 온통 재건에게 쏠렸다.

이 정도면 됐겠지. 선예는 도도하게 선글라스를 꺼내 썼다. 얼굴을 가리기엔 조금 늦지 않았나 싶었지만 뭐, 어떤가. 재건이 질질 끌려가는 것을 지켜본 뒤, 일단 자리는 피하는 게 나을 것 같아 바깥으로 발걸음을 옮겼다.

유니폼 티셔츠를 입은 사람들이 우르르 몰려나와 사람들을 진정시키는 듯했다. 카페를 겸한 로비에서 한가로이 사교활동을 하고 있던 사람들은 깜짝 놀란 토끼처럼 눈을 동그랗게 뜨고 두리번거렸다. 이곳은 너무나 평화로운 곳이다. 그저 혼자서 고래고래 소리질러대는 것만으로도 충분히 동요할 만큼. 이상한 곳이다. 선예는 이곳이 마음에 들지 않았다.

잠시 문밖에서 기다리고 있자니 안내 방송이 나올 것처럼 스피커에서 잡음이 들렸다. 선예는 소리에 집중했다.

—안내 방송, 하겠습니다. 민선예 씨는 지금 바로 5층 방송실로 와주시길 바랍니다.

마곤의 목소리였다. 약간 여성스럽게 변조를 하고 있긴 했지만 틀림없는 마곤이었다. 작전대로였지만 놀랄 수밖에 없었다. 마곤은 제일 먼저 CCTV 화면을 볼 수 있는 방송실부터 장악하겠다고 말했다. 마치 문지방을 넘는 것처럼, 들어가겠다고 말한 뒤, 들어갔다. 말이야 쉽지, 그 말대로 이루어지길 기대하는 것은 현실성이 없어 보였다. 터무니없어 보이는 작전을 믿고 그대로 따라주긴 했지만 이 상황을 좀처럼 이해할 수 없었다.

그보다 마곤은 어느 시점부터 사라진 거지? 선예는 뭔가 기억에 혼선이 생겼다는 것을 깨달았다. 분명히 자신은 마곤과 대화를 하고 있었는데 어느 순간부터 혼자가 되었다. 그 경계가 어느 시점이었는지, 어떤 대화를 끝으로 헤어진 건지 도저히 기억나지 않았다.

초능력이 있다고 했지. 그 대화는 확실히 기억할 수 있다. 초능력 때문에 CCTV가 어떻고 하는 얘기를 했던 것은 기억나는데.

모르겠다. 만나서 자초지종을 물어보자. 초월 탐정과 초능력을 쓰는 조수라. 내가 사람을 잘 찾아온 걸까. 아직 이 결정에 확신은 없었다. 더 지켜볼 일이다. 일단 마술 같은 침투에는 성공했으니 믿고 지켜보도록 하자.

선예는 선글라스를 벗고 엘리베이터에 올랐다. 방송실은 5층이었다.

"빨리 들어와요, 누나."

마곤은 방송실 문밖으로 빼꼼히 고개를 내밀고 있었다. 선예는 주변을 두리번거리며 재빨리 마곤에게로 달려갔다.

"세상에, 정말로 침입한 거야? 진짜 초능력이라도 쓴 거야?"

"그렇다니까요. 어서 안으로. 저 사람들 깨어나기 전에 끝내야 돼요."

"무슨 능력? 반짝거리는 능력? 흩어지는 능력? 흐물거리는 능력?"

"자세한 건 나중에. 어서요!"

방송실 안에는 세 남자가 기절한 채 케이블로 묶여 있었다.

"저 사람들을 네가 기절시킨 거야? 너 무지 센데?"

"기습한 거예요. 끝나면 전부 알려줄 테니까 탐정님부터 구하자고요."

마곤은 화면을 가리켰다. 세 개의 모니터에 모자이크처럼 떠 있는 각 구역의 감시 카메라 화면 한구석에서 의자에 묶여 비둘기처럼 고개를 끄덕거리고 있는 재건을 볼 수 있었다.

"경비원 두 사람이 탐정님을 끌고 갔어. 저기가 어딘지 알겠어?"

"그게, 잘 모르겠어요. 화면이 수십 개라 이걸 통해서 건물의 구조는 대충 알 수 있는데, 여기 탐정님이 갇힌 방 위치는 도저히 파악이 안 돼요."

"지난 화면 돌려보면 되지 않아?"

"그게, 시간이 없어요. 녹화 화면들을 비교해보며 동선을 살펴야 하는데, 여기 오자마자 습관적으로 제가 들어온 루트 녹화분을 지워버려서 더 찾기 힘들 거예요. 탐정님이 저렇게 감금될 줄은 몰랐거든요."

"그럼 저길 어떻게 찾지?"

"그러게요. 어쩐다……. 그래서 누나를 부른 건데, 같이 찾아달라고요."

선예는 눈을 찌푸리며 화면들을 들여다보았다. 이어지는 복도, 열렸다 닫히는 문, 중요해 보이는 문, 호실이 적힌 명패 등을 통해서 카메라들의 관계는 대충 그려볼 수 있을 것 같았다. 하지만 정말로 재건이 갇힌 방과 연결되는 화면은 어디에도 없었다. 아무것도 없는 흰 방에 의자 하나와 거기에 묶인 재건만이 보일 뿐이었다.

"여긴 감옥이라도 되나? 정말 모르겠네."

"끄윽."

기절해 있던 남자 하나가 소리를 냈다.

"아."

마곤은 주먹으로 손바닥을 내려치며 말했다.

"직접 물어보면 되겠군요."

"아하, 그 생각을 못 했네."

두 사람은 정신을 차린 사람에게 다가갔다.

"누나, 신문 같은 거 할 줄 알아요?"

"잘은 모르는데 참을 수 있는 만큼 고통을 주면 되는 거 아냐?"

"그건 고문이고요."

"해볼게!"

선예는 자신만만하게 남자 앞으로 가 쭈그리고 앉았다.

"저기, 아저씨."

남자는 눈을 떴다. 남자의 입에는 재갈처럼 케이블이 물려 있었다.

"저 화면 중 위에서 네 번째 왼쪽 맨 끝에 있는 거 있잖아요. 누가 의자에 묶여 있는 하얀 방 말이에요. 그거 어디에 있는지 알죠?"

남자는 고개를 저었다.

"뻥치지 말아요. 말 안 하면 괴로운 일을 당할 텐데? 그래도 좋아요?"

남자는 노려보기만 할 뿐 아무런 대꾸도 없었다.

"좋아요. 제가 앞으로 뭘 할지 알려드릴게요. 우선 옷을 전부 벗길 거예요. 손이 묶여 있으니 조금 찢는 건 감안해야 돼요. 저기 책상 위에 휴대폰이 있던데 아저씨 거 맞죠? 그걸로 사진을 찍은 다음에 거기 저장된 모든 사람에게 보낼 거예요. 아, 옆에 계신 분이랑 같이 찍어도 되겠네요. 어때요? 가슴이

두근두근하지 않나요?"

남자는 사색이 되어 발버둥치며 무언가를 말하려 했다. 선예는 입에 물린 케이블을 풀어주었다.

"12층! 12층에 있어! 어떻게 들어가는지는 몰라! 정말이야!"

선예는 마곤을 보았다. 마곤은 고개를 끄덕였다. 선예는 다시 남자에게 재갈을 물렸다.

"누나……."

"응?"

"역시 탐정님과 같은 과군요."

"같은 과라니? 그게 무슨 뜻이야?"

"아니에요……. 그보다 저 사람 말이 진짜일까요?"

"글쎄, 아니면 돌아와서 다시 신문하면 되지 않아?"

"그럴 시간이 있을까요."

마곤은 문득 화면을 보았다. 화면에 특이한 점은 보이지 않았다. 여전히 재건은 술에 취하기라도 한 듯 연신 고개를 끄덕이고 있었다. 그러던 도중 마곤은 문득 깨달을 수 있었다.

"아! 모스 부호! 탐정님은 지금 신호를 보내고 있어요. 고개 끄덕이는 걸로요!"

"아하, 영화처럼 말이지? 그런데 모스 부호를 알아?"

"네, 탐정님이 가르쳐줬어요."

마곤은 모니터에 얼굴을 가까이 갖다 댔다. 고개를 숙일 때가 온. 들었을 때가 오프. 길게 숙이면 또온. 짧게 숙이면 똔. 확실했다. 마곤은 반복되는 지점을 찾아 부호를 읽어나갔다.

"E, N, T, P……. 이게 뭘까요? E, N, T, P, E, N, T……."

"팬티? 지금 팬티라고 말하는 거 아냐? 아니, 이 아저씨가 여기서까지!"

"아, 아뇨. 팬티는 E가 아니라 A를 쓰죠."

"스펠링을 정확히 아는구나, 역시."

"뭐, 뭐가 역시예요!"

"아! 그럼 그건가? ENTP! MBTI 테스트 있잖아. 거기 나오는 성격 유형 중에."

"분명히 탐정님이 ENTP이긴 하지만……. 그보다 펜트하우스를 말하는 게 아닐까요? 저 사람도 그랬잖아요. 들어가는 법을 모른다고."

"이봐요, 아저씨. 여기 펜트하우스가 있어요?"

선예는 남자를 걷어차며 말했다. 마곤은 달려들어 재갈을 다시 풀었다.

"있어. 하지만 들어가는 방법은 몰라. 큰선생님만 들어갈 수 있다고."

다시 똑같은 상황이었다. 재건이 알려주는 게 펜트하우스라면 이곳의 대장이라도 잡지 않는 이상 들어갈 방법이 없다.

"전 찾기로 한 것부터 찾아볼게요. 가서 USB만 꽂으면 되니 금방 돌아올 거예요. 누나는 여기서 화면을 감시하다가 무슨 일 있으면 휴대폰으로 알려줘요."

"탐정님은 어쩌고?"

"으음. 알아서 빠져나오겠죠. 못 나와도 저들이 무슨 해를 끼칠 것 같진 않으니."

"우웅, 정말 그럴까. 나쁜 사람들인데?"

"아직은 모르죠. 수상하다뿐이지 잘못한 건 크게 없잖아요. 오히려 우리가 불법 침입자 신세지."

마곤이 방송실을 나가고 선예는 의자에 파묻혔다. 아무래도 긴장감이 없다. 엄청난 작전을 수행중인 건 아니지만 헤어진 친오빠가 관련돼 있고 재건이 붙잡혀 있고 마곤 말마따나 지금 불법적인 침입을 하고 있다. 조금 진지해질 법도 한 상황인데 전혀 그런 기분이 들지 않는다.

같은 과, 라는 것일까.

화면 속의 사람들은 조금 전 있었던 재건의 소란마저도 잊어버린 듯이 평온하게 돌아다닌다. 도대체 이 사람들은 여기 모여 무엇을 하는 걸까. 카메라는 복도와 현관, 커다란 홀, 몇 개 중간 크기의 방, 작은 방들을 비추었다. 책상을 맞대고 공부를 하는 사람들도 있었고 여기저기서 모여 떠드는 사람들도 보였다. 대예배실로 짐작되는 커다란 홀에서는 공연인지 강연인지 모를 떠들썩한 무언가가 진행되고 있었다. 어디에도 꼭두각시는 보이지 않았다.

화면 속에서 마곤은 사람들 사이를 유유히 지나쳤다. 누구도 마곤을 주목하지 않았다. 마치 유령처럼. 마치 그들 눈에는 저 조그맣고 날랜 아이가 전혀 보이지 않는 것 같았다. 이해가 되지 않는 광경이었다. 그야말로, 초능력이라도 쓰고 있다고 하지 않는 이상 설명할 수 없는 모습이었다.

이렇게 카메라로는 보이는데도, 화면 속에서는 아무도 저 자그마한 아이를 눈치채지 못했다. 그래서 이 방송실을 가장 먼저 점거하고자 한 것일까. 유령처럼 돌아다닐 수 있지만 CCTV로는 발각되고야 마는 능력이란 대체 어떤 것일까.

이해되지 않는 일은 잠시 미뤄두는 것이 상책이다. 선예는 다시 재건이 든 화면으로 시선을 돌렸다.

그곳에서 느닷없이 꼭두각시가 나타났다.

마곤은 방송실을 점령했을까. 그리고 내 신호를 알아봐줄까. 확신할 수 없었지만 지금은 믿고 기다릴 수밖에 없었다.

사람들 눈에 띄지 않는 통로로 들어오자 그들은 재건의 눈부터 가렸다. 재건이 이끌려 간 곳은 엘리베이터였다. 문이 닫히는 소리, 발소리의 울림을 통해 짐작하건대 보통 엘리베이터가 분명했다. 그럼에도 눈을 가린다는 것은 이 엘리베이터가 보통의 층이 아닌 별도의 공간으로 가고 있다는 뜻. 그곳은 펜트하우스다.

재건은 의자 위에 앉혀졌다. 문으로부터 의자까지의 발걸음은 세 발짝 정도. 특별히 의자를 문 앞에 가까이 가져다 놓는 취미가 있는 게 아니라면 이 의자는 문에서 가운데까지 세 걸음 정도 되는 방 가운데에 있을 것이다. 그렇다면 이 방은 작은 창고이거나 흡연실 내지는 빨래방, 그런 것들이 아니라면 신문용으로 쓰는 별도의 방이라고 보는 게 타당할 것이다. 남자들은 재건의 팔에 수갑을 채웠다.

"여기서 기다려. 카메라로 감시하고 있으니까 쓸데없는 짓은 하지 말고."

친절하게 카메라가 있다고 알려주는군. 재건은 유일하게 자유로운 고개로 마곤에게 모스 신호를 보냈다. penthouse는 글자가 많으니 앞 네 자만 반복해서 보내기로 했다. 이 정도로도 마곤은 충분히 알아볼 것이다.

"이러고 있으니 바보 같아 보이겠네."

재건은 한참 주억거리다가 문득 입 밖으로 말소리를 냈다.

"잘 알면서 뭐하는 건가."

굵직한 목소리가 들리자 재건은 고개를 들어 다 보인다는 듯 소리 나는 쪽을 향했다.

"어, 왔슈? 심심해죽을 뻔했잖아. 어서 이 안대랑 수갑을 풀어주고 정중히 사과하고 선물 세트라도 쥐여 내보내달라고."

"참 뻔뻔한 놈이군, 탐정."

그는 재건의 눈가리개를 확 낚아채듯 잡아 풀었다.

기괴한 차림을 한 사람이 서 있었다. 넝마 같은 옷과 잠자리 같은 눈. 마술사 모자. 하얀 면장갑. 그 광경은—광경이라고밖에 부를 수 없었다—현실을 아득히 초월하는 것이었다. 너무나도 이질적인 무언가. 그는 사람이라기보다는 정물처럼 그곳에 서 있었다.

"후, 하. 이거 가까이서 보니 더 끔찍한 패션인데?"

"남 말 하네. 휴고보스를 그렇게 품위 없게 입을 수도 있다니 기가 차서 말이 다 안 나오는군."

"상상력이라고. 그 가면 속에는 뭐가 들었지?"

"숙제라네, 탐정. 다음에 만날 때까지 생각해보게나."

"그보다 날 아는 건가?"

"김재건. 인간의 상식으로는 풀 수 없는 미궁 속의 사건, 과학으로는 검증되지 않는 초자연적인 현상, 다른 세계에서 온 존재와 관련된 수수께끼, 그 밖에 전 세계를 지배하려는 비밀 조직의 음모라든가, 은밀히 나라를 전복하려는 테러 범죄 전문, 이었던가?"

홈페이지에 적혀 있는 문구였다.

"검색을 하고 오셨군."

"예우를 해주려면 누군지 알아야 하니까."

"호오, 어울리지 않는 소릴."

"자기를 그렇게 드러낸 건 자네 스스로가 아닌가. 난 보이는 대로 대우해줄 뿐이야."

"그렇지. 난 가면 뒤에 숨거나 하지 않으니까."

두 사람은 잠시 서로를 노려보았다.

"하, 하하하! 하하하하하!"

돌연, 꼭두각시는 양팔을 벌리고서는 소리 내 웃기 시작했다. 웅장하게 울려 퍼지는 저음. 아니, 기계음이다. 마이크로 변조해서 어딘가의 외부 스피커로 나오는 소리였다. 꼭두각시는 춤을 추듯 의자 주위를 한 바퀴 돌았다. 그것은 발레리나처럼, 혹은 피겨 선수처럼 동선 자체가 춤동작 하나인 그런 유려한 움직임이었다.

"탐정, 그래, 그래서 자네는 내가 자네와 어울릴 법하다고 판단했는가?"

"그것도 있고. 의뢰도 받아서 말이지."

"의뢰라면, 아마도 방송실에 있는 저 아가씨 말이겠군."

"아가씨라니?"

방송실. 아가씨. 선예. 선예는 마곤을 따라 방송실로 들어갔을 테고 이자는 그것을 보고 있었다. 이중 감시 장치라. 미처 생각하지 못했다.

"발뺌하지 마시게나. 다 보고 있었으니."

그리고 듣고 있었겠지. 감시자를 감시하고자 한다면 화면 뿐만이 아니라 소리도 그 대상일 것이다. 재건은 그 가능성에 유념해 말했다.

"그런가. 누굴 말하는지 모르겠는데. 그 사람이 내 의뢰인인 걸 어떻게 확신하지?"

"그야……."

대화를 들었으니까.

재건은 이 대답을 기대했다. 도청이 확인된다면 그다음은 어떤 정보가 새어 나갔는지 파악해야 한다. 재건의 머릿속은 빠르게 대화의 플로차트를 그렸다. 예상되는 답변에 대해 복수의 대응 방법을 마련해두고 빠르게 적용하여 대답한다. 재건에게는 익숙한 심리전이었다.

그러나 재건은 그의 대답 근처에도 가지 못했다.

"저 여자는 나와 아주 가까운 사람의 가족이니까."

시나리오가 유리잔으로 쌓은 탑처럼 무너져 내렸다. 그 자리에는 좀더 까마득한 깊이의 토대가 파였다. 얼마나 거창한 건축물이 지어지려 하는지 그 순간 예측할 수 없는.

"나를 주목하고 있었나? 안됐지만 내가 한발 빠른 것 같구먼. 하하하하! 너희가 방문한다는 건 이미 알고 있었다네! 난다 보고 듣고 있었거든!"

그렇다면, 처음부터 불리한 게임이었다. 선예의 오빠는 이 남자에게 빠졌을 뿐만이 아니라 제법 밀접한 관계였고, 선예가 오빠를 찾는다는 사실 또한 진작 알려져 있었던 것이다.

무언가 말도 안 되는 게임에 말려들게 되었다고, 재건은 생각했다.

선예는 불안한 눈으로 모니터를 응시했다. 심상찮은 일들이 벌어지고 있었다. 행정실 직원들은 허둥지둥 움직이더니 자기 자리의 컴퓨터 전원을 하나둘 내려버렸다. 자기 자리뿐만 아니라 다른 자리의 컴퓨터까지 전원을 내리고 멀티탭 스위치도 꺼버린다. 마곤은 그 뒤에 나타났다. 직원들은 멀뚱히 앉아 있었다. 심상찮음을 느낀 마곤은 켜져 있는 컴퓨터를 찾으려 행정실을 뱅글뱅글 돌았다.

뭔가가 잘못됐다. 마치 우리의 작전을 미리 알기라도 한 것 같은 행동이었다. 선예는 휴대폰을 꺼냈다. 마곤에게 상황을 알려야 한다. 공교롭게도 배터리가 다 되어 깜빡거리고 있었다. 선예는 다급히 문자를 보냈다.

돌아와! 들킨 것 같아. 직원들이 컴퓨터 전원을 전부 끄고 있어.

마곤은 바로 답장을 보냈다.

모든 컴퓨터를요?

응! 이상해. 어서 돌아와.

그 메시지를 끝으로 휴대폰 전원이 꺼졌다. 선예는 전화기를 백 속에 집어넣었다.

다행히도 화면 속 마곤은 지체하지 않고 다시 방송실 쪽으로 달렸다.

선예는 다시 꼼꼼히 화면들을 살폈다. 직접 USB를 통해 바이러스를 침투시키는 것을 막는 방법은 간단하다. USB를 꽂지 못하게 하거나 아예 컴퓨터를 켜지 않으면 된다. 저들의 움직임은 그것을 노린 것이 틀림없다. 그 말은 저들이 이쪽 작전을 정확하게 꿰뚫어 보고 있다는 것을 뜻한다.

말하자면 한가롭게 스파이 놀이를 하고 있을 때가 아니라는 말이다. 저쪽은 이미 초비상사태다. 침입을 감지하고 그에 따른 조치를 내리고 있다. 침입자를 잡아내기 위해 모든 수단을 동원할 게 분명하다. 화면 한구석에서 양복을 입은 가드들이 어디론가로 달려가고 있었다. 당연히 마곤은 발견하지 못했을 테고, 그렇다면 그들이 가는 곳은?

뻔하다. 당연히 건물 전체를 감시할 수 있는 이 방송실이다. 선예는 재건 쪽 화면을 보았다. 그사이 재건은 꼭두각시와 무언가 이야기를 나누고 있었다. 그쪽으로는 연락할 방도가 없다.

저 가드들이 이 안으로 들이닥친다면…….

"세상에! 여기서 가장 위험해진 건 나잖아!"

약간 늦은 깨달음에 선예는 외쳤다.

마곤이 먼저 달려와줄까. 아니, 아무리 신출귀몰한 재주를 지녔다 해도 조그마한 중학생이 와봤자 얼마나 도움이 될까. 선예는 문으로 달려갔다. 다행히 이 문은 안에서 잠그는 방식이다.

다른 문이 없는지 확인하고, 선예는 문을 잠갔다.

이대로 기다리다가 만일 마곤이 먼저 온다면 문을 열어주고 시커먼 아저씨들이 먼저 온다면, 아이씨, 몰라. 어떻게든 되겠지. 버티다 보면 어떻게든 될 거야.

화면과 화면 사이를 빠르게 넘나드는 작은 아이와 검은 사내들. 선예는 두 주먹을 꽉 쥐고 응원했다.

"그런데 이상한 게 하나 있어. 도저히 이해가 안 가는 게 있지. 나는 탐정이란 놈이 여길 들쑤시러 온다는 것을 알고 오늘 스케줄도 취소하고 여기서 기다리고 있었거든. 과연 어떻게 나올까 하고. 그런데 너와 같이 있던 꼬마. 그 녀석이 갑자기 나타나 방송실을 점령하더니 이번엔 사무실 곳곳을 제 집처럼 뛰어다니고 있어. 그 옆을 눈 멀쩡히 뜨고 지나가는 우리 직원들도 알아차리지 못하게 말이야. 이게 어떻게 된 거지? 무슨 속임수를 쓴 건가?"

"다 듣고 있지 않았나?"

"이해가 되는 소리를 해야 말이지. 초능력이라고? 정말 그런 걸 쓴다는 말인가?"

"하하. 맥락을 이해 못 하는 거야? 그럴 리가 없잖아. 그건 의뢰인을 놀리려고 한 말이야. 동시에 쓸데없는 전력 유출도 막고."

재건은 능청스레 말했다. 여기서는 얼마든지 배짱을 부려도 좋다. 세상에 초능력이 어디 있단 말인가? 꼭두각시는 잠시 말을 멈추고 재건을 가만히 노려보았다. 정확히는 시커먼 두 눈이 재건을 향해 있었다. 가면 속 얼굴이 어디를 보고 있는지 눈은 뜨고 있는지 감고 있는지는 알 수 없다.

의도한 침묵인가? 표정을 읽을 수 없다. 하지만 그의 얼굴에는 보고 있는 사람이 예상하지 못한 무언가를 담고 있다. 예단하지 말자. 무표정한 가면을 들여다보고 있으면 스스로의 함정에 빠져버리고 만다.

재건은 태연한 표정을 유지하려 애썼다. 맥박이 필요 이상으로 뛰고 있다. 입안이 건조해진다. 무의식적으로 입술을 핥지 않도록 주의하면서 마주 응시하자.

꼭두각시는 이내 입을 열었다.

"아니, 다른 경우를 생각할 수 없어. 말이 안 되잖아. 그건 마치 투명 인간이 된 것처럼. 아니, 투명 인간이라면 카메라에도 보이지 않겠지. 카메라에는 보이지만 눈에는 보이지 않는다? 마술에서 쓰는 미스디렉션으로 시선을 다른 곳으로 돌리고 그사이 조그마한 몸집으로 빠르게 움직이는 것. 아니, 그렇다 해도 이렇게 번번히 백 퍼센트 성공할 수는 없어. 여기는 무대가 아니니까. 신경전달물질을 맘대로 주무를 수 있다면 또 모를까."

그 순간 재건은 눈썹이 쓸데없이 움직이지 않았는지 점검했다. 감정이 새어 나갈 뻔했다. 녀석은, 정확하게 꿰뚫고 있었다. 자연스레 흘려 넘겨야 한다. 거칠어진 맥박이 느껴졌다. 다시, 천천히. 집중하면 몸을 진정시킬 수 있다.

재건은 빠르게 머리를 굴렸다. 아직, 아직이다. 아무리 기괴한 사고를 하는 자라도 선불리 초능력 따위를 인정하지는 않을 것이다. 그전에 상식의 권위에 눌려 스스로를 비웃게 될 것이다. 그게 일반적이다.

하지만 이자가 그마저 넘어서 있다면?

잠시 침묵이 오가고 재건이 말했다.

"그보다 가까운 사람의 가족이라니? 설명을 해줄 수 있겠나?"

"오오, 그래. 역공인가?"

생각할 틈을 줘서는 안 된다. 재건은 빠르게 쏘아붙였다.

"내가 여기 온다는 것을 알았다면 선예 씨를 감시하고 있었다고 봐도 되겠지? 그런데 선예 씨 본인이 아니라 가족 때문에 그랬다고 말했어. 여기가 포인트겠군. 가까운 사람이란 건 그 사람 가족의 거취까지 파악해야 할 정도로 경계하고 있는 사람이라는 뜻이겠고. 그 사람에 대해선 뭔가를 감추고 있어. 그것을 들키지 않기 위해 상대를 감시한다, 정도로 이해할 수밖에 없어."

꼭두각시는 팔짱을 끼고 뚜벅뚜벅 걸으며 이야기를 들었다. 왔다갔다하면서도 고개는 재건을 향해 있다.

"넌 내가 여기를 조사하려 한다는 걸 알고는 날 맞이할 준비를 했지. 만일 우리가 찾는 사람이 너랑 전혀 관계없는 사람이었다면 그렇게까지 하지는 않았을 거야. 네가 말한 선예의 가족과 선예가 찾는 헤어진 오빠. 이 둘이 같은 사람일 경우에는 얘기가 달라지겠지만 말이야. 민선욱, 여기 있겠지? 우리가 찾는 사람. 하지만 난 그 사람이 뭘 알고 있고 네가 뭘 두려워하는지까진 알 수 없군. 이제 쌤쌤인가?"

"으하하하하하!"

꼭두각시는 웃음을 터뜨렸다.

"탐정을 자처할 만하군. 재밌어. 아아주 재밌어! 그래. 하나씩 까보자는 말인가."

"그래. 내 수사를 도와주면 나도 트릭을 알려주지."

꼭두각시는 순간 재건의 코앞으로 다가왔다. 그는 얼굴을 바싹 갖다 대고는 말한다. 가까이에서 본 꼭두각시의 얼굴이 꿈틀거리는 것 같았다.

"으흐흐흐흐. 이를 어쩌나. 하나 빼먹었군. 너와 네 친구들이 여기 잡혀 있다는 사실을. 이건 어떤가? 트릭을 알려주면 너희 목숨을 살려주는 건. 그래, 다른 패는 없나? 내가 보기엔 우린 처음부터 들고 있는 카드 수가 달랐던 것 같은데?"

눈앞에서 울려대는 걸쭉한 웃음소리가 영 껄끄러웠다. 하지만 맞는 말이었다. 재건이 여기서 뭔가를 뒤집을 수는 없었다. 그는 지금 의자에 묶여 입만 나불거릴 수 있을 뿐이니.

자신은 말이다.

"거기서 그만! 이 동영상을 유포하면 신도들이 모두 실망하고 떠나버리겠지요?"

여자의 목소리였다. 꼭두각시는 재빨리 문 쪽으로 고개를 돌렸다. 거기에는 선예가 총을 겨누듯 휴대폰을 들이밀고 서 있었다. 옆에서는 마곤이 숨을 헐떡거리고 있었다.

"지금 상황을 말씀드리자면 내 휴대폰은 광대역 LTE로 유튜브에 접속중이며 버튼 하나만 누르면 방금 아저씨가 탐정님을 협박하던 영상이 미국에 있는 유튜브 서버에 저장되어 전 세계에서 퍼질 예정이랍니다. 이거면 됐나요?"

"이놈! 어떻게!"

"예이! 좋아! 잘했어! 선예 양, 마곤 양! 역시 내 제자들이야! 내가 예상한 대로 잘 와줬어!"

재건은 의자를 들썩이며 말했다.

"아니, 왜 나까지 양이라고 부르는데요?"

마곤은 여전히 뾰로통한 얼굴이었다.

"나는 왜 당신 제자로 넣은 거죠?"

선예도 불만스레 말했다.

재건은 우렁차고 요란하게 웃으며 말했다.

"카드 숫자는 내가 적었을지 몰라도 패의 질은 내가 우위였던 것 같군. 그래, 어디 다시 협상을 해볼까?"

재건은 처음의 목소리 그대로 의기양양하게 말했다.

조금 전.

먼저 도착한 것은 가드들이었다. 그들은 험한 말을 하며 방송실 문을 두드렸다. 마곤은 그들보다 일 분쯤 늦게 도착했다.

선예는 화면 속에서 마곤이 다가오는 모습을 차분히 보고 있을 수가 없었다. 마곤은 너무도 부주의하게 성큼성큼 걸어왔다. 기척을 숨기려고도 하지 않았고 하다못해 빠르게 기습하려는 것 같지도 않았다.

마곤은 자연스럽게 사내들 틈을 파고들었다.

그런데도 아무도 마곤을 보지 못했다. 마치 옆에 아무도 없는 것처럼. 가드들은 문을 두드리거나 소리지를 뿐이었다. 조금 전에도 마곤은 사람들 사이를 자유롭게 오갔다. 선예는 투명 인간을 떠올렸다. 하지만 지금 자신은 마곤을 보고 있지 않은가. 비록 모니터로 보는 거지만. 그래서 위화감이 든 것이다. 나에게는 보이는데 저들은 볼 수 없다.

보이지 않는다. 초능력. 선예는 깨닫고 있었다. 그것을 믿어야만 이 현상을 온전히 설명할 수 있다. 그 이외에 이 모순을 끌어안고 설명할 방법은—아무리 생각해도 찾을 수 없었다.

마곤은 가드들 틈으로 들어가더니 그중 한 명의 품속에서 총을 꺼내 들었다. 총을 빼앗긴 가드는 흠칫 놀라며 가슴팍을 더듬었다. 총이 없어진 것을 깨달은 그는 동료들에게 알렸다. 동료들은 각자 자기 옷섶을 점검하며 총을 확인한다. 그러고 나서는 총을 잃어버린 가드를 구박한다. 이들 중 상사는 없는 것 같다. 가드들은 잠시 목적을 잃고 서로에게 삿대질하며 다투기 시작한다.

마곤은 총을 이리저리 살펴보았다. 총구를 들여다보더니 여기저기 장치를 만지다가 무언가를 건드리니 총 손잡이에서 탄창이 분리된다. 그것을 본 마곤은 깜짝 놀라서 총을 놓쳤지만 몇 번 허공에서 허우적대고 나서 다시 탄창과 총을 잡을 수 있었다. 진짜 총이었다.

마곤은 조심스레 총을 뒤춤에다 꽂았다. 영화에서 건달들이 주로 꽂아두는 위치다. 아무래도 총을 쓰는 것은 무섭다. 벌써부터 살인자가 되고 싶지도 않고 총을 다룰 줄도 모른다. 마곤은 가드 중 한 명의 오금을 쳐서 무릎을 꿇렸다.

문 바깥에서 짤막한 비명이 들렸다. 선예는 힐끔 문 쪽을 보고는 다시 화면에 집중했다.

마곤은 무릎을 꿇은 사내의 손에서 진압용 몽둥이를 빼앗았다. 그리고 그것으로 목덜미를 힘껏 후려쳤다. 사내는 앞으로 고꾸라지고 말았다. 느닷없이 쓰러져 기절한 남자를 보고 나머지 가드들은 깜짝 놀라며 물러나 총을 뽑아 들거나 입으로 위협하며 몽둥이를 허공에 휘둘렀다. 마치 눈이 먼 것처럼 제각기 다른 곳을 겨누고 소리지르는 모습이 우스꽝스럽게 보였다. 마곤은 한 명 한 명 제압했다. 무릎을 쳐 쓰러뜨리고는 뒤통수를 가격한다. 사람을 한 번에 기절시키는 일은 쉬운 일이 아니다. 사람의 두개골이 얼마나 튼튼한지는 직접 휘갈겨본 사람이 아니면 모른다. 재건은 그런 요령을 가르쳐주었다. 어느 부위를 어떤 강도로 쳐야 한 번에 기절하고 목숨에도 지장이 없는지. 어떤 기술이든 실전 연습으로 숙지해야 한다는 지론하에 서로의 뒤통수를 기절할 때까지 두들기다가 재건이 가벼운 뇌진탕으로 병원에 실려갔던 일은 기억하고 싶지 않았지만.

문밖의 비명은 그대로 안으로 전해졌다. 총소리도 들렸다. 하지만 총에 맞은 사람은 아무도 없는 듯했다. 고통에 지르는 비명. 두려움에 찬 외침. 애원하는 소리. 조금 불쌍해 보이기도 했지만, 한편으로는 통쾌하기도 했다. 제압은 금방 끝났다. 남자들이 모두 쓰러지자 선예는 문을 열어주었다.

"우와! 정말 대단해. 저 경비원들을 이렇게 금방 쓰러뜨리다니!"

"별거 아니에요. 그보다 어떻게 된 거예요?"

마곤은 가드들에게 빼앗은 권총 다섯 자루를 풀어놓았다.

"모르겠어. 작전이 새 나간 것 같아. 침입을 들킨 정도가 아니야. 우리가 컴퓨터에 바이러스를 침투시키려던 걸 알지 않고서야 그렇게 할 수가 없어."

"어떻게? 저 사람들이 연락을?"

마곤은 묶여 있는 사람들을 가리키며 말했다.

"그건 아닌 것 같은데. 기절해 있잖아. 휴대폰도 압수해둔 거지?"

마곤은 대답 대신 가드들의 휴대폰이 쌓여 있는 책상을 가리켰다.

"우리 세 사람말곤 이 작전을 알고 있는 사람 없지?"

"네. 우리 중 그걸 유출할 사람도 없죠. 누나는 의뢰인이니 그럴 리가 없고, 나나 탐정님도 물론이고요."

"도청이라도 당한 게 아닐까?"

"도청이라뇨. 어느 틈에요. 사무실엔 방비가 확실하다고요. 누나가 뭔갈 달고 들어왔을 리도……."

"어? 으음……."

선예는 뭔가가 생각난 듯 말했다.

"뭐 걸리는 거 있어요?"

"아니, 그냥, 으음, 노파심이라고 생각했는데."

"뭔데요? 사소한 거라도 짚이는 게 있으면 말해줘요."

선예는 핸드백에서 전원이 나간 휴대폰을 꺼냈다.

"이걸 한번 잃어버렸던 적이 있었거든. 알바중이었는데 휴대폰이 사라진 줄도 모르고 있다가 점심시간에 한참 찾았는데……."

휴대폰을 둘 만한 곳은 전부 뒤져봤다고 했다. 당연히 창고 옆의 작은 분재 뒤쪽도 살펴보았다. 하지만 마감 직전 동료가 선예의 휴대폰을 건네주면서 하는 말이 그 분재 뒤에서 나왔다는 것이다.

"누가 만졌을 가능성이 있군요."

"응. 그 뒤로 한 번인가, 스스로 꺼졌다가 켜지는 일이 있었거든? 그래서 혹시 좀비 휴대폰이 아닌가 걱정하기도 했는데 아무 일도 없고 바쁘고 해서 잊어버리고 있었어."

"줘보세요. 아니, 좀비 휴대폰일지도 모른다고 생각하면서 아무것도 안 알아본 거예요?"

핀잔하며 마곤은 휴대폰을 건네받았다.

"백신으로 확인은 해봤다고. 그런데 아무런 이상이 없었어."

"아이폰이네요. 지금 충전할 시간은 없으니 나중에 확인하죠."

"정말 그렇다면 꺼진 게 차라리 나을지도?"

"일단 여길 빠져나가고 생각하죠. 탐정님, 탐정님은요?"

"꼭두각시가 나타나서 이야기중인 것 같은데."

"네? 으음, 탐정님은 우리가 구해서 가죠."

"어떻게? 펜트하우스로 가는 법을 모르잖아."

"말했잖아요. 제 특기가 침투라고. 펜트하우스라면 맨 꼭대기 층으로 가면 되겠죠, 뭐."

"그러니까 어떻게 가겠단 거야?"

"엘리베이터말고 또 있나요? 가죠!"

"잠깐만."

선예는 책상 위에 있는 총 한 자루를 집었다.

"나도 하나 챙겨야지."

"총기 소지는 불법이에요."

"이건 어떻고?"

선예는 마곤의 뒤춤을 툭툭 두드렸다. 마곤은 익, 소리를 내고는 몸을 내뺐다.

두 사람은 바로 움직였다. 그들은 가드 한 명의 머리에 총을 들이대고 펜트하우스로 가는 방법을 물었다. 그는 벌벌 떨며 실토했다. 엘리베이터를 통해 가야 하는데 가장 중요한 비밀번호는 모른다고 했다. 어쩔 수 없이 그들은 다음 장소로 이동했다. 엘리베이터까지 가는 길은 마곤이 숙지하고 있었다. 그들은 별다른 방해를 받지 않고 11층까지 오를 수 있었다.

당연하게도 엘리베이터 버튼은 11층까지밖에 없었다. 하지만 방법이 없는 것은 아니었다. 마곤은 비상 정지 버튼을 누르고 천장의 문을 열고 올라갔다. 엘리베이터 천장에 서자 위층에 닿을 수 있었다. 마곤은 더듬거리며 안쪽에서 문을 열 수 있는 수동 레버를 찾아서 당겼다. 문은 간단히 열렸다.

선예가 위로 올라가는 것이 문제였지만 밑에서 난간을 밟고 마곤이 위에서 끌어올려 간신히 올라갈 수 있었다.

“이런 건 어디서 배운 거야?”

“침투가 특기라니까요. 엘리베이터도 몇 번 해봤어요. 유형별로 다르긴 한데, 이 안에서 버튼 조작이 가능한 경우도 있고 바깥에서 정지시키고 문을 열고 올라가는 방법도 있고.”

“너흰 대체 무슨 일을 하는 거야?”

"무슨 일이라뇨. 보다시피."

"뭐, 재밌어서 좋긴 하지만."

선예는 씩 웃어 보였다. 놀랄 만한 적응력이다. 당황한 쪽은 오히려 마곤이었다. 그렇게 괴상해빠진 탐정에 초능력을 쓰는 자신까지 접하면서 이토록 태연한 사람은 선예가 처음이었다. 보통 재건의 영업 방식에 기겁하거나 반신반의하며 경계를 늦추지 않는다. 애초에 수사에 따라나서는 의뢰인도 없다. 탐정이라는 말에 순진하게 만화나 소설 속 탐정을 기대하는 의뢰인도 없다. 그런데 선예는 그 어떤 의뢰인과도 달랐다.

"제가 먼저 둘러볼게요. 지키는 사람이 더 있을지도 모르니까요."

마곤은 그렇게 말하며 방안으로 들어갔다. 선예는 무심결에 마곤을 부르려 했지만 그럴 수 없었다.

눈앞에서 사라지고 말았기 때문이다.

한순간이었다.

선예의 인식계는 그 순간 극심한 혼란을 겪었다. 바로 조금 전까지 눈을 마주치고 있던 소년이 찰나에 시야에서 사라져 버리고 말았다. 기억과 시각이 충돌을 일으켰다. 마곤과 이야기를 하고 있었다는 사실, 그리고 갑자기 눈앞에서 사라졌다는 현실. 두 가지 사실 중 무엇을 믿어야 할까? 머릿속이 새

하애졌다. 생각이 머릿속에서 지워진 듯한 기분이었다. 내가 누구와 이야기하고 있었지? 순간적인 착란이 일어났다. 갑자기 발을 딛고 있던 땅과 중력이 함께 사라진 듯한 기분. 간신히 녀석이 한 말을 떠올릴 수 있었다.

'초능력이라고? 맞아! 초능력이라고 했어! 이렇게 눈앞에서 사라지는 게 그건가 봐!'

마곤은 사라진 것처럼 순식간에 다시 눈앞에 나타났다.

"됐어요. 여긴 아무도 없고 지금 중요한 영상을 찍었어요. 거래를 해야 할 것 같은데……."

마곤은 자신의 휴대폰을 내밀었다. 재건과 꼭두각시가 대화를 나누고 있는 장면이 재생되고 있었다. 선예는 그것을 받아들었다.

"초능력이라고 했지? 그게 무슨 능력이야? 이름이 뭐야?"

"딱히 이름이라곤……. 탐정님은 '시선을 피하는 능력'이라고 부르지만요. 그냥 사람들이 날 못 보는 것뿐이에요."

"그래! 그거구나! 시선을 피하는 능력이었어. 어쩐지. 아주 사라지는 건 아니구나? 그래서 CCTV에는 보이는 거고."

"그렇죠, 뭐. 탐정님한테 가자고요."

"그래. 멋있게 등장하는 거야!"

선예는 기세등등하게 달려나갔다. 마곤이 뒤를 따랐다.

뭐 어떤가. 가끔 이렇게 활기찬 작전도 괜찮을지도. 어쩌면 재건 혼자 폭주하는 걸 놔두느니 이렇게 같이 달려주는 동행자와 있는 편이 더 나을지도 모른다. 사태가 감당 못 할 지경으로 치닫지만 않는다면. 마곤이 걱정하는 것은 그것이었다.

협상은 11층에 있는 꼭두각시의 개인 집무실에서 이뤄졌다. 바깥에서 빛이 들어오지 않는 방의 벽면에는 맞춰 짠 책장에 책이 가득 꽂혀 있고 바닥에는 붉은 카펫이 깔려 있었다. 낮은 조도가 유지되는 그곳에서 꼭두각시의 가면은 더욱 기괴하게 그늘져 보였다.

협상은 빠르게 끝났다. 재건 일행의 침입 건은 꼭두각시 측 직원이 동영상을 직접 삭제하는 것으로 무마하기로 하고, 서로의 비밀은 함구하기로 했다. 반대하는 선예에게는 이렇게 말했다.

"우리가 얻은 걸 지키는 게 우선이에요. 민선욱 씨에 대해선 다른 쪽으로도 알아볼 방법이 있으니까 후일을 기약하죠."

"우리가 얻은 게 뭐지요?"

"돌아가서 말해줄게요. 여기는 적의 소굴인 걸 잊지 말자고."

그 밖에도 교환할 것이 있었다. 재건은 선예에게 붙은 감시와 도청 장치를 제거해달라고 요구했다. 대가로 마곤이 챙긴 총을 내주기로 했다.

"이 총을 갖고 있던 녀석들의 지문이 묻어 있겠지. 당연히 이곳과의 연관성도 드러날 거고. 베레타, 이건 개인 소유가 금지되는 살상용 총인데 많은 해명이 필요할 거야."

"좋다. 그 친구에 대한 감시는 모두 거두겠다. 휴대폰에 설치된 악성 코드는 완전히 없애기 어려우니 포맷하는 게 좋을 거야."

꼭두각시는 말했다.

"뭐라고요? 이제까지 날 감시해온 것도 열받고 오빠에 대해 숨기는 것도 짜증나는데 휴대폰까지 포맷하라고요?"

선예가 발끈해 나서는 것을 재건이 말렸다.

"진정, 진정하시고. 우린 지금 협상중이라고요. 협상은 공정해야 합니다. 우리 자신에게도. 선예 씨가 불편한 건 어떻게든 제가 떠맡아드릴 테니 이 안으로 상호 합의하면 어떻습니까? 마곤의 휴대폰에 찍힌 동영상, 민선욱 씨의 비밀, 총을 돌려주는 대가로 우리의 자유, 이 녀석의 비밀, 감시 및 도청의 철회 그리고 재발 방지 약속."

재건은 마지막 말에 힘을 줘 말했다.

"이렇게 교환하는 것으로. 그러면 양자 동등하게 가져가게 되겠네요. 물론 언제나 협상은 모두에게 불만족스러운 결과를 가져오죠. 하지만 이 결과가 모두에게 공정한가 하는 문제와는 다를 거고요. 모두 여기에 동의하십니까?"

그 자리에 입회한 모두가 동의하며 그날의 작전은 종료되었다.

"이건 너무 불공정하다고요! 난 사과도 받지 못했어요. 우리 오빠가 거기 있는지 없는지도 못 들었고요, 왜 가족이라는 이유로 감시받아야 하는지도 듣지 못했어요. 어째서 이게 공정한 협상인 거죠?"

차로 돌아오면서 선예는 짜증을 냈다.

"공정하단 말은 서로 주고받는 게 동등하단 뜻이야. 우리가 받아야 할 게 더 있다면 줄 것이 있어야지."

"그래도 이건……. 너무 좀, 그렇잖아요!"

"걱정 마. 민선욱 씨는 반드시 찾아낼 거니까."

"어떻게요?"

"민선욱 씨가 음모의 핵심에 있다는 것을 알았으니 최대한 진상을 추적하고, 놈을 쫓고, 음모를 분쇄해야지. 그러면 반드시 드러날 거야. 그리고 우리에겐 숨겨둔 패가 더 있었다고."

"아까 말했죠? 얻은 게 있다고요."

"그래. 바로 이거지. 마곤 녀석이 그 안을 돌아다니다 발견해 보내준 건데, 이게 핵심이라고."

재건은 야심 차게 웃으며 휴대폰에서 사진을 보여준다.

"이게, 뭐죠?"

어떤 건물의 단면도였다. 휴대폰 카메라로 찍은 거라 세세한 부분까지 알아볼 수는 없었지만 엄청난 규모의 건물이라는 것은 알 수 있었다. 그것도 단순히 업무용 건물이 아니라 층별로 상가와 극장, 홀, 지하철역 등이 함께 있는 종합 상업센터 정도로 보였다.

"이건?"

"보다시피 CAD 설계도인데, 너무 커서 한 장에 다 담으려면 이 정도 해상도밖에 안 돼. 어딘지 알겠어?"

이 정도 규모의 건물은 한국에 그리 많지 않다. 선예는 아는 범위 내에서 엇비슷한 상업 센터를 추려보았다. 지하철역, 같은 층의 극장, 커다란 홀. 건물의 구조는 단면도만 봐도 떠올릴 수 있었다.

"코엑스. 삼성역에 있는 코엑스 지도구나!"

"네, 코엑스예요. 이게 꼭 작전 브리핑할 때 쓰듯이 벽에 걸려 있더라고요. 옆에 화이트보드에는 이것저것 씌었다가 지워진 흔적이 있었는데요, 알아볼 수가 없어서 그건 찍지 않았는데 하나 봐 온 게 있어요."

뒤에서 따라오던 마곤이 말했다.

"날짜였어요. 2월 10일."

"2월 10일? 코엑스? 그날 뭔가를 한다는 거야?"

"나도 잘 몰라서 한번 검색해봤지. 그랬더니 그 날짜에 코엑스에서 무슨 행사를 하더라고. 국제 뇌 과학&인공지능 컨퍼런스."

재건은 휴대폰 화면을 바꿔서 보여줬다.

"텔레비전에서 자주 광고하던 그거군요."

마곤은 말했다.

"나도 들어본 적 있어요. 《네이처》 등재 과학자가 연다는 그거. 이름이 뭐였더라? 무지 유명한 사람 같았는데."

"황오규. 그저 유명하다 정도가 아냐. 뇌신경학자인데 죽지 않는 뇌세포와 치매 연구로 인류의 영원한 꿈인 불로불사의 길을 탐구하는 과학자. 이미 일부에선 국가적 영웅으로 추앙하고 있으며, 불치병 환자들 사이에선 재림한 예수, 현세에 현현한 미륵불 지위에 있는 인물이야."

"어쩐지, 오늘 만난 인간이랑 비슷한 것 같네요."

마곤이 말했다.

"그보단 오래전 논문을 조작했던 과학자랑 비슷한 것 같아."

"아, 기억나요. 그럼 이 사람도 조작이라는 거예요?"

"아니. 이 사람 지위가 말이야. 적어도 논문은 조작이 아닌 것 같은데, 그 논문은 전 세계적으로 센세이션을 일으켰다고 해. 이미 과학계는 물론이고 정계라든가 행정 부처에까지 이 사람 입김이 미치는 모양이야. 적어도 한국에선 연구비에 한해 가장 자유로운 사람이라고 할 수 있지. 개인 스폰서도 있는 것 같고."

"그 사람도 탐정님 파일에 있는 사람이에요?"

선예는 재건이 보여줬던 두꺼운 자료집을 떠올리고는 말했다.

"그렇지."

"그럼 이 사람도 탐정님이 노리고 있어요?"

"응. 아니. 아니, 그래. 정보를 모아두긴 했는데 보류야. 뚜렷하게 미심쩍은 부분은 없으니까."

"그런데 왜 정보를 모아둔 거죠?"

"그건……."

재건은 잠시 말을 멈췄다가 말했다.

"꼭두각시는 확실히 수상한 점이 있었지만, 이 사람은, 모르겠어. 행적에서 수상한 점은 없고. 이 사람 말이야……."

재건은 헛기침하고는 말했다.

"능력자야. 무슨 능력인지는 모르지만."

"또 초능력이에요?"

선예는 초능력자가 또 나타난다 해도 이제 놀라지 않을 자신이 있었다.

"응. 작년인가 알게 됐어. 내가 황오규를 먼발치에서 본 게 삼 년 전인데 그때는 분명히 능력이 없었어. 그사이에 개화한 거야."

"개화요?"

"응. 태어날 때부터 능력자인 경우는 없어. 아, 있긴 있겠다. 하지만 매우 드물 거야. 능력은 대개 심리적 이유로 개화하거든."

"하루아침에 초능력자 두 명을 알게 되니 뭐가 엄청 엉망이 된 기분이네요."

"참고로 나도 능력자지롱."

"네에? 정말요?"

갑자기 선예의 눈이 은하수를 몽땅 집어넣은 것처럼 빛난다.

"혹시 갑자기 멀리서 나타나거나 시간을 멈추거나 작은 소리도 듣거나 사백 년쯤 살거나 아니면 잘생겨지거나 하는 그런 건가요?"

"이봐, 뭘 생각하는 거야? 그런 허접한 게 아니라고."

선예는 칫, 하고 소리를 낸다.

"엥? 왜 칫이야?"

"개나 소나 능력자예요? 여기저기 능력자가 넘치네요."

"개나 소나라니. 그런 사람들을 찾아내는 게 내 일이라고."

"왜 처음부터 말 안 했죠?"

“말했는데? 홈페이지에도 적혀 있고.”

“미궁 속의 어쩌고 하는 거요? 그거 보고 어떻게 알아요?”

“분명히 나와 있잖아. ‘초자연적인 현상’이라고.”

“보통은 그런 거 보면 미친 거 아냐? 라고 생각한다고요.”

“아니, 왜 그렇게 보지? 그 말이 진짠지 직접 확인하지 않으면 모르잖아.”

“상식이란 걸 생각하라고요, 좀.”

“상식 따위는 무한대로 펼쳐진 내 시냅스를 억제하는 방해물 같은 거야. 인간의 상상력을 억압한다고!”

“그보다 먼저 사람이 돼야죠…….”

“나만큼 완벽한 사람이 어딨다고 그래?”

“그리고 당신…….”

어느덧 주차해둔 차로 돌아왔다. 다행히 차는 견인되지도 딱지가 붙지도 않았다. 차 앞에 서서 선예는 집게손가락으로 찌르듯이 재건을 가리키며 말했다.

“왜 어느 순간부터 반말이죠? 너무 자연스러워서 나도 모르고 있었네.”

“음, 뭐, 그러고 보니.”

“우리 만난 지 이틀밖에 안 된 거 알아요?”

재건은 잠시 머뭇거리다가 웃음을 터뜨리며 말했다.

“하하핫! 뭐, 어때. 선예 씨는 이런 거 따지는 사람도 아니잖아."

"그건 어떻게 알아요? 그것도 추리한 건가요?"

"아니, 그냥, 음, 그럼 한번 논리적으로 추론을 해볼까?"

재건은 달려들어 선예의 어깨에 양손을 얹고서 눈을 마주쳤다. 선예는 깜짝 놀라 어깨를 빼려 했지만 재건의 억센 손에서 빠져나갈 수 없었다.

"민선예 양의 키는 155센티미터 이하. 뛰어다닐 게 뻔한 곳에 오면서도 짧은 치마에 굽을 아예 포기하지 않은 걸 봐서는 키에 대해 나름 신경쓰고 있다. 하지만 눈 화장이 거창하지 않은 건 꾸며봤자 성숙미 같은 걸 바랄 처지가 아니라는 것을 인지하고 있다는 뜻. 따라서 실제 나이보다 어린 취급을 받으며 살고 있지만 어느 정도는 받아들이고 있다는 결론을 내릴 수 있지. 오, 체념과 저항이 아직도 공존하고 있군. 마치 몸집이 커 보이게 하는 이 볼륨 펌처럼 말이지. 연하에게는 만만한 사람 취급, 연상에게는 애 취급. 거기에 저항하면서도 은근히 자기 캐릭터를 즐기고 있고. 게다가 이 점점 부풀어오르는 볼을 보면 자기도 모르는 유아성이…… 으음……."

이건 아니다 싶은 것을 깨달은 재건은 말을 멈췄다. 선예의 얼굴은 주둥이를 막아놓은 주전자 같았다.

"결론은, 친근하고 씩씩해서 보기 좋은, 그런 사람이란…… 거지."

재건이 한쪽씩 어깨에서 손을 떼며 뒤로 물러서려고 했지만 때는 이미 늦은 것 같다.

"그래, 나 숏다리고 유아 체형이다! 키 크고 늙어서 좋겠네, 이 변태 탐정아!"

하며 대차게 발길질을 한다.

"으억! 어, 어딜 차는 거야!"

선예의 구둣발은 재건의 몸 한가운데에 정확히 꽂혔다. 재건은 배를 감싼 채 쓰러지고 말았다.

"내 키로는 거기까지밖에 안 닿거든요?"

그렇게 말하며 선예는 차문을 열려 했다. 하지만 문이 잠겨 있었다. 홱 돌아보자 마곤은 재빨리 키를 꺼내 양손으로 가져다 바친다. 선예는 차에 올라타 쾅 소리가 나도록 문을 닫았다. 재건은 바닥을 기어다니고 있었지만 마곤은 어깨를 으쓱할 뿐이었다.

3 오후

탐정 김재건과 그의 조수 박마곤의 일과는 단순했다.

일어나는 시각은 일정하지 않다. 정해진 기상 시간은 인간을 길들일 뿐이라는 것이 재건의 지론이었다. 일어나면 재건은 이불 속에 뒹굴면서 휴대폰으로 뉴스를 본다. 이때 들이는 시간이 한 시간 정도 된다. 재건은 시사 정보 수집은 탐정의 가장 중요한 업무 중 하나라고 말했다. 선예가 보기에는 그저 잠자리에서 뻗대는 것일 뿐이었지만. 그래서 선예가 재건의 사무소를 방문해서 제일 먼저 하는 일은 두 고깃덩어리를 두들겨 깨우는 일인 경우가 많았다.

"빨리 안 일어나요! 지금 숙녀가 오셨는데 어디서 배 까뒤집고 자고 있어?"

"으으, 춥단 말이야. 이불 줘."

"이불은 당신이 전부 깔아뭉개고 있거든? 탐정이 이 모양이니까 얘도 이렇게 생활이 엉망인 거 아니에요!"

재건의 사무실은 두 칸으로 돼 있다. 응접실이 부엌을 겸하고 있고 문 안쪽으로는 그리 넓지 않은 좌식형 생활공간에 접이식 매트리스 두 개가 놓여 있다. 화장실은 상가의 공용 화장실을 쓴다는 말에 선예는 기겁했다. 침실 한구석에는 세면도구가 담긴 목욕탕 바구니가 있었다. 세수할 때나 머리 감을 때는 그걸 들고 상가 세면대로 가고 몸이 근질거릴 때쯤이면 목욕탕에 간단다. 그야말로 대충대충이다. 선예가 보기에 인간이 불을 발견하기 이전의 생활양식과 일말의 차이도 없는 꼬락서니다. 이걸 그냥 둘 수는 없다.

"당장 안 일어나면 바지를 벗겨버리겠어요!"

"음냐, 바지 따윈 안 입고 있다고."

"뭐라고요? 그럼 지금 입고 있는 건……."

"트렁크야. 벗기면 엄청난 걸 보게 될걸?"

"빨리 옷 안 입어!"

선예는 재건을 매트리스째 말아 걷어찼다. 팔십 킬로그램이나 되는 몸이 한 바퀴 굴러서 벽에 처박히고 말았다.

"전 일어났어요!"

마곤은 노리고 있던 듯 세면도구를 들고 후다닥 방을 빠져나간다.

"착한 아이네요."

선예는 우당탕 요란하게 멀어져가는 마곤의 발소리가 들리는 쪽으로 고개를 돌린 채 말했다.

"뭘 모르는군. 저 나이 때는 말이야."

"모를 리가요. 사춘기잖아요. 탐정님처럼 여자 앞에서도 부끄러운 줄도 모르는 애가 아니라."

"그 말이 아니라."

"아니면 뭐요?"

"아니, 아니다. 괜히 맞을 것 같으니 그냥 넘어가자."

하며 재건은 벌떡 일어선다.

"어딜 넘어가요? 궁금하잖아요. 무슨 말이에요? 안 때릴게요."

"Secret makes a woman woman."

"잰 남자애잖아요."

재건은 옷이 대롱대롱 매달린 벽면으로 미끄러지듯 달려갔다. 트렁크 차림으로 선예 앞에 서는 것은 아랑곳하지 않았다. 재건은 콧노래를 흥얼거리며 셔츠를 고르고 위아래 재킷과 바지를 집었다. 옷걸이에 걸려 있는 옷은 대개 양복이었다. 이 사람은 양복말곤 입는 방법을 모르나 하는 생각이 들 만큼 집요하게 양복을 고집했다. 하지만 옷의 가격에는 일관성이 없어 보였다. 인터넷에서 산 것 같은 싸구려가 있는가 하면 한눈에 보기에도 손이 많이 가 보이는 맞춤옷, 선예도 이름을 들어본 비싼 브랜드까지 있었다. 하지만 정작 재건은 옷에 차별을 두지 않았다. 중요한 일이 있다고 고급 브랜드를 입는 게 아니었고 하루 종일 빈둥거리느라 값싼 옷을 입는 것도 아니었다. 그날그날 기분에 따라 정할 뿐이었다.

오늘은 흰 셔츠에 군청색 블레이저였다.

"뭐냐고요, 정말. 사람 궁금하게 만들고."

"호기심은 고양이를 죽일 수 있지. 난 지금 옷을 입을 거야. 물론 잠옷 위에 그대로 입지는 않을 테고."

재건은 오늘의 의상을 보란듯 내밀며 말했다.

"그래서 지금 내 앞에서 옷을 갈아입겠다고요? 어디 할 수 있겠어요?"

선예는 팔짱을 끼고 말했다.

"날 우습게 봐선 곤란해."

말이 끝나기도 전에 재건은 트렁크 허리춤에 양쪽 엄지를 집어넣었다. 그 안으로는 아무것도 없었다. 동작에는 군더더기가 없었다. 망설임도 없었다. 허리를 숙이며 팔을 아래로 내리는 와중에…….

"뭐하는 거야!"

선예는 소스라치게 놀라 순간적으로 매트리스를 뒤집어 던졌다. 재건은 다시 이불 더미에 깔리고 말았다. 선예는 그 위로 사정없이 발길질을 했다.

"제정신이야? 성희롱으로 고소할 거야! 이 변태! 노출증 환자! 살인자! 국회의원!"

재건은 이불 속에서 커억커억 하고 맞는 소리를 냈다. 한참을 발길질하다가 선예는 한차례 더 쏘아붙이고는 응접실로 나갔다. 재건은 먼지를 휘저으며 멍한 눈으로 일어나 주섬주섬 옷을 챙겼다.

선예가 잔뜩 토라진 얼굴로 팔짱을 끼고 앉아 있는데 씻고 옷까지 갈아입은 마곤이 돌아왔다.

"탐정님이 또 무슨 잘못을 했어요?"

"말도 마라, 정말. 넌 저런 걸 어떻게 데리고 사니?"

"그것도 다 요령이죠, 뭐."

두 사람은 서로 마주보고 헛웃음을 짓고는 곧이어 동시에 한숨을 내쉬었다.

기상 이후의 일과는 정해진 것이 없었다. 사건이나 조사할 것이 있으면 출장을 나가고 의뢰인이 방문하면 상담을 하고 자료 정리할 것이 있으면 정리했다. 하지만 선예가 수사 회의차 방문하는 몇 차례 동안 재건이 일다운 일을 하는 모습을 본 적은 한 번도 없었다. 지금 맡고 있는 의뢰는 이것 하나뿐이고 당연히 다른 의뢰인도 없었으며 필요한 정보는 대충 갖추고 있었으니까. 대개 느지막이 일어나 회의를 간략히 하고는 할 일이 모두 끝났다는 듯이 만화책을 보거나 다시 침대에 드러눕는 게 전부였다.

선예는 아르바이트 시간을 쪼개서 사무실을 방문했다. 그래서 때로는 바쁘게 살아가는 자신이 바보같이 느껴지기도 했다.

"도대체 이렇게 일해서 밥값은 벌어요? 임대료는 어떻게 낸대요?"

"이래 봬도 제법 번다고. 내가 이 분야에선 유일하다 보니까."

"뭐, 초능력 같은 거요?"

"사람들은 어려움이 있을 때 반드시 도움을 요청하기 마련이거든. 문제를 해결할 수 있는 사람은 나뿐이니 이리로 올 수밖에 없지."

"어떻게요? 보통은 이런 탐정이 있다는 것 자체를 모를 텐데요? 아니, 보통은 문제가 생기면 탐정을 부르겠단 생각을 안 해요. 나도 처음에 우리나라에 명탐정이 있다는 말 듣고 안 믿었어요."

"이게 다 영업 노하우야. 여기저기 인맥이 있어. 방송국에서 사건 사고나 미스터리를 다루는 PD라든가, 유명 역술인이라든가, 아니면 인터넷에서 유명한 미제 사건 사이트 운영자랑 연결이 돼 있는 거지. 사람들이 내 존재는 알지 못해도 그런 유명하고 공식적인 루트로는 제보를 하거든. 그 사람들이 잘 모르겠다 싶으면 나한테 넘기는 거야. 그것만 해도 꽤 된다고. 알음알음으로 찾아오는 사람, 홈페이지 보고 찾아오는 사람도 있고."

"그렇군요."

선예는 고개를 끄덕였다. 납득 가는 설명이었다. 자신 또한 지인 소개로 재건을 알게 됐으니. 사무소를 내걸고 손님이 들어오기를 기다리며 앉아만 있다가는 가진 재산이 임대료로 모두 빠져나갈 때까지 손가락만 빨고 있을 수밖에 없을 것이다.

"난 아는 언니가 소개해줘서 왔거든요. 이 얘기는 안 했죠?"

"응. 그냥 그것만 말해줬어."

"언니도 직접 탐정님을 알진 못한대요. 언니 아는 사람이 탐정님 도움을 받았다고 하던데 자세한 얘기는 바로 요전에 들었거든요. 뛰어다니는 구두라고 있었죠?"

"으익. 그 사람이랑 연결됐던 거였군요."

마곤이 녹차를 마시다가 얼굴을 찌푸렸다.

"끔찍한 사건이었지."

재건은 고개를 끄덕이며 말했다.

"탐정님이랑 마곤이가 하는 거 못 봤으면 안 믿었을 거예요. 그래서 언니도 최근에야 그걸 알려준 것일 테고요."

"나도 그래. 공개적으로 비현실적인 현상을 모집한다고 말하고 있지만 대부분은 안 믿거든. 그래서 의뢰인에 따라 필요한 경우에만 알려주고 있어."

"이번 사건처럼 말이죠."

마곤이 말했다.

"그 박사에 대해선 알아낸 게 있나요?"

선예는 황오규에 관해서 물었다. 뭔가 초능력을 지녔다는 사람. 왜인지 꼭두각시의 표적이 된 듯한 사람.

"아니, 전혀. 공개돼 있는 자료 이상으론 구할 수가 없어. 그 사람 개인 보안이 철저해서. 몇 번이나 접촉을 시도해봤지만 모두 거부당했고 주변 사람들과도 만나기가 쉽지 않아."

"바쁜 사람이니까요."

"그렇다고 보기에는 뭔가 수상해."

재건이 말했다.

"어렵게 그 사람과 예전에 일했던 연구원과 만나봤는데 의미심장한 얘길 하더라고. 황오규는 이 년 전부터 이상하게 연구 진척이 안 되더래. 대신 외부 활동이 많아지고 쇼 프로그램에 나오거나 정치권이랑 링크 설을 띄우거나. 단순히 설에 그쳤지만. 그리고 주변 사람들을 정리하기 시작했다는 거야. 몇몇 측근을 남겨두고 수년간 같이 연구를 해오던 사람들이나 연구소 직원을 모두 잘라버렸대. 마치 자신만의 성채를 쌓는 것처럼."

마지막 한마디에 선예는 고개를 끄덕였다.

"외부에서 그쪽 울타리로 들어갈 방법이 없어졌단 말이죠?"

"그래. 중요한 건 이 년간, 햇수로는 삼 년이고 실질적으로는 작년 한 해 동안 그는 학술적 활동을 하지 않았단 거야. 국가의 예산을 지원받으려면 정기적으로 연구 성과를 보고해야 하는데도 일절. 그것만으로도 비리 축에 드는 일이지만 일단 그 사람은 언터처블."

"그럼 방법이 없는 거네요. 내일이 2월 10일인데, 어떡할 거예요? 직접 가서 물어볼 거예요?"

선예가 물었다.

"몇 가지 가설을 세워보긴 했지만 연결 고리가 부족해. 코엑스 박람회에 가서 일이 벌어지길 기다리는 수밖에 없어."

"꼭두각시 측은요?"

"그쪽도. 우리 얼굴이 알려져서 직접 수사는 불가능하고, 그쪽에 관계됐던 사람들 위주로 인터뷰를 해봐도 교단의 본질까진 접근할 수 없었어."

"위험한 일은 아니겠죠? 테러라든가……."

"아닐 거야. 아니겠지. 사람이 모이는 곳, 설계도. 테러범에겐 딱 좋은 장소지만 그래야 될 이유를 모르겠어. 어쩌면 단지 쇼를 망치려는 게 목적일 수도, 아니면 거기서 뭔가 주목받을 만한 쇼를 벌이려는 게 목적일 수도. 이건 내 상상력의 한계일까."

"일이 벌어지기 전에 단정짓는 건 안 좋다고 하셨잖아요."

마곤이 말했다. 재건은 고개를 끄덕였다.

"뭐, 정작 중요한 쇼에 제가 못 가서 아쉽지만 음모든 뭐든 확실히 알아오라고요."

선예는 말했다.

"그래. 알바 간다고 했지?"

"네. 평일에는 일을 두 개나 한다고요."

"응? 근데 평일에도 종종 오지 않았어? 오늘도 평일이고."

"중간에 뜨는 시간이 있거든요. 오전 일을 하고 저녁 일이 따로 있어요."

"바쁘게도 사는구먼."

"다들 먹고살려면 이 정도는 한다고요."

세 사람은 늦은 점심으로 중국 음식을 시켜먹었다. 선예는 틈만 나면 판다처럼 뒹굴거리려 드는 두 남자를 상대로 또 한바탕 씨름하다가 해가 기울기 전에 돌아갔다.

"그런데 저 아가씨 말이야……."

라디오 소리만이 지글대는 한가로운 오후. 재건은 소파에 드러누워 읽다 만 책으로 얼굴을 덮고는 말했다.

"이상하지 않아?"

"좀 오버 페이스긴 한데, 그래도 아저씨보다 이상할까요."

"아니, 성격말고. 집안 배경이라든가 성장 과정이라든가."

"그걸 어떻게 알아요? 말해주지도 않았는데. 아, 그냥 읽은 건가요?"

"그래. 뭔가 심상치 않은 게 있는데, 물어보면 실례일 것 같아서. 건드리면 안 될 것 같은, 그런 게 있어. 오빠랑 관련된 것도 필요 이상으로 말하려 들지 않고."

"뭐, 비밀 한두 가지 없는 사람이 어디 있겠어요."

"그건 그렇지."

이마 위의 책이 스르르 미끄러져 바닥에 떨어졌다. 꼭두각시와 황오규. 전혀 연관성 없이 각각의 이유로 지켜보고 있던 두 사람이 만난다. 그 둘이 사전 조율을 했는지, 꼭두각시의 일방적 음모인지조차 알아내지 못한 것은 실책이었다. 지금으로서는 그 어떤 시나리오도 세울 수 없다. 추론의 기반이 너무 부족했다. 그야말로 직접 가서 물어보는 것말고는 방법이 없었다.

뭔가가 일어나겠지. 그게 뭔지 모른다는 게 재건으로서는 불쾌했다. 어쨌든 참을성 있게 내일을 기다리도록 하자.

폭풍전야와 같은 오후였다.

4 엑스포

"히유, 무지 많구먼."

재건은 박람회장을 가득채운 사람들을 둘러보며 말했다.

"이거 십만 명은 되겠는데?"

"오버하지 마요. 그렇게 많이는 안 들어갈 거예요."

재건이 과장해서 말하기는 했지만 코엑스는 그야말로 인산인해였다. 사람들 때문에 회장을 다 둘러볼 수도 없었다.

이렇게 사람이 몰려든 데에는 대중적으로 인기 있는 과학자가 심혈을 기울여 준비하고 홍보한 탓도 있었지만 볼거리가 많기 때문이기도 했다. 국제 뇌 과학&인공지능 컨퍼런스. 박람회의 이름이었다. 전시장은 두 개로 나뉘어 한쪽은 세계 각국의 발명품이나 아이템을 소개하는 부스로, 다른 한

쪽은 기획 전시 구역으로 쓰이고 있었다.

부스에서는 첨단 인공지능 관련 발명품이나 개발중인 아이디어가 소개되었다. 로봇이나 컴퓨터와 관련된 것도 많았지만 신경학자가 주최하는 행사이니만큼 의료와 관련된 것도 많았다.

마곤이 흥미롭게 본 것 중 하나는 미로 게임이었다. 쥐 로봇은 입구에서 시작해 출구로 빠져나가는 것이 목표고 고양이 로봇은 미로 한가운데서 시작해 쥐를 잡는 것이 목표다. 재밌는 점은 게임이 반복될 때마다 쥐와 고양이는 새로운 전략을 세우고 상대의 전략을 이용한다. 그래서 매번 다른 결과가 발생했다.

"저것 봐! 세상에나, 홀로그램이랑 대화할 수 있대! 이 엑스포의 의미를 제대로 이해하는 사람이군. 로봇은 아무리 잘 만들어봐야 공학의 영역이라고. 저건 순수하게 인공지능과 관련된 거지."

재건은 다른 곳에 관심이 있는 모양이다.

"그게 아니라 저 홀로그램이 미소녀 캐릭터인 게 중요한 거겠죠."

"그런 건 하나도 안 중요하다고! 저 캐릭터가 키즈나 아이라는 게 중요하지."

"그게 그거잖아요!"

"마치 네가 미소년 캐릭터라는 건 전혀 안 중요한 것처럼. 넌 너 자신이기 때문에 중요한 거야."

"그 말, 철학적으로 들리긴 하지만 왠지 무지 기분 나쁘거든요?"

"우리는 캐릭터의 개별성에 주목할 필요가 있어. 아야나미 레이를 더 보고 싶다고 〈흑의 계약자〉를 보는 건 말이 안 되지."

"그런 얘기 해봤자 아무도 관심 안 갖는다고요."

"아무도? 여기서 내 말을 듣는 사람은 너밖에 없는데 누구를 상정한 거지? 그래, 우린 한 가지 가정을 해볼 수 있겠지. 지금 우리의 대화를 누군가 촬영하거나 받아 적고 있다고 생각해보자. 그렇다면 우리는 의도치 않지만 영화나 소설의 주인공이 되어 독자를 상대로 이야기하고 있는 셈이야. 그때 우리는 극의 주인공이라고 할 수 있을까?"

"무슨 소리예요? 갑자기 웬 헛소리예요?"

"하, 내 정신 좀 봐. 책을 읽던 중이어서 말이지. 무심결에 심오한 질문을 던지고 말았군. 그 책 말이야, 꼭두각시."

"자기 지배와 어쩌고 하는 거요? 그걸 갑자기 왜요?"

"이 엑스포의 이름이 뭐지?"

"뇌 과학, 인공지능요."

"그래. 황오규는 생물학자야. 뇌를 다룬다는 점에서 의학

쪽으로도 관계가 있지. 그런데 어째서 인공지능, 저런 로봇이나 프로그램 등과 연관됐을까?"

"몰라요, 그런 건."

마곤은 시큰둥하게 말했다.

"여기서 문제. 인공지능과 사람의 뇌의 차이는 뭘까?"

"이제까지 모든 말을 의문형으로 끝냈으면서 새삼 무슨 문제예요?"

"이건 진짜 문제야. 생각해보라고. 과연 인공지능이 무한히 발달하면 사람 수준의 컴퓨터가 될 수 있을까?"

"그렇겠죠, 뭐. 창조론자가 아니라면야 뇌가 무지 복잡한 컴퓨터에 불과하다는 건 알 테니."

"땡!"

재건은 머리 위로 크게 엑스 자를 그리며 말했다. 마곤은 지나가던 사람들의 흠칫 놀란 듯한 시선을 감내해야만 했다.

"아쉽지만 땡이에요. 지금의 컴퓨터 체계로는 아무리 발달해봐야 뇌는 될 수가 없어. 아주 작은 차이 때문이지. 하지만 그 차이가 결정적이야. 그게 뭐냐면 바로 자율성이거든. 컴퓨터는 다른 말로는 프로세서, 정보처리 장치야. 즉 주어진 정보를 빠르게 처리해서 인과적으로 정해진 결과를 내는 장치지. 말하자면 자율신경이랑 같은 거야. 미디어, 그러니까 매개체, 도구는 신체의 확장이지. 컴퓨터는 결국 사람의 의지가 없으면 아무것도 못 하는 도구일 뿐이야. 컴퓨터가 아무리 날고 기어봤자 주판이 발전된 형태에 지나지 않는단 얘기야."

"그럼 인공지능은요?"

"그것도 마찬가지. 지금 여기 나온 인공지능과 관련된 아이디어들은 어떤 분야에 특화된 컴퓨터에서 못 벗어나고 있어. 기껏해야 미리 입력된 패턴 중에 상황에 맞는 것을 선택하는 데 지나지 않는다고. 아까 본 쥐 로봇도 마찬가지야. 로봇은 생각이란 걸 할 줄 몰라. 그저 특정한 조건이 주어졌을 때 어떠한 행동 패턴을 찾을 것인지 미리 입력돼 있을 뿐이라고."

"하지만 요새는 인공지능이 바둑도 두잖아요. 딥 러닝인가 뭔가 학습을 한다고 하고."

"그 학습이란 것도 본질을 뒤바꾼 개념은 아니야. 딥 러닝의 핵심은 컴퓨터에게 인간의 오차 개념을 이해시키는 거지. 인간이 가진 보편성과 특수성의 위계를 구분하는 능력. 수많은 형태의 책을 보고서 그것이 책이라는 큰 범주에 속한다는 사실을 알 수 있는 능력 말이야. 이걸 컴퓨터식으로 해석하면 이렇게 돼. 수많은 데이터 중에서 원하는 모델에 가까운 데이터를 추려내고 분류하는 거지. 그런데 이게 인간의 그걸 따라 한 걸까? 정말로 기계가 인간의 오차 개념을 이해한 걸까? 네버. 이것 역시 컴퓨터만이 가능한 거야. 인간에겐 그

많은 데이터를 기억할 능력이 없어. 컴퓨터가 수많은 학습을 통해 분류해낸 유사성들은 단지 통계적으로만 분류됐을 뿐이야. 인간이 그걸 다 기억 못 하는 것처럼 지금의 컴퓨터는 그걸 추상화할 수 없어. 자기가 뭘 하는지도 모른 채 인간이 흡족해할 만한 결론을 내고 뼈다귀 같은 거나 받아먹는 거지. 스스로 생각하는 단계엔 턱없이 부족해. 단지 인간이 할 법한 행동을 흉내내는 것에 지나지 않는다고."

마곤은 잠시 생각하다가 말했다.

"그건 사람도 마찬가지 아닐까요? 만일 우리가 생각한다고 생각하는 것도 사실 착각이라면? 우리의 생각도 컴퓨터랑 마찬가지로 미리 정해져 있는 무지 많은 패턴 중 하나라든가, 뭐냐, 초월적 누군가에게 그렇게 생각하도록 유도된 거라면?"

재건은 짝, 하고 손뼉을 한 번 치고는 말했다.

"좋아. 예리한데? 자유의지를 부정해보자 이거지? 그렇게 가정한다면야 기계나 뇌나 별 차이가 없겠지. 하지만 말이야, 생물학자의 입장은 좀 다른 것 같더라고."

재건은 무언가를 발견하고는 느닷없이 부모님 손을 놓친 아이처럼 뛰쳐나갔다.

재건이 노린 부스에서는 책을 판매하고 있었다. 황오규의 저서들을 모아놓은 곳이었다. 사람들이 부스를 겹겹이 둘러싸고 있어서 쉽사리 접근할 수가 없었다. 이유가 있었다. 황오규가 그 부스에 있었다. 재건은 초능력으로 능력자의 위치를 얼추 파악할 수 있었다. 구체적인 위치를 찾아내는 것은 쉬운 일이었다. 사람이 몰려 있는 곳을 찾으면 됐으니까. 그곳에서는 사인회를 겸한 독자와의 대화가 진행되고 있었다. 재건은 사람을 헤치고 테이블 위에 쌓여 있는 그의 대중 교양과학 서적을 집어 들었다.

"이 책. 『신경과학으로 신인류의 꿈을 꾸다』는 몇 년 전부터 베스트셀러였고 여러 대학이나 신문에선 단골 추천 도서로 실리고 있어서 나도 오래전에 읽어봤지. 이건, 호오, 개정판이군. 그래봤자 표지나 편집이 조금 달라졌을 뿐일 테지만. 양장본으로 비싸게 매겨서 책꽂이 장식하기에도 좋고."

갑자기 나타나 쩌렁쩌렁 외쳐대는 재건에게 모두의 시선이 갔다. 그곳은 황오규가 마이크를 잡고 있는 테이블 바로 앞이었다. 진행 요원들이 신속하게 달려왔다.

"여기서 이러시면 안 됩니다. 자리로 가주세요."

재건은 그들을 뿌리치며 말했다. 마곤에게 하는 말이었지만 그 자리에 있는 모두가 들으라는 것이나 다름없었다.

"신경과학과 인공지능이라. 이 책은 신경과학의 관점에서 새로운 인공지능, 진짜로 스스로 생각하게 되는 인공지능의 가능성에 대해 논하고 있지. 그리고 마침내는 인간의 기술이 거기에 이르게 되리라는 것이 책의 결론. 하지만 거기에 이르기까지는 거쳐야 할 몇 가지 단계가 있다고 해. 맞죠, 박사님?"

재건은 책을 든 채로 테이블 위에 걸터앉았다.

"그건 맞습니다만 예의를 지켜주시죠."

백발의 박사는 점잖게 말했다. 하지만 재건은 그의 말을 캐치하듯 관중들을 향해 검지를 뻗으며 말했다.

"예의, 이 책에 따르면 로봇에게 최소한의 자율성을 갖게 하려면 주어진 목적을 위해 만들어져서는 안 되고 그 목적과 상관없어 보이는 것, 이를테면 예의나 도덕성을 관장하는 영역, 감정을 처리하는 영역, 소뇌와 같은 습관을 처리하는 영역을 모두 구현할 필요가 있다고 하죠. 아이작 아시모프의 소설에도 나옵니다. 왜 잔디를 깎는 데 사람처럼 생긴 로봇을 쓰느냐. 그건 휴머노이드가 복합적인 일을 처리할 수 있어 더 효율적이기 때문이랍니다. 하지만 그건 어느 정도 인간의 기능을 간과한 거예요. 설령 인간의 기능이 잔디 깎기에 한정돼 있다 하더라도 모든 뇌 영역이 필요합니다. 단 하나, 자유의지로 잔디를 깎기 위해서는요."

진행 요원들은 재건을 끌어내려 끙끙거렸다. 하지만 뼈가 굵고 팔다리가 긴 재건이 버티고 앉아 있으니 움직이기조차 쉽지 않았다. 재건도 태연한 표정을 유지하려 했지만 나름 애를 쓰고 있었다.

"그만."

황오규가 나직이 말하자 진행 요원들은 일제히 동작을 멈추었다.

"내 책의 열성적인 독자로군요. 그렇게 열심히 읽어준 것은 고마운데 자리에서 다른 독자들과도 같이 이야기를 나눠보는 게 어떨까요?"

"평소라면 그렇게 했을 겁니다. 아니, 그보다 이런 지루한 자리는 안 왔겠죠."

재건은 테이블에서 훌쩍 뛰어내렸다.

"하던 얘기나 마저 해야겠습니다. 내 제자한테 박사님의 책을 설명하던 중이었거든요. 하지만 기왕 이렇게 나온 김에 여기 앉아 계시는 대중들, 어중이떠중이들, 이름값이 아니면 평생 책을 돈 주고 살 일이 없는 분들, 큼지막한 글자에만 밑줄 치고 사진 찍고 인스타에 올려놓고 난 이런 책을 본다고 광고하고 나서야 독서가 끝났다고 믿고 있는 분들. 여러분도 같이 이야기를 들으셔도 상관없습니다. 듣기 싫다면 나가셔도 좋고요."

속사포처럼 쏟아진 폭언에 사람들은 어리둥절해하다가 시간 차를 두고 술렁거리며 불평을 내보냈다. 재건은 그런 반응 역시 개의치 않았다.

재건은 그 자리에서 한 바퀴 돌며 사람들을 향해 서서 건들거리면서 이야기한다.

“우리의 뇌와 컴퓨터의 가장 큰 차이는 뇌가 세포 하나, 뉴런 하나부터 자율성을 가지고 있다는 사실입니다. 박사님은 그걸 알고 있었죠. 원래 그걸 연구하던 분이었으니까요. 뉴런은 마치 생명체의 개체군이 진화하듯 집단으로 적절한 신호를 찾아서 고등 지성을 갖도록 연결됩니다. 맞죠, 박사님? 전 전문가는 아니지만 적어도 박사님 책에 대해서는 이야기할 수 있죠.”

재건은 황오규를 돌아보았다. 그는 언짢은 듯 입을 꾹 다물고 있다가 대꾸했다.

“잘 이해하고 있군요. 내 책을 아주 훌륭히 요약해줬어요. 그런데 이렇게 행사를 방해하면서 자기 자랑을 하는 이유가 뭐죠?”

“이유는 없습니다. 다만 박사님과 이야기를 할 필요가 있을 뿐이죠. 제가 최근에 아주 의미심장한 책을 봤는데요. 최근 유행하는 책이었죠. 꼭두각시라고 알고 있습니까?”

“종종 뉴스에 나오는…….”

“네, 그렇습니다. 그자죠. 그자가 박사님을 노리고 있습니다. 그게 아니라면 박사님과 손을 잡고 있는 거겠죠. 뭐, 아무래도 상관없습니다. 그건 언젠가 드러나겠죠. 중요한 건 이겁니다. 박사님의 이 책과 꼭두각시가 떠들고 다니는 말이 묘하게 이어진단 말입니다. 전 그게 영 거슬렸거든요."

그 얘기는 마곤도 처음 듣는 것이었다.

"박사님의 뉴런 집단 선택설에 따른 인공 뉴런의 개발 가능성. 거기에서 꼭두각시의 논지가 시작됩니다. 직접 인용하고 있거든요. 그자의 주장의 핵심은 이겁니다."

재건은 잠시 멈췄다가 말했다.

"내가 곧 뉴런이라면 이 뉴런의 주인은 누구인가? '나'가 객관적으로 존재한다면, '나'라는 자의식을 가정할 필요가 없지 않은가?"

재건의 목소리는 격양되었다.

"우리는 스스로 자율적이라 믿고 있지만 실은 자연계의 꼭두각시가 아닌가?"

그 순간, 소란이 시작되었다.

한동안 아무도 그것이 사건인 줄 알지 못했다. 천천히 방화 셔터가 내려오면서 통로가 차단되었다. 하지만 그 근처에 있는 사람들을 제외하고는 그 사실을 알 수가 없었다. 회장은 너무 넓고 사람은 너무 많았기 때문이다.

관중 사이에서 느닷없이 총소리가 울렸다. 깜짝 놀란 사람들은 소리를 질렀고 전시관 한가운데에서 파문이 일듯 공간이 생겨났다. 놀라서 쓰러지거나 본능적으로 엎드린 사람들 사이로 반다나로 얼굴을 가린 일단의 사람들이 총을 꺼내 들고 있었다. 그들은 연신 총을 쏴대면서 한쪽에 있는 무대 쪽으로 걸어갔다.

사람들은 소리지르며 도망가려 했다. 하지만 출구는 모두 막혀 있었다. 무작정 달려가던 사람들은 통로를 막은 방화벽과 거기에 막혀 서 있는 사람들에 부딪혔다. 혼란과 공포가 일대를 휘감았다. 길이 막히자 사람들은 여기저기를 뛰어다녔지만 이내 빠져나갈 곳은 어디에도 없다는 것을 알게 되었다.

괴한들은 방송국 리포터와 카메라가 행사를 진행하고 있던 무대를 점거하고는 리포터에게서 마이크를 빼앗았다.

"이거 생방송중이야?"

카메라는 여전히 돌아가고 있었다. 카메라맨은 꼼짝도 하지 못하고 카메라를 계속 들고 있었다. 리포터는 바닥에 주저앉았다. 카메라맨은 벌벌 떨며 고개를 끄덕였다.

"볼륨을 이 안 전부가 들을 수 있게."

괴한은 총을 들이밀며 말했다. 삐익 하는 하울링 소리가 울리고 스피커 채널은 엑스포 전체로 열렸다.

—이 목소리를 듣고 있는 관중 및 시청자 여러분.

괴한은 또박또박 말했다.

—이 엑스포는 폐쇄되었다. 사람들 사이사이에서 총을 든

우리 사람들이 감시하고 있다. 또한, 이 건물 어딘가에는 폭탄이 설치돼 있다. 상황은 잘 알겠지? 경찰이 보이면 내키는 대로 여기 있는 사람들을 쏠 거고 우리가 위험해지면 어딘가에서 방송을 보고 있는 동료가 건물을 폭파할 거다. 방송이 끊겨도 건물은 무너진다. 똑똑한 사람이라면 상황 파악이 됐을 것이다. 이상.

그러면서 천장을 향해 총을 몇 차례 발사했다.

—몹시 시끄럽군. 착석하지 않은 사람도 쏘겠다. 십 초 준다. 10…….

싸늘하게 말하는 괴한의 카운트가 시작되자 사람들은 우수수 쏟아지듯 앞다투어 엎드렸다. 공황 상태에 빠져 소리지르고 뛰어다니는 사람도 있었지만 주변 사람들이 붙잡아 엎드리게 했다. 주변이 소란스러워 목소리를 듣지 못한 사람들도 눈치껏 따라 앉았다. 카운트는 묵직하게 떨어졌다. 마침내 장내의 사람들 모두 숫자를 다 세기 전에 앉거나 엎드릴 수 있었다.

—……2, 1. 다행히 먼저 가버릴 사람은 없군. 하지만 이 중 저항하는 자가 있거나, 밖에서 귀찮은 일이 생길 경우 상황이 달라질 거야.

재건은 괴한의 지시에 따라 자세를 낮췄지만 그대로 가만히 있을 인물이 아니었다. 재건은 천천히 무대가 보이는 쪽으로 뒤뚱뒤뚱 기어갔다. 이런저런 부스나 전시물들 때문에 시야가 좋지 않았지만 오히려 차폐물이 되어 몰래 이동할 수 있었다. 무대에 오른 괴한은 네 명이었다. 하지만 군중 속에 얼마나 더 숨어 있을지 모르는 일이었다.

"테러라니! 제길, 가능성은 배제하지 않았지만 정말로 테러였다니 믿을 수 없을 만큼 싱겁군."

재건은 고개를 수그리고 중얼거렸다.

이 상황에서 가장 자유로운 사람은 역시 마곤이었다. 재건은 마곤에게 지시를 내렸다.

"아마 저들은 중앙관제실을 먼저 점령했을 거야. 사람들을 감시해야 하니까. 일단 그곳부터 확보해. 경찰도 그곳을 우선 확보 지점이라 생각할 거야. 저쪽이 모르게 관제실의 테러범들을 인질로 확보해야 돼. 경찰 만나면 인수인계 잘하고."

"탐정님은요?"

"난 황오규와 얘기해봐야겠어. 황오규도 숨어 있을 테니까. 오히려 지금이 기회야."

"꼭두각시가 나타날까요?"

"언제든 극적인 순간에 나타나겠지. 어서 가! 여긴 수련원에서와 달리 실제 총을 쓸 위험이 있으니까 능력은 최대한으로 유지하고."

마곤은 재건의 눈앞에서 사라졌다. 잠시 무슨 말을 했는지 기억을 더듬어보았다. 마곤이 능력을 쓰면 인식에서 사라지기 때문에 마곤과 관련된 기억도 잠시 잃게 된다. 하지만 조금 집중하면 깜빡 잊은 것을 다시 떠올리듯 기억을 되찾을 수 있다. 좋아. 마곤은 관제실, 나는 황오규. 재건은 몸을 낮추고 빠르게 움직였다.

황오규는 자리에 없었다. 사람들에게 물어보니 어딘가로 기어갔다고 했다. 재건은 그가 사라졌다는 방향으로 움직였다. 멀리 가지는 못했을 것이다. 특히 수행원과 진행 요원도 함께라면 더욱 그렇다. 재건은 부스들을 둘러보았다. 현명한 사람들은 부스 안쪽에서 웅크리고 있을 것이다. 빈 부스는 없을 텐데. 황오규가 남의 부스를 빌려 몸을 피했으리라고 생각되지는 않았다.

숨어 있는 황오규를 찾기는 쉬웠다. 낯익은 진행 요원들이 입구를 꼼꼼히 막고 있었으니까. 그곳은 프랑스에서 특허를 받은 초전도 센서를 홍보하던 부스였는데 주인은 보이지 않았다. 빌렸다기보다는 빼앗은 것 같았다. 재건은 안으로 들어가려 했다.

"여기로 오면 안 됩니다. 다른 데로 가세요."

유니폼을 입고서 이름표 목걸이를 찬 진행 요원이 쭈그려 앉은 채로 막아섰다. 안쪽에선 황오규가 휴대폰으로 바삐 지시를 내리고 있었다. 직원들과 시간을 낭비할 시간은 없었다.

재건은 말없이 직원들을 어깨로 밀치고 황오규 박사에게 다가갔다. 가까이서 그를 지키고 있던 사람들이 황급히 막으려 했으나 짐승처럼 기어오는 재건을 막을 수는 없었다.

"하던 말이 안 끝났잖아요. 진작 얘기를 들었으면 좋았을 것을. 난 저 녀석들이 여길 점령할 거란 걸 알고 있었다고요."

"네? 그게 무슨……."

"정보가 있었다고요. 관심 없어요?"

황오규는 표정 없는 얼굴로 재건을 돌아보고 대답했다.

"들어보죠."

황오규가 직원들을 물리자 재건은 엉금엉금 기어가 그의 옆에 앉았다.

뭔가 잘못됐다. 경찰이 들어온 것은 아니었다. 코엑스 직원이나 손님이 저항했다고 생각하긴 어려웠다. 하지만 그곳은 엉망진창이었다. 관제실 바깥 복도에는 피투성이가 되어 널브러져 있는 사람이 둘 있었고 안쪽에도 여러 명이 죽거나 신음하고 있었다. 멀쩡히 앉아 있는 사람은 둘이었다. 그들은 무표정하게 회장을 감시하고 있었다. 유혈 사태다. 직원이 저항이라도 시도해서 무력 점거에 나선 것일까?

아니다. 마곤은 반대로 생각하고 있었다는 점을 깨달았다.

쓰러진 쪽이 테러범이었다. 피투성이가 된 사람들 사이에는 반다나를 한 사람과 하지 않은 사람이 섞여 있었지만, 모니터를 감시하는 쪽은 아무리 봐도 직원으로 보였다.

마곤은 쓰러진 사람들을 살펴보았다. 반다나를 쓴 사람이 넷, 쓰지 않은 사람이 여섯이었다. 바깥의 시신까지 여덟. 별다른 무기는 없는 것 같았다. 테러범이 가지고 있던 것으로 보이는 권총은 살아 있는 두 사람의 모니터 바로 앞에 있었다. 모두 네 자루.

이를 통해 내릴 수 있는 결론은 하나다. 직원들은 무장한 테러범들에게 달려들어 피해를 감수하고 이들을 제압했다.

도대체 어째서?

그리고 어떻게?

마곤은 이해할 수가 없었다. 상식적으로 말이 안 되는 행동이다. 설령 비장한 각오를 한 독립운동가라도 이런 식의 저항은 하지 않을 것이다. 마곤은 떨리는 손으로 휴대폰을 꺼내 들었다.

"누구야?"

사진 찍는 소리에 두 사람이 예민하게 돌아보았다. 마곤은 잠시 동작을 멈추고 정신을 집중했다. 시선을 피하는 능력. 두 사람은 고개를 갸웃거리고는 다시 모니터에 집중했다.

휴대폰으로 찍은 사진을 찍어 재건에게 전송했다. 상황이 달라졌으니 철수하는 것이 원칙이다. 마곤은 회장으로 발길을 돌렸다.

마곤은 심장을 진정시킬 수 없었다. 끔찍한 시신들. 재건과 일을 하며 시체를 보는 일은 종종 있었다. 하지만 총알에 두개골과 턱이 날아간 시신을 본 것은 처음이었다.

"으으으……."

시체 더미인 줄 알았던 피 무더기 속에서 신음이 들려왔다.

마곤은 잠시 멈추고 숨을 골랐다. 살아 있는 사람이 있다. 그대로 모른 척할 수는 없다. 하지만 눈에 띄는 행동을 할 수는 없었다. 화면을 지켜보는 직원들이 그 소리를 못 들었을 리가 없다. 마곤은 이를 악물고 발걸음을 내디뎠다. 두 사람이다. 평소라면 제압하는 데 아무런 문제도 없다. 적어도 테러리스트는 아닐 테니. 하지만 지금은 도망갈 생각밖에 할 수 없었다.

마곤은 부들거리는 다리를 이끌고, 달렸다.

"아직 요구 사항이 없군요."

재건은 휴대폰을 들여다보며 말했다. 마곤으로부터 아무런 코멘트 없이 유혈이 낭자한 관제실 사진 한 장을 받았다. 잔인하게도 점령했군. 재건은 그것이 테러범의 짓이라 생각하고는 마음속으로 죄 없는 코엑스 직원들의 명복을 빌어주었다. 부연 설명 없이는 그렇게 생각할 수밖에 없었다.

"뭔가를 기다리는 거겠죠."

박사가 말했다.

"뭐, 아까 이야기 꺼냈으니까 짐작하셨겠지만 전 꼭두각시를 쫓아 여기에 왔습니다. 그자가 여기에서 뭔가를 꾸민다는 첩보를 얻고 온 거죠. 별다른 조치를 할 수 없었던 건 꼭두각시와 박사님이 같은 편인지 아니면 꼭두각시만의 음모인지 알 수 없었기 때문이죠. 그런데 이젠 확실해졌습니다. 적어도 둘 사이 커넥션은 없는 걸로요."

"오호. 그걸 어떻게 알죠?"

"전 꼭두각시에게 얼굴이 노출됐습니다. 만일 그자와 박사님이 아는 사이라면, 그리고 이 인질극이 두 사람의 계획이라면 제가 꼭두각시를 언급하고 저 괴한들이 들어온 시점에서 둘 사이에 저에 대한 정보가 오갔겠죠. 꼭두각시는 나 같은 위험한 자를 박사님에게 접근시키지 않았을 거예요."

"음, 합당한 추론이군."

박사는 말했다.

"말씀하신 대로 난 꼭두각시라는 자와 관계가 없어요. 지금 저자들은 꼭두각시의 부하란 말입니까? 무슨 목적으로? 나한테 무슨 볼일로?"

"목적은 몰라요. 건물 전체를 인질로 잡았으니 요구 사항이 있겠죠. 전 탐정입니다. 꼭두각시를 수사하고 있는데 몇 가지 물어봐도 되겠습니까? 아까 말한 대로 꼭두각시의 책은 박사님의 저서와 직접 연결되다시피 합니다. 만일 단서를 얻는다면 놈의 목적을 알아낼 수 있을지도 몰라요."

"대답할 수 있는 범위 내에선 얼마든지 답해드리겠습니다."

"고맙습니다."

재건이 질문을 시작하려는 그 순간, 괴한의 목소리가 방송되기 시작했다. 그는 천천히 또박또박 준비해 온 글을 읽었다.

—경찰 여러분, 그리고 정부의 여러 관계자 여러분. 요구 사항을 말하겠다. 방송을 통해 내부의 상황은 잘 알고 있을 거라 생각한다. 우리 요구 사항은 간단하다. 첫째, 기한은 오늘 4시까지. 차후에 알려줄 계좌로 미화 500만 달러를 입금할 것. 둘째, 기한은 내일 정오까지. 안양 교도소에 수감된 천일호를 석방할 것. 셋째, 기한은 지금부터 한 시간. 황오규가 이 자리에 올라와 지금까지 자신의 죄를 고백할 것. 이상이다. 지금부터 한 시간 뒤, 황오규가 나타나지 않으면 그 뒤론 삼십 분에 한 명씩 사살하겠다. 오늘 4시에 입금이 확인되지 않으면 사살은 두 명으로 늘리겠다. 천일호의 완전한 석방이 이뤄지지 않으면 이 건물을 폭파하겠다. 잘 판단하길 바란다. 지금 이 건물 전체는 우리 수중에 들어와 있으며 협상은 없

다. 이상이다.

방송은 그것으로 끝났다. 황오규는 나직하게 신음을 흘렸다.

"거창하네요. 박사님한테 원한이 있는 것 같은데."

"아니야……."

황오규는 중얼거렸다.

"아니라고. 난 아무 잘못도 없어……."

"그렇겠죠. 그전에, 하려던 질문부터 해도 될까요?"

"아니라고! 이제야 내 걸 찾았는데……. 뭐하는 놈인진 몰라도 그냥 놔둘 수 없어!"

황오규는 눈을 부릅떴다. 하지만 무언가를 보고 있지는 않았다. 초점을 잃은 듯했다. 재건은 조금 떨어져서 지켜보았다. 황오규는 부들부들 떨며 이마에 땀방울이 맺힐 정도로 무언가에 집중하고 있었다.

재건은 직감할 수 있었다. 이자는 지금 초능력을 쓰고 있다. 그게 무엇인지 당장은 알 수 없었지만.

"저기요."

재건이 말을 걸자 황오규의 부릅뜬 눈이 번뜩이며 재건을 향했다. 그러더니 손을 뻗으며 재건에게 달려들었다. 재건은 반사적으로 몸을 뒤로 빼며 황오규를 걷어찼다. 그는 나뒹굴고 말았다.

"이런, 죄송. 갑자기 다가오셔서 반사적으로. 뭐하시는 거예요?"

"으으, 아닙니다. 꼭두각시를 만났다고요? 그자가 뭐라고 했죠?"

"딱히 뭐라고 하진 않았습니다. 제 질문에 먼저 답해주시죠. 이런, 질문을 대폭 수정해야겠네요. 천일호가 누구입니까? 분명 꼭두각시와 박사님과 접점이 있는 사람일 텐데."

"마피아 보스입니다. 총기 거래의 큰손이죠. 내가…… 결정적인 증거를 제보해서 붙잡혔죠. 조직원들은 대부분 흩어진 것으로 알고 있습니다."

"아하, 그럼 조건 중에 박사님의 죄를 고백하라 한 건……."

"네, 아마 그 원한 때문일 겁니다."

"죄라고 해봐야 그들 입장일 뿐이니까 나가봐야 공개 처형이라거나 뭐 그런 게 전부겠네요."

"네에……."

"꼭두각시와의 관계는?"

"모릅니다. 부하 중 하나겠죠, 나한테 원한이 있는. 핵심 간부일 수도 있고. 수사에 관여한 대가로 천궁파 간부 몇 명은 알고 있습니다. 그중 하나일지도 모릅니다."

"그렇군요. 천일호가 수감된 시점은?"

"재작년 가을쯤일 겁니다."

"꼭두각시가 처음 등장한 시점과 같군요."

천일호의 수감과 맞물려 꼭두각시가 등장했다. 여기에는 모종의 상관관계가 있는 것이 분명했다.

"탐정이라고 하셨죠? 우릴 도와줄 수 있습니까? 제가 어떻게든 당신만은 여기서 나가게 해드리겠습니다. 그 광대를 잡아 가면을 벗겨야 합니다. 그자가 천일호의 부하라면 조직을 재건하려 할 겁니다. 그자가 하는 짓은 대충 알고 있어요. 사람들을 끌어모으고 이상한 단체를 만들어 인기를 끈다고 했죠? 분명 범죄와 깊게 관련이 있을 거예요."

"박사님은요? 저기로 나가실 건가요?"

"네. 인질이 죽을지도 모르는데 희생은 최대한 막아야죠."

"위험하단 건 아시죠?"

"천일호가 풀려나오기 전까지는 살려둘 겁니다. 천일호는 잔인한 자이니 복수는 꼭 자기 손으로 하려들 거예요. 윽!"

황오규는 갑자기 파랗게 질린 얼굴이 되었다. 보이지 않는 무언가를 보는 듯 눈의 초점이 어긋나고 동공이 커졌다. 그의 얼굴은 점차 절망적인 표정으로 바뀌었다. 마치 눈을 뜬 채로 악몽을 꾸고 있는 것처럼.

황오규에게는 능력이 있다. 재건은 느낄 수 있었다. 재건은 몇 가지 가능성을 추론해보았다. 예지 능력? 투시력? 아니면 눈을 뜬 채로 꿈을 꾸는 능력? 그는 자신만이 볼 수 있는 무언가를 보고 있는 것은 분명했다.

회장으로 되돌아가던 마곤은 걸음을 멈추었다. 복도 너머에서 꼭두각시가 마주 걸어오고 있다. 그는 치렁거리는 옷 대신 깔끔한 정장을 입고 있었다. 길쭉한 마술사 모자도 없었다. 대신 하얀 면장갑과 기괴한 가면만이 자신이 꼭두각시임을 알려주고 있었다. 꼭두각시는 춤을 추고 있었다. 어설픈 발레 동작 같았다. 비틀거리면서도 솟아올랐다가 다시 휘청거리며 땅 위로 떨어진다. 손목과 어깨, 발목에 실이 연결된 것처럼 뻣뻣하게 움직인다. 마리오네트처럼, 인대가 잘린 사람처럼 비틀비틀 건들건들 으쓱으쓱 걷는다.

꼭두각시 춤이다. 텔레비전에서 본 춤이었다. 마곤은 숨을 멈추었다. 어쩐지 숨을 쉴 수가 없었다. 멀미하는 듯한 메스꺼움이 올라왔다. 그것은 뭔지 모를 혐오스러운 벌레가 뒤집힌 채 발버둥치는 것을 봤을 때의 기분과 비슷했다. 어쩐지 저 녀석의 춤은, 견딜 수가 없었다.

어째서인지 마곤은 그 자리에서 움직일 수가 없었다. 능력이 풀리지 않도록 주의하며 숨을 고르며 가만히 서 있었다.

꼭두각시 한 명뿐이었다. 그는 문 안쪽으로 빨려 들어가듯 들어갔다.

총소리가 두 번 들렸다. 중요한 표적을 눈앞에 두고 도망칠 수는 없었다. 마곤은 심호흡을 크게 하고는 문 안쪽을 들여다보았다.

총을 맞은 사람은 모니터를 보던 두 사람, 코엑스 직원으로 보이는 두 사람이었다. 꼭두각시는 신음하던 부상자 역시 쏴버렸다. 마곤은 눈을 질끈 감았다. 꼭두각시는 피투성이의 방 한가운데에서 두 팔을 벌리고 흐드러지게 웃었다.

“이거 재밌군. 용감한 직원들이 상황을 먼저 정리해줬구먼. 이해할 수 없는 일이야. 하지만 그래야 재밌지. 하하하하! 자, 이제 즐거운 놀이를 시작하지.”

‘대체 왜! 먼저 정리해줬다고? 테러리스트를 직접 없애려 했단 말이야? 그러면 직원들은 왜 죽인 거지? 대체 무슨 일이야?’

마곤은 욕지기를 참으면서 꼭두각시의 뒤를 쫓았다. 혼자인 그를 제압할 수도 있었지만 진상과 배후를 모르는 상황에서 섣불리 움직이는 것은 사태를 악화시킬지도 모른다. 턱이 떨렸다. 이렇게 아무렇지도 않게 사람을 쏘다니. 놈은 단순히 수상한 자가 아니라 범죄자다. 반드시 막아야 한다.

마곤은 이를 악물었다.

우르르 떼를 지어 몰려오는 발소리가 들렸다. 돌아보니 한 무리의 사람들이 달려오고 있었다. 그들은 모두 가면을 쓰고 있었다. 그 가면들은 꼭두각시가 쓴 것의 미니어처 같은, 조금 단순한 모양이었지만 제각각 제멋대로 삐뚤빼뚤한 것이 모두 달라 보였다.

한눈에도 꼭두각시의 부하라는 것을 알 수 있었다. 그들은 케이블이며 안테나 같은 각종 장비를 챙겨 들고 있었다.

"준비됐습니다."

"카메라는?"

"연결 완료입니다."

"마이크 테스트는?"

"확인됐습니다."

"그럼 시작하지. 누구도 본 적 없는 지상 최대의 쇼를 말이야!"

그들은 가지고 온 장비를 설치했다. 카메라와 마이크와 인터뷰용으로 쓰이는 작은 스크린, 조명, 반사판. 방송 장비였다. 관제실은 순식간에 작은 스튜디오로 바뀌었다. 바닥에는 피가 흐르고 있었다. 꼭두각시는 카메라 앞에 앉아 목을 가다듬었다.

마곤은 그 모습도 휴대폰으로 찍었다. 그리고 재건에게 전송하려는 찰나, 누군가에게 밀려 넘어지고 말았다. 입구로 들어서던 사람이 마곤을 보지 못하고 부딪힌 것이다. 그 바람에 마곤은 모습을 드러내고 말았다.

"뭐야. 언제부터 거기 있었어?"

마곤을 친 남자는 말했다. 덩치가 크고 험상궂은 사람이었다. 그 뒤로도 어깨가 벌어진 남자 열댓 명이 서 있었다. 안쪽에서 바깥쪽에서 모두 마곤을 보고 있었다. 도망갈 틈은 없었다. 마곤은 휴대폰을 주머니 속에 슬그머니 집어넣었다.

—안녕하신가. 인질 여러분, 인질범 여러분, 경찰 및 정부 관계자 여러분, 그리고 아무런 상관도 없는 구경꾼 여러분.

새로운 목소리가 들리자 장내는 다시 술렁였다. 하지만 그 목소리를 알아듣는 사람도 있었다. 그 묵직하면서도 위아래로 출렁이는 듯한 톤은 언제 어디서 들더라도 쉽게 구분할 수 있었다. 목소리는 무대에 설치된 스피커가 아닌 건물의 방송용 스피커에서 나왔다.

—나는 쓸쓸한 자의 말상대, 억울한 자의 변호인, 비틀린 자의 동지, 이 세상의 모든 제정신이거나 제정신 아닌 자의 멘토라네. 내 목소리를 알아듣겠나? 모르겠으면 화면을 보게나. 안타깝게도 스크린은 무대에 하나밖에 없는 것 같지만.

인질범이 서 있던 무대에 설치된 대형 스크린에 얼굴이 떴다. 사람들은 더욱 술렁였는데 그중에는 환호성을 지르는 이도 있었다.

꼭두각시였다.

—미안하지만 상황이 상황인지라 방송국 장비를 빌렸다

네. 모두 제정신이 아닌 것 같더군. 아, 나는 지금 다른 곳에 있으니 애꿎은 카메라맨은 죽이지 마시게나.

무대 위에 있던 자가 손짓을 하자 괴한들이 방송국 스태프가 모여 있는 곳으로 달려갔다. 하지만 가면을 쓴 자는 찾을 수 없었다.

"저거 어디서 보내는 거야!"

괴한 하나가 스태프들을 윽박질렀다.

"모, 몰라요! 시, 신호 누수가 처음부터 있었는데, 우린 그걸 못 잡았어요. 누, 누가 우리 시스템을 해킹해서 쓰고 있는 거라……."

—내가 어디서 이야기하는지 궁금하겠지. 깜짝 이벤트를 준비하고 있었다네. 거기 숨어 있는 이 파티의 주최자에게 하고 싶은 말이 있었지. 그런데 이렇게 만나게 되는군. 하하하하! 뭐, 어떤가.

방송국 측의 이야기를 전해 받은 괴한의 우두머리는 마이크를 잡았다.

—지금 우리가 장난하고 있는 줄 아나? 당장 모습을 보여라. 그렇지 않으면…….

—그렇지 않으면, 그렇지 않으면.

꼭두각시는 말을 끊었다.

—네가 하는 말은 처음부터 끝까지 조건문이군. 우리의 요

구를 들어줘라, 그렇지 않으면 어떻게 하겠다. 멍청하고 한심한 인생이야. 그렇게 조건문으로 행동을 하니 잔챙이밖에 안 되는 거란다. 두목을 구하겠다고? 웃기는 소리. 두목이 없으면 범죄도 못 저지르나?

—닥쳐라. 계속 쓸데없는 소리 하면…….

—어쩔 건가? 인질을 쏘기라도 할 건가? 너흰 범죄도 너희 의지대로 저지르지 못하는군. 왜, 잡혔을 때 가중처벌이 두렵나? 도대체 너희 맘대로 할 수 있는 게 뭐가 있나? 나라의 법을 비웃으면서 기껏 의탁하는 곳이 두목의 겨드랑이 밑이었나?

—너 이 자식.

—쏠 테면 쏴보게. 난 경찰도 정부 관계자도 아니라네. 네 놈들과 협상하려는 것도 아니고. 아무 상관도 없어! 어디 쏴보시지? 그럼 과연 상황이 원하는 대로 돌아갈까?

꼭두각시는 머리를 뒤흔들며 웃어댔다. 웃음소리가 홀 전체에 울려 퍼지는 동안 괴한은 아무런 말도 하지 못했다.

"이해할 수가 없네요. 꼭두각시가 이곳을 노리고 있다고 하지 않았습니까. 저들이 한패가 아니란 말입니까?"

황오규는 재건에게 물었다.

"그런 것 같습니다. 이게 뭐가 뭔지, 저도……. 그보다 궁지에 몰렸군요, 저 녀석."

"테러리스트 말인가요?"

"네. 자존심을 건드렸어요. 범죄도 마음대로 못 저지르냐, 그렇게 긁어놓고 상황을 일깨워줬죠. 어디까지나 꼭두각시는 개인 자격으로 멋대로 끼어든 것. 인질을 살해한다면 경찰도 더 빠르게 실력 행사를 하겠죠. 지금쯤이면 경찰 쪽도 준비됐을 거고."

"우연일까요? 저들이 동시에 여기에 나타난 게."

"그건 모르죠. 그보다 이제 원점입니다. 저들이 관계가 없다면 대체 꼭두각시는 무슨 목적으로……. 절대 우연이라 볼 수 없어요. 마피아의 원한, 꼭두각시의 목적. 아예 이 상황 자체가 미리 준비된 걸까요? 그렇게 생각하면 무슨 의심을 못 할까. 어쩌면 박사님까지 한패라고 가정해도 시나리오는 성립되지. 내가 놓친 무언가가 있어. 아주 중요한……."

재건은 중얼거리듯, 이야기하듯 말했다.

"저쪽 상황을 볼 수 있으면 좋을 텐데……. 아차, 그게 있었지!"

재건은 휴대폰을 꺼내 DMB를 켰다. 범인의 요구 조건에는 분명 생방송 송출을 유지하라는 것이 있었다. 공중파 방송이니 휴대폰으로도 볼 수 있을 것이다.

차폐물 사이사이에서 비교적 평화롭게 숨어 있을 수 있는 부스 쪽에 비해, 방송에서 보이는 현장은 초비상이었다. 이미 경찰과 군이 건물 바깥을 포위한 듯했고 현장에 출동한 아나운서는 심각한 표정으로 뭔가를 전달하고 있었다. 소리를 키울 수 없어서 작은 창 화면으로 보여주는 무대 위의 장면을 볼 수 있게 된 것으로 만족해야 했다.

—내가 못 쏠 줄 아나?

스피커를 통한 두 사람의 대화는 계속 이어졌다.

—인질에 대한 부담이 전혀 없다고는 말 못 하겠지? 정말로 사람들이 죽어도 상관없나?

괴한은 그러면서 사람들을 향해 총을 발사했다. 사람들은 놀라 소리를 지르며 떠밀리듯 그 자리를 피했다. 총에 맞은 사람은 없었다. 하지만 괴한은 발언권을 얻었다.

—네놈도 유명세를 치르며 먹고사는 모양인데 정말 그런 소리를 해대다 사람이 죽으면 아무런 부담도 없을 것 같은가?

—호오.

—정말 그럴지 한번 해보지. 당장 거기서 튀어나오지 않으면 여기 있는 인질을 한 명씩 죽이겠다. 우선 시범부터 보여주지.

—그마안!

꼭두각시가 소리쳤다. 앉아 있는 인질들을 향해 총을 치켜들었던 괴한은 동작을 멈추었다.

—제법인데? 내 약점을 잡아채다니. 그래, 내가 거기로 가겠다. 직접 만나서 얘기해보자고. 대신 사람들은 쏘지 말기를 부탁한다.

그 말을 끝으로 꼭두각시의 화면은 꺼졌다. 카메라는 무대에 고정되어 있었고 잠시 동안 아무런 목소리도 들리지 않았다. 얼마간 시간이 지난 뒤에 복면 괴한들에게 연행된 꼭두각시가 무대에 등장했다. 양복을 입고 그 위에 걸레짝 같은 가면을 쓴 채 양손을 머리 위에 올리고 있는 모습이었다.

—마침 본보기가 필요했거든.

괴한의 우두머리는 무대 위로 올라온 꼭두각시에게 총을 발사했다.

사람들의 비명이 장내를 훑었다.

재건은 나지막이 신음을 흘렸다. 카메라는 잠시 천장을 향했다.

—저자의 가면을 벗겨라.

우두머리의 목소리만 들렸다. 카메라는 무대를 비췄다. 화면이 심하게 흔들리고 있었다.

하지만 흔들리는 화면으로도, 뉴스 속보의 창 화면으로도, 그것을 담은 휴대폰의 작은 화면으로도 분명히 알 수 있었다.

벗겨진 가면 속의 사내는 반다나를 쓰고 있었다. 이 건물을 점령한 괴한들이 쓴 것과 똑같은 모양의.

—으하하하하하!

꼭두각시는 다시 화면 속에 나타났다.

—서프라이즈! 놀랐지? 와하하하! 불쌍한 부하를 죽이다니!

—이 자식!

—염을 할 땐 입안의 휴지는 빼주고 하게나.

—어디야! 당장 안 튀어나와?

—방금 내가 죽는 장면을 봤는데 나갈 것 같은가?

—죽여버리겠다!

—좋을 대로. 할 수 있다면 말이지. 내가 또다시 네 앞에 나선다 해도 그때의 내가 지금의 나라는 걸 어떻게 확신할 거지? 설령 네가 날 찾아내 죽인다 해도 진짜 내가 죽고 내 대용품이 나인 척 행세한다면 어떻게 그걸 구분해내지? 처음부터 질문이 잘못돼 있었어. 넌 날 알지 못해. 내 얼굴도, 내 이름도. 그러니까…….

꼭두각시는 한 발짝 뒤로 물러나 휘청인다.

—넌 날 죽이지 못해! 하하하하!

그때였다. 총성이 들리더니 괴한의 리더는 줄 끊어진 마리오네트처럼 무너져 내렸다. 총소리는 연거푸 들렸고 방심하고 있던 괴한들은 하나둘 쓰러졌다. 그와 함께 방화 스크린이 열리고 천장에서는 무장한 진압 대원들이 로프를 타고 내려왔다.

사람들은 다시 비명을 지르며 엎드렸다. 하지만 그것은 구원의 총소리였다. 사방에서 무장한 경찰들이 밀고 들어왔다.

순식간에 상황이 정리됐다. 경찰들은 괴한들의 위치를 미리 파악하여 동시다발적으로 표적 사격을 했고 괴한들은 무슨 일이 일어나는지도 파악하지 못한 채 쓰러졌다. 민간인의 피해는 없었다.

꼭두각시는 기다렸다는 듯이 웃음을 터뜨렸다.

—역시 우리나라 경찰은 믿음직하구먼! 시민들이여, 안심하시라! 테러리스트들은 사살되었다네. 혹시 시민으로 위장한 테러범이 걱정된다면 염려 마시라. 두목이 사살된 지금 놈들 머릿속은 꽁지 빠지게 달아날 생각으로 가득차 있을 테니! 어서 집으로 돌아가 가족들과 따뜻한 저녁 식사를 하며 오늘의 모험을 자랑스럽게 떠들고 행복하게 밤을 보내도록 하시게나.

꼭두각시의 웃음소리는 홀 전체로, 방송을 타고 전국으로 울려 퍼졌다.

순식간에 사건이 종결되었다. 재건은 곧바로 나타난 마곤에게 자초지종을 들을 수 있었다.

“꼭두각시의 작전이었어요. 꼭두각시가 시선을 끄는 사이 경찰이 건물의 다른 부분을 탈취하고 그다음 여길 친 거죠. 꼭두각시가 테러범들 위치를 알려줬다고 해요."

"끄응, 미끼를 풀고 뒤통수를 친다. 우리 방식이군."

"그렇죠."

"그럼 저렇게 화면 띄운 건 경찰 도움으로?"

"아뇨. 그것도 미리 준비한 것 같아요. 스튜디오를 만들어 놨더라고요. 원래 뭘 하려 했는진 몰라도. 그보다 문자 봤어요?"

"무슨 문자?"

재건은 휴대폰을 꺼내보았다. DMB를 켜놓느라 문자메시지는 확인하지 못했다. '경찰이 작전중'이라는 마곤의 메시지였다.

"이게 어떻게 된 거냐면……."

아직 곁에 있는 황오규를 인식한 마곤은 재건의 귀에다 대고 본 것을 말해주었다. 직원들이 총알을 맨몸으로 막아가며 괴한들을 제압했다는 것. 그리고 남은 직원을 꼭두각시가 살해하고 갔다는 것.

"직원들이? 이해할 수 없군. 음, 꼭두각시부터 찾자. 박사님은 아무것도 모르는 것 같더라고. 다음에 보죠, 박사님."

"저도 이만 가봐야 할 것 같군요. 경찰도 절 필요로 할 테고, 행사 기획자로서 뒤처리도 해야 하니까요."

황오규가 말했다.

"그러시죠. 아, 저는 김재건이라고 합니다. 혹시 개인 연락처를 알 수 있을까요? 꼭두각시가 박사님을 노리고 있는 이상 즉각 연락을 취할 방법이 있어야 할 것 같은데요."

"네. 원래는 제 조교를 통해서만 연락이 되지만, 직통 전화를 알려드리겠습니다."

황오규는 명함을 꺼내 번호를 메모한 뒤 건네주었다. 그러고 나서 경호원들을 데리고 자리를 떴다.

재건도 자리를 옮겼다. 현장은 빠져나간 인질들과 맞물려 몰려든 경찰과 구조대원, 취재진, 뒤처리하는 관계자들, 그리고 구경꾼들로 다시 복작거렸다. 긴장이 풀려 실신한 사람도 여럿이고 주저앉아 우는 사람도 많았다. 재건은 그런 사람들을 휘휘 둘러보며 적당한 곳을 찾았다.

"이제 정리를 해보자. 꼭두각시는 어떤 목적으로 여기서 쇼를 준비했다. 그런데 마침 웬 테러리스트가 나타나서 사람들과 건물을 인질로 잡았다. 꼭두각시는 경찰을 만나 작전을 제안한다. 내가 시선을 끌 테니까 건물의 핵심 시설을 수복하고 무력 제압에 들어가라. 그리고 작전은 순조롭게 완료. 해피해피."

"빠진 게 있잖아요. 관제실의 시체들은 뭘까요? 직원들이 갑자기 영웅 흉내라도 내려 했던 걸까요?"

"모르겠어. 마침 존 맥클레인이 여럿 나타나 테러리스트에게 점령된 관제실을 유혈 수복했다? 뭐, 말이 안 되진 않는데, 이건 좀……."

"탐정님이 언제나 하는 말 있잖아요."

"뭐? 소녀의 쇼트커트는 영원한 노스텔지어라는 말?"

"그게 아니라, 잠깐, 그런 이유로 이제까지 내 머리를 이런 단발로 강제해왔던 거예요?"

"그럴 리가 있겠니."

"에휴, 이미 일어난 일은 일어난 일이다, 이거예요?"

"아, 맞아, 맞아. 그거였지. 탐정은 언제나 비평가가 돼야 해. 이미 일어난 일을 그럴싸하게 끼워 맞춰 팔아먹는 게 탐정이란 말이야. 예—전에 친구한테 들었던 말을 내가 바꿨지."

"자기 직업 비하하지 말라고요."

"우리가 뭔가 잘못 알고 있는 게 아니라면 말이야. 우리가 할 일은 벌어진 일을 논리에 맞게 재구축하는 거야. 그 점을 잊으면 안 돼. 현실을 부정해선 안 된다고."

"그렇죠. 그 점에서 보자면 이번 사건은 너무 어색해요."

"어떤 점에서?"

"으음, 사건이 우연히 겹쳤다는 게 어색해요. 꼭두각시가 뭔가를 꾸민 날 황오규에게 원한을 가진 테러리스트가 나타났다. 꼭두각시가 경찰과 같이 작전을 수행한 건 둘 다 여기로 왔으니 그럴 수 있다 쳐도."

"그래. 우연은 우리가 가장 경계해야 할 요소야. 우린 언제나 우연을 의심하면서도 그것이 실제로 일어났을 가능성 역시 충분히 고려해야 해. 하지만 지나치게 절묘한 우연은 과감히 배제할 필요가 있어. 이것도 내 오랜 친구가 했던 말이긴 한데, 음, 암튼, 그렇단 말이야."

"자꾸 친구를 언급하는데 탐정님한테 친구도 있어요?"

"당연히 있지. 날 뭘로 생각하는 거야? 난 고등학교도 대학도 다 적당히 나왔다고."

"적당히 나왔으니까 친구가 없죠. 이제까지 나랑 의뢰인말고 다른 사람 만난 적 없었잖아요."

"아니, 네가 날 얼마나 알았다고 그래?"

"오 년요."

"……."

"오 년이면 서로의 인간관계를 파악하기 충분한 시간 아닌가요."

"자, 수사를 마저 하자고. 꼭두각시는 어디 있지? 그 난리를 피웠으니 쉽게 내빼긴 어려울 텐데."

"……저기 있네요. 내뺄 생각은 없는 것 같은데요."

마곤은 한쪽을 가리켰다. 메인 무대 쪽이었다. 꼭두각시는 수많은 카메라에 둘러싸여 있었다. 수많은 플래시와 마이크의 주목을 받으면서 떠들고 있었다.

"저거였군."

"제 생각도 그래요. 위에 올라가서 느꼈어요. 놈은 마치 모든 일이 예정돼 있던 것처럼 행동하더라고요."

"경찰은?"

"네?"

"위에서 경찰도 만난 거 아냐? 그러니까 네가 구경만 하다가 내려왔겠지. 경찰은 어떻게 하고 있었지? 누가 작전을 내리고 누가 협조하는 처지였는지 알아볼 수 있었어?"

"아, 네. 꼭두각시가 거의 휘잡고 있었어요."

"그렇다면 경찰 역시 계산된 것이겠네."

"전부 꼭두각시의 계획이었단 말인가요?"

"그렇게 보는 게 아귀가 맞아. 꼭두각시가 범죄 조직과 연관돼 있다는 건 놈이 가진 총기만 봐도 알 수 있어. 가면을 벗은 얼굴로 뒤에서 바람을 넣었을 거야. 구체적인 방법을 제시하면서. 두 가지, 놈의 목적과 관제실에서의 총격전, 그 두 가지가 아리송하지만. 아, 목적 하나는 알 것 같군."

"그게 뭐죠?"

"저거 말이야."

재건은 영화제 포토존같이 요란스러운 무대를 가리켰다.

그는 엄청난 인파와 카메라와 마이크와 쏟아지는 플래시에 둘러싸여 있었다. 그는 누가 보더라도 으스대는 듯한 과장된 몸짓으로 인터뷰를 하고 있었다.

이날의 영웅은 꼭두각시였다.

"존 맥클레인."

마곤은 말했다.

"그래. 왜 테러범들은 굳이 현장을 생방송으로 계속 방송하게 했을까? 만일 거기에 꼭두각시의 의도가 있다면 아귀는 점점 맞아떨어지지. 꼭두각시의 원맨쇼가 생중계되고 있었어. 전에 없던 무장 테러 사건이야. 사람들은 전부 텔레비전 앞에 모여 있겠지. 긍정적인 쪽이든 부정적이 쪽이든 지금 전국의 이목이 놈한테 쏠려 있어. 놈의 일차적 목적은 이거였어."

마곤은 여전히 저 광인이 인기를 얻는 이유를 알 수 없었다. 그는 미치광이일 뿐이다. 그를 좋아하는 사람이 많아질까? 알 수 없는 일이지만 그가 지금보다 더욱 유명해지리라는 것은 분명했다. 최소한 며칠간은 꼭두각시의 이름으로 온 세상이 뒤덮일 것이다.

어느 정도 꼭두각시의 인터뷰가 진행되고 그다음에는 황오규가 올랐다. 그는 앞선 발표자와는 대조적으로 간략히 입장만을 밝히고 내려가려 했다.

"잠깐. 이렇게 만났는데 인사라도 하고 헤어져야지."

꼭두각시는 황오규를 불러 세웠다.

"지금은 정신이 없어서 말입니다."

황오규는 빙그레 웃으면서 손을 내밀었다. 꼭두각시는 사뿐히 황오규에게로 다가갔다.

꼭두각시는 장갑 낀 손끝으로 황오규의 손을 툭 치더니 그 자리에서 빙그르르 돌았다. 달그락거리는 인형처럼 그는 몸을 비틀었다. 축 늘어진 손목을 세우고는 까딱까딱 흔든다.

황오규는 손을 내민 채로 말했다.

"이거 손이 쑥스러워지는군요. 악수나 한번 했으면 좋겠습니다. 맨손으로요."

그러자 꼭두각시는 말했다.

"아니, 아직 때가 일러. 우린 다음에 만나도록 하지. 할 이야기가 많았는데 말이야."

호쾌하게 웃더니 꼭두각시는 무대에서 내려갔다. 밑에는 경찰들이 기다리고 있었다. 꼭두각시는 경찰들과 함께 행사장을 빠져나갔다. 그 광경은 경찰의 에스코트를 받는 것처럼 보이기도 했다.

"자. 우린 경찰을 따라가자."

재건은 마곤에게 말했다.

"아마 사정 청취를 해야 할 거야. 적어도 그때 하는 말은 놈의 공식적인 입장일 테니 네가 투명 인간이 돼서 그걸 듣고 와."

"또 이거예요?"

마곤은 한숨을 내쉬며 말했다. 마곤은 능력을 쓸 때 적잖은 정신력이 소모되어 꽤 피곤해졌다.

"할 수 없잖아. 나도 멀지 않은 곳에 있을 테니까."

"알겠어요. 얼마나 도움이 될는지는 모르겠지만."

"적어도 이 사건에서 놈이 통제할 수 있었던 영역이 어디까지였는지는 알 수 있겠지."

"황오규는요?"

"연락처를 받았으니 나중에 따로 만나볼 거야. 추측건대, 황오규의 능력을 밝히는 게 중요 과제 같아. 어쩌면 꼭두각시는 그 능력과 관련된 무언가 때문에 황오규를 노린 것일 수도 있고."

두 사람은 경찰과 그 가운데에서 삐거덕대며 걷고 있는 꼭두각시를 쫓았다.

5 선예

강남 한복판이 인질극으로 난리일 때 선예는 카페에서 일하고 있었다. 연남동에 위치한 카페 '드 비뉴'. 시끄러운 번화가를 등지고 그림자처럼 웅크리고서 이런저런 소문과 장소를 찾아 들르는 사람들이 주 고객인 카페였다.

주말을 제외한 거의 모든 시간에 선예는 일을 한다. 휴학생이라는 타이틀을 달고서 어학이나 자격증 따위의 공부를 하거나 아르바이트를 하는 것은 어쩌면 대학생이 갖춰야 할 기본 소양인지도 모른다. 하지만 선예에게는 조금 의미가 달랐다. 선예에게 아르바이트는 그의 본질이라고 할 수 있었다. 처음 아르바이트를 한 것은 초등학생 때였다. 지하철에서 체육관 전단지를 돌리는 언니들을 보고 무작정 체육관에 가 일을 요구한 것이 시작이었다. 휴대폰을 사려는 목적이었다. 하지만 전단지 돌리기로는 돈이 크게 모이지 않았고 휴대폰은 생각보다 비쌌기 때문에 처음 노동을 해서 번 돈은 엄마의 통장에서 아직도 이자 놀이를 하고 있다.

중학교 때에는 롯데리아에서 일을 했다. 중학생은 써주려 하지 않았기 때문에 나이를 속여야 했다. 하지만 취직을 하려면 보건증에 주민등록등본까지 제출해야 한다는 점을 알지 못해 중학교 2학년의 첫 취직 시도는 물거품이 됐다. 일 년 뒤 재도전할 때는 고등학생이었던 언니 이름을 대고 언니의 보건증을 가지고 갔다. 본래 나이보다도 어려 보이는 외모 때문에 바싹 긴장하고 갔지만 신분을 감추고 일을 하려는 중학생이 있으리라고는 생각조차 못 한 매니저 덕분에 일을 시작할 수 있었다. 그때 처음 선예는 배웠다. 일해서 번 돈의 소중함과 용돈에만 의존했을 때와는 비교도 할 수 없을 만큼의 풍족함, 그리고 돈을 쓸 때의 자유로움을.

그후로 선예는 언제나 아르바이트를 구하고 있었다.

고등학교 때에는 비교적 수월하게 일을 구할 수 있었다. 하지만 편의점이나 전단지 돌리기 따위가 전부였다. 대학생이 되고 나서는 여자가 할 수 있는 거의 모든 일을 할 수 있었다. 주말에는 꿈에 그리던 카페 일을 할 수 있었고 주중에는 동네 학원에서 행정 보조를 했다. 이런저런 새로운 것을 많이 익혀야 할 대학 1학년에게 아르바이트 두 개는 조금 벅찼다. 학기를 마칠 때 즈음에는 결국 탈이나 입원까지 하게 되었다.

일찌감치 미래에 대해 고민하던 선예는 1학년을 마치고 휴학을 했다. 그즈음 한국에는 없는 '프리터'라는 말을 듣게 되었다. 최저임금이 물가 대비 높은 일본 같은 나라에서는 그럴싸한 직업 없이 아르바이트만으로 생계를 유지할 수 있다고 한다. 터무니없이 낮은 시급을 책정하는 한국에서는 어림도 없는 소리다. 하지만 집 걱정 식구 걱정이 없다면 한국에서도 아르바이트로 연명하는 것이 불가능하지만은 않다는 생각도 들었다. 다만 풍족하고 럭셔리한 생활은 포기해야겠지. 그래도 선예는 지금과 같은 생활이 좋았다.

아르바이트생이 보통 천대받는다고 하지만 선예의 생각은 달랐다. 잠깐의 벌이를 위해서 품을 파는 것이 아르바이트다. 전문성이나 소명 의식 따위는 필요 없다. 그저 맡은 일만 적당히 해내면 그만이다. 그래서 그 정도의 임금으로 만족해야 한다. 거꾸로 말하면 어떤 것에도 얽매이지 않는다는 뜻이다. 일을 잘못해도 최악의 경우 잘리면 그만이다. 책임질 필요가 전혀 없다. 그게 바로 자유다. 어디에서도 정체되지 않고 바람 따라 훌훌 떠나버릴 수 있는 그런 생활이 좋았다. 그래서 선예는 한 가지 일을 반년 이상 하지 않았다. 익숙해질 만하면 그만두고 새로운 일을 찾는다. 그러다 보면 힘든 일도 겪고 의외로 돈을 많이 버는 경우도 생긴다. 새로운 만남, 새로운 환경, 새롭게 요구되는 능력. 이런 것들에 적응해가는 것이 선예는 좋았다.

이제 휴학 이 년 차라서 돌아갈 학교가 아득히 멀게만 느껴진다. 생각해보면 자신에게 대학이 그렇게 필요한가 하는 생각도 든다. 고등학교 때엔 대학을 무조건 가야 한다고 해서 무작정 공부하고 무작정 시험을 쳤으니까. 지금은 언젠간 써먹을 일 있는 보험 정도로 생각하고 있다.

이런 자신을 스스로 일컫기를, 프로 알바생이라고 한다. 프리터와는 조금 다르다. 프리터는 아무래도 마지못해 일한다는 느낌이다. 하지만 선예는 아르바이트가 본업이다. 목적이 여가라든가 취미 생활이 아니다 보니 돈에 그리 얽매이지도 않는다. 해고의 위험도 심각하게 받아들이지 않는다. 맡은 일은 최선을 다하자가 신조이기는 하지만 다른 볼일이 있을 때는 하던 일을 내팽개치기 일쑤다.

카운터에서 주문을 받던 선예는 손님들이 떠드는 소리를 들을 수 있었다. 딱히 주의를 기울이던 것은 아니었는데 여기저기서 어머, 대애박, 하며 강조해주는 소식은 안 들으려야 안 들을 수 없었다. 무장 괴한이 코엑스를 점령하고 보스의 석방을 요구했다고 한다. 어쩐지. 무슨 일이 생길 줄 알았어. 선예는 휴대폰을 꺼내 뉴스를 찾아보았다. 검색할 것도 없이 실시간 검색어나 포털의 메인 뉴스, 트위터, 카카오톡 대화방 등등 한국말을 쓸 수 있는 곳은 온통 그 이야기였다. 게다가 테러리스트의 요구로 현장을 생방송으로 찍고 있다고 한다.

선예는 안테나를 뽑고 DMB를 켰다. 모든 공중파 채널에서 뉴스 속보를 다루고 있었는데 그중 현장을 실황중계하는 행운을 누리는 방송사는 SBS였다. 뉴스를 전하는 메인 화면을 틀어놓고 한쪽 구석에 작은 화면으로 내부 현장을 생중계하는 식이었다. 선예는 볼륨을 높였다.

"선예야, 지금 뭘 보고 있어?"

안쪽 창고를 정리중이던 동료가 소리를 듣고 말했다. 점장은 실수에는 관대하지만 근무 태도에는 엄격한 타입이다. 손님으로부터 컴플레인이 들어오거나, 이따금 감시 카메라를 확인해서 요령 피우는 것이 보일 땐 한소리 들을 각오를 해야 한다. 선예는 단 한 번도 지적당하거나 눈치를 받은 적이 없었다. 그런 선예가 근무시간에 휴대폰으로 무언가를 시청하는 모습은 동료에게 조금 의아해 보인 듯하다.

"언니. 이것 좀 봐봐. 세상에나, 코엑스가 점거당했대."

현두리는 쓱 보더니 장갑을 벗으며 말했다.

"누가 코엑스를? 쇼 아냐?"

점거라니. 스스로 말하고도 농담 같은 말이라 생각했다.

"아니, 진짜야. 지금 뉴스에서 난리라고. 근데 나 오늘 일 아니었으면 여기 가려고 했단 말이야. 완전 소름 돋는 거 있지."

"오늘 일이 없을 리가 없잖니. 그거 가지고 오버는."

"아는 사람이 여기 가 있단 말이야. 우린 악당 꼭두각시가 수상한 음모를 꾸미고 있다는 것을 알아채고 그 음모를 파헤치려고 비밀 작전 수행중이었다고! 그런데 이렇게 알바 때문에 이런 따분한 가게에서 어서 오세요, 하고 주문이나 받는 처지라니. 뭐 필요하세요?"

마침 가게로 들어온 손님에게 환한 웃음을 보이며 말한다. 모카라떼 말씀이죠? 5200원입니다. 진동벨이 울리면 받으러 오세요. 네, 시럽은 저쪽에 있습니다. 입에 착 달라붙는 인사말. 틀어지지 않는 미소. 자동인형 같은 움직임이었다.

"천직이라니까. 네가 카페 일을 안 하면 그건 국가적 손해라고."

"더 잘하는 일이 있을 거야. 알바를 이렇게 잘하면 진짜 잘하는 일은 얼마나 잘하겠어."

두리가 카페 일로 한정 지은 것을 선예는 아르바이트 전체로 확장한다. 그것은 나름의 프라이드였다. 카페가 아니더라도 선예는 어떤 일이든지 잘해낼 자신이 있었다.

"그런데 그거 계속 틀어놓을 거야?"

두리는 선예의 정수리에 턱을 괴며 말했다.

"그렇게 하지 말라니깐. 누가 보면 내가 언니보다 머리 하나는 작은 줄 알겠다."

"그럼 안 되지. 정확힌 머리 하나에 목만큼 작은 거니까."

"뭐어? 이씨. 키 크면 다냐고."

선예는 팔꿈치로 두리를 쿡쿡 찔러 쫓아낸다.

"그런데 저거 정말인가 보네. 드라마 아니지?"

"그렇다니깐. 저걸 꾸민 악당이 꼭두각시라고. 내가 탐정을 고용해서 쫓고 있단 말이야."

선예가 그렇게 말했을 때 누가 카운터 앞으로 다가왔다. 선예는 재빨리 휴대폰을 엎어놓고 영업 자세로 돌아갔다.

"저, 혹시 방금 꼭두각시라고 했나요?"

카운터 앞에 선 남자는 말했다.

"네, 죄송합니다. 뉴스 보셨죠? 워낙 엄청난 일이라 잠시 딴짓을. 주문하시겠어요?"

선예는 웃으며 손님을 맞았다.

"아뇨, 주문은 아까 했는데요. 무슨 말이에요? 선생님이 인질범이라뇨. 말 함부로 하시는 거 아니에요?"

"네?"

남자는 정색해서 말했다. 사람 상대하는 데 능숙한 선예도 잠시 할말을 잊었다.

"뉴스는 제대로 보고 하는 소리냐고요. 선생님이 어디 나온다고 그러죠? 선생님은 그런 분이 아니거든요?"

"아…… 그건……."

주의깊게 뉴스를 보지는 않았지만 아직 꼭두각시가 등장했다는 말은 들은 것 같지 않았다. 꼭두각시가 코엑스와 연루돼 있다는 것은 탐정 사무소와 선예만이 알고 있는 일이다. 그리고 이 사람은 꼭두각시더러 선생님이라 부르고 있다. 공식적으로 꼭두각시에게는 이름이 없다. 꼭두각시는 세간에서 부르는 말이며 추종자들은 그 말을 좋아하지 않는다.

"아니, 잘 모르면서 왜 함부로 말하냐고요. 왜 맘대로 선생님한테 누명을 씌우는 건데요? 그 말 책임질 수 있어요?"

선예는 잠시 고민했다. 들은 게 있다는 것을 알리고 입장을 명확히 밝힐 것인가, 아니면 생각 없이 한 말이라 인정하고 사과할 것인가.

생각하는 사이에 남자의 목소리는 더 커졌다.

"아니, 뭐라 말을 해보라고요. 왜 선생님을 음해하는 건데요?"

"죄송합니다, 손님. 저희끼리 하는 말이었는데 말이 좀 막 나왔나 봐요."

두리가 서둘러 끼어들었다. 선예는 비로소 정신을 차리고 말했다.

"네, 제가 잘 모르고 그랬어요. 죄송합니다. 그냥 댓글 같은 거 보고 함부로 말한 것 같아요."

"잘 모르면 말을 하지 말라고요."

남자는 고삐가 풀린 것처럼 말소리를 높였다. 사과가 소용없는 막무가내 타입이다. 이런 사람은 목소리 높아지기 전에 원천적인 저자세로 진작 내쫓아버려야 하는 건데. 실수다.

남자의 일행까지 가세하여 뜯어말려서 간신히 내보낼 수 있었다. 남자가 나가자 선예는 한숨을 내쉬며 의자에 앉았다. 전혀 예상치 못한 부분에서 들어온 컴플레인이라 종아리에 쥐가 날 정도로 긴장을 하고 있었다.

"이런, 아까 한 말 취소해야겠네. 이런 데 의외로 약한데?"

두리는 약 올리듯, 하지만 악의 없는 투로 말했다.

"조금 당황했어. 나 정말 그 꼭두각시의 음모를 파헤치고 있단 말이야. 여기서 추종자를 만날 줄은. 우이씨. 무슨 사이비 종교 같은 걸 쫓아다니면서 큰 소리는."

그러다 문득 생각이 들어 물었다.

"아, 언니 설마 그쪽 믿는 사람…… 아니지?"

"아니야. 내가 뭣하러 그런 사람을 쫓아다니겠니?"

"그럼 다행이고. 꼭두각시란 사람 정말 이상하다고."

"그건 아닌 모양인데?"

두리는 휴대폰으로 뉴스를 훑어보며 말했다.

"뭐가?"

"꼭두각시 말이야. 인질범이랑 정말 상관없는 것 같아. 그 사람도 저기 나왔는데?"

"뭐? 뭐라고?"

선예는 휴대폰을 집어 들었다. 코엑스 현장 분위기가 달라져 있었다. 사람들은 어딘가로 우르르 몰려가고 있었고 카메라는 정신없이 흔들렸다. 뉴스 화면은 건물 바깥에서 건물 안으로 진입하려는 경찰과 구급대원의 모습을 보여주고 있었다. 하단에는 자막이 큼지막하게 떠 있었다.

테러리스트 제압 완료. 인질은 모두 무사해.

선예는 두리의 휴대폰을 빼앗아 뉴스를 확인했다.

〔속보〕 꼭두각시의 활약으로 테러리스트 진압

"뭐야, 이게?"

기사를 계속 읽었다.

코엑스를 점거하고 보스의 석방을 요구했던 테러리스트가 경찰 특공대에 의해 진압되었다. 주도자를 비롯한 열네 명이 사살 및 진압되었으며 인질은 모두 구출되었다. 이 작전에는 꼭두각시라고 알려진 모 씨의 도움이 컸다. 그가 방송을 통해 범인의 주의를 끄는 동안 경찰은 건물의 주요 시설을 수복할 수 있었고 최종적으로 A홀을 점거하고 있는 무장 테러리스트를 진압할 수 있었다.

"꼭두각시가, 경찰을 도와 범인을 잡았다고?"

선예는 자기도 모르게 큰 소리로 외치고 말았다.

"소리 죽여. 그 장면이 전부 방송된 모양인데? 아까 생방송으로 나오고 있었다 했잖아."

이게 무슨 일인지. 선예는 재건에게 전화를 걸었다. 하지만 연결이 되지 않았다.

어쩔 수 없다. 현장은 더욱 혼란스럽겠지. 나중에 연락이 오면 그때 자초지종을 들어보자.

선예는 다시 DMB를 켰다. 나뉘었던 화면은 이제 하나로 합쳐져 아나운서가 코엑스 안에서 현장 상황을 전해주고 있었다. 무대에서는 꼭두각시가 기자회견 같은 것을 하고 있었다. 아나운서는 마무리 멘트를 하며 화면을 꼭두각시에게로 넘기려는 참이었다.

그때 선예는 지나가는 화면 속에서 무언가를 보았다. 다급히 커서를 찾아보았지만 실시간 방송되는 DMB에 뒤로 가는 기능은 없다. 대신 순간 캡처 버튼을 눌렀다. 바로 좀 전의 장면 몇 장을 캡처하는 기능이어서 지나간 장면 일부를 볼 수 있었다. 운 좋게 방금 봤던 장면이 저장되었다. 초점이 맞지 않는 사진이었지만 충분히 알아볼 수 있었다. 어릴 적 보았던 얼굴, 다시 찾기 위해 몇 번이나 보며 기억하려 했던 얼굴이기 때문이다. 무대 한쪽 꼭두각시 측 사람으로 보이는 무리 가운데에 그가 있었다.

헤어졌던 오빠, 민선욱이었다.

재건은 꼭두각시가 경찰과 동행하는 것을 확인하고는 차에 올랐다. 그들이 갈 곳은 당연히 정해져 있었다. 이 일대를 관할하는 서는 강남경찰서다. 눈에 띄도록 차를 미행할 것도 없이 미리 가서 기다리고 있으면 된다. 재건과 마곤이 탄 프라이드는 앞질러서 강남경찰서로 달렸다.

예상대로 꼭두각시가 동승한 차는 경찰서로 돌아왔다. 재건은 근처에 차를 정차시키고 기다리기로 했다. 마곤은 챙이 넓은 페도라를 눌러쓰고 뻔뻔하게도 경관들 뒤를 따라 들어가 충분히 이야기를 들었다. 참고인 자격으로 진술을 한 꼭두각시는 오래 지나지 않아 풀려났다.

차로 돌아온 마곤은 능력을 해제하고는 뒤로 젖혀진 시트에 몸을 파묻었다.

"내가 제일 궁금해할 만한 것."

재건은 말했다. 마곤은 눈을 감은 채 말했다.

"미리 경찰과 거래를 했더라고요. 진술은 전부 대리인을 쓰겠다. 조서에서 자기 존재는 완전히 빼달라고요."

"그걸 경찰이 받아들인단 말이야? 융통성 없기로는 세무사 못지않은 경찰이?"

"아무튼 이야기는 앞뒤가 맞긴 맞더라고요. 뭐라고 했는지 전부 설명해줄까요?"

"아니. 하나면 돼. 원래 황오규의 행사에서 뭘 하려고 했나."

"그게 말이죠……."

꼭두각시는 깜짝 이벤트를 준비했다고 한다. 대리인을 통해 계약을 맺고 몰래 무대 행사를 준비했는데 그 사실은 누구도 알지 못하게 했다고 한다. 오직 꼭두각시 측만 내용을 알았다고.

"그러니까 그게 뭔 행사였냐고. 놈이랑 황오규가 무슨 관계인지 그런 건 얘기 안 했어?"

"좀만 기다려봐요. 이야기에도 순서가 있죠."

마곤은 다시 이야기를 시작했다.

깜짝 이벤트는 별것 아니었다. 무대 위에서 춤을 추면서 축전을 보내는 정도였다. 그러기 위해 방송국 책임자와도 협의를 해놓았다고 했다. 그러니까 테러리스트가 홀을 점거했을 때 꼭두각시가 때마침 스크린으로 얼굴을 비춘 것은 이상할 게 없다는 것이다.

"그러면 관제실의 총격전은?"

"그건 모르는 일이라고 하더라고요."

"그렇군."

크게 도움될 만한 내용은 없었다. 하지만 하나 확실해진 사실이 있었다. 꼭두각시는 이번 사건을 철저히 준비했다는 사실이다. 깜짝 이벤트를 준비했고 때마침 괴한이 난입하자 그 이벤트 장치를 이용해 경찰의 작전을 도왔다.

재건은 휴대폰을 확인했다. 선예로부터 부재중 전화와 문자메시지가 와 있었다. 확인은 하지 않고 화면을 꺼버렸다. 아직 생각해야 할 것이 많았다.

황오규는 어떤가. 가까이에서 지켜봤기 때문에 확실히 느낄 수 있었다. 그는 능력자다. 하지만 뚜렷하게 능력을 사용한 흔적은 보이지 않았다. 사건에서 가장 비논리적인 부분을 찾아라. 재건 스스로 정해놓은 격률格率이었다. 현실 세계의 어떤 법칙이 비틀렸는지, 어떤 원리로 능력을 발현하는지는 능력자마다 다르다. 하지만 반드시 흔적을 남기기 마련이다. 달라진 규칙이 모순을 만들어낸다. 이번 사건의 관제실처럼. 코엑스의 직원들이 무장 괴한들과 교전을 벌여서 적들을 전멸시키고 자신들도 큰 피해를 입었다. 말이 안 된다. 이럴 경우 능력자 가설을 대입하면 상황이 간단해진다. 하지만 재건은 가급적 그 가능성은 맨 마지막으로 미뤄놓았다. 더 합리적이고 수긍할 수 있는 논리적인 진상이 존재할 가능성이 언제나 남아 있기 때문이다.

사실 모든 사건이 신의 변덕이라 생각하면 문제가 해결된다. 저기 어딘가 전능한 존재가 있어 사람들이 그러한 행동을 하도록 조종했다는 가설. 하지만 이 세계의 의미를 그렇게 대충 눙치고 얼렁뚱땅 넘어가는 건 용납 못 한다.

"됐다."

머릿속에 남은 의문은 털어버렸다. 정리가 안 될 때는 단서를 더 모으는 것이 상책이다. 일단 선예를 만나서 보고를 하고 원점에서 조사를 해보자.

재건은 휴대폰을 열고 선예에게 전화를 걸었다.

선예는 곧바로 전화를 받았다.

"이제까지 연락도 안 되고 뭐했어요!"

"미안. 뉴스는 봤지?"

"봤죠! 탐정님은 거기 있느라 텔레비전는 못 봤죠? 거기 나왔어요! 우리 오빠 말이에요! 꼭두각시랑 같이 서 있었다니까요."

생각지도 못한 단서였다. 그곳에 온 꼭두각시 측 사람들을 눈여겨보지 않은 것은 실수였다. 텔레비전에 나올 정도니 조금만 주의깊게 관찰했다면 알아볼 수 있었을 텐데.

재건은 곧바로 차 시동을 걸었다.

선예가 저녁에 일하는 곳은 신촌의 맥줏집이었다. 넓지 않은 공간이지만 주인이 직접 발효시킨 에일을 판매하는 곳이어서 입소문을 타고 찾는 손님이 저녁 내내 끊이지 않았다. 여럿이 와서 테이블을 난장판으로 만들어놓고 사라지는 일반 술집과는 사뭇 다르게 차분한 분위기의 가게여서 일은 그리 바쁘지 않았다.

"탐정 하면 바, 바 하면 탐정이지. 괜찮은 데서 일하는데?"

맥주 한 잔을 순식간에 비운 재건은 말했다.

"프로 알바생은 아무 일이나 하지 않는다고요. 낮에 일하는 카페에도 와보세요. 사장님이 산지에서 직거래해 들여온 원두로 만드는 커피가 죽인다고요."

선예는 말했다. 바가 좁은 터라 일하면서 오다가다 재건과 대화를 나눌 수 있었다. 입구에서 가장 구석진 자리까지의 거리가 몇 걸음 되지 않는다.

"커피라니, 써서 싫어. 시럽을 탄다면 모를까."

"시럽은 타면 되잖아요."

"아니, 내가 말하는 시럽은 너네 가게처럼 물로 희석한 나약한 액체가 아니야. 순도 100%의 진짜 시럽을 말한다고."

"어머, 우리 가게가 시럽에 물 타는 건 어떻게 알았어요?"

"간단하지. 원두를 직접 구해 올 만큼 커피에 깐깐한 사장님이라며. 그런 사람은 시럽을 싫어하지. 물을 타놓는 건 당연해. 그리고 네 소매에 끈적한 게 묻었다가 지운 듯한 얼룩이 묻어 있지?"

재건은 선예의 소매를 가리켰다. 선예는 말라붙은 시럽 자국을 매만졌다.

"이 얼룩은 끈끈한 시럽 얼룩 아니에요? 오히려 물을 타지 않는다는 뜻 아닌가?"

옆에 앉아서 콜라를 마시고 있던 마곤이 말했다.

"상황은 언제나 구체적으로 봐야 돼. 커피에 대해 일가견이 있는 사장님은 직원 교육도 확실하겠지. 그렇다면 당연히 직원이 시럽을 만질 일은 없어. 시럽은 손님이 알아서 조절하는 거니까. 그렇다면 직원이 시럽 통을 만지고 시럽을 손에 묻히게 될 상황이 언제일 것 같아?"

"시럽을 희석시킬 때군요."

"우와, 정확해요. 이건 정말 물을 탈 때 시럽을 큰 통에서 따르다가 묻은 거예요."

선예는 진심으로 감탄하며 말했다.

"이런 거 정말 어디서 배운 거예요? 진짜 홈스 같아요."

"어디서 배우긴. 홈스한테 배웠지. 이런 건 장난이야. 실질적으론 고려해야 할 요소가 너무 많아서 불확실한 추론에 그치고 만다고."

"하지만 탐정님은 하잖아요."

"그런 경우는 아주 일부지. 복수의 단서가 가설을 공통으로 지지해줄 때에만. 실제로는 단서가 될 수 있는 게 그리 많지 않아. 얼룩 하나만 봐도 이게 언제 어디서 묻은 얼룩인 줄 알고 감히 추론을 해."

"그것도 그러네요."

"사건도 마찬가지야. 답을 하나 내는 건 쉬워. 하지만 예상치 못한 변수 하나가 끼어들면 전체 그림을 다시 그려야 되지. 그래서 탐정은 끊임없이 뛰어다녀야 돼."

"쉬운 일이 아니군요. 추리소설에선 탐정이 다 아는 것처럼 나오지만요."

"인생은 하드보일드지 안락의자가 아니거든."

이거 명언인데, 하고 덧붙이며 재건은 맥주를 들이켰다.

"맥주도 좋은데? 쓰지만 쓴 게 별로 안 느껴져. 난 몸집이 크지는 않지만 맥주는 좋아한단 말이야."

"종종 와요. 내가 거품 없이 꼭꼭 채워서 줄게요."

"서비스로 끈적끈적한 애정까지 담아서?"

"그런 메뉴는 취급 안 합니다, 손님."

재건은 가볍게 웃었다.

재건은 코엑스에서 있었던 일을 간략하게 정리해 말해주었다. 꼭두각시에 대한 가설은 말하지 않기로 했다. 단서가 아직 부족하기 때문이다.

선예도 캡처한 사진을 보여주었다. 선예는 민선욱이 꼭두각시의 지척에 있다는 사실이 새롭게 확인되었으니 그쪽으로 접촉하는 것이 최우선이라 생각했다. 하지만 재건의 의견은 달랐다.

"황오규를 잡아야 해. 어떤 점에서 꼭두각시와 연관이 되는지 그걸 밝혀내야 해. 어쩌면 꼭두각시는 황오규의 능력에 관심이 있을지도 몰라. 능력이 뭔지도 밝혀야 하고. 때에 따라선 상상도 못 할 만큼 위험한 일로 번질 수도 있어."

"의뢰를 잊어버리진 말라고요. 탐정님이 가장 먼저 해야 할 일은 우리 오빠를 되찾아오는 거예요."

"민선욱은 꼭두각시 쪽에서 일하고 있었다며. 그럼 힘들지도 몰라. 찾아서 너랑 만나라고 설득할 수는 있지만 본인이 거기 있겠다고 하면 어쩔 수가 없어."

"하는 데까지는 해봐야죠. 개인적인 취미로 하는 수사는 제 의뢰 다음에 해주셨음 좋겠네요."

"으음. 그게 맞는 말이지."

재건은 순순히 수긍했다.

손님의 호출이 오자 선예는 경쾌한 목소리로 대답하며 달려갔다. 재건은 다시 맥주를 들이켰다.

"하지만 모든 사건은 연관되어 있다고. 신의 장난이 아니라면 말이야."

재건이 중얼거린다.

선예가 돌아오자 재건은 물었다.

"오빠랑은 언제 헤어진 거야?"

"어릴 땐 같이 살았어요. 열두 살 차이예요. 제가 열 살 때 유학을 간다고 떠나더니 어느 순간부터 연락이 뜸해지더라고요. 그땐 몰랐지만, 나중에 알고 보니 부모님과 크게 싸운 모양이에요. 연락도 저한테만 했던 거였어요."

"부모님과 싸웠다고 대뜸 유학을 가버리나?"

"그게, 원래 사이가 안 좋았거든요. 전 그래도 이쁨받으며 자랐지만 오빤 아니었던 모양이에요. 집안 사정이 있어서 그건 말 못 하지만 오빠가 자란 환경과 제가 자란 환경은 완전히 달랐어요. 그게 문제였죠."

"그랬구나."

재건은 별다른 감상을 붙이지 않고 짧게 말했다. 마곤은 호로록거리며 콜라를 비우고는 얼음을 입안에 털어넣고 오도독 오도독 씹었다. 얼음 부서지는 소리가 텍사스풍 블루스 사이로 울렸다.

"그래서 얼굴을 바로 알아볼 수 있었던 거네."

"네. 친구가 그 사진을 보여줬을 땐 깜짝 놀랐죠. 사실 그것도 숨기고 있었거든요. 화장실에 간 사이에 몰래 휴대폰을 훔쳐보다가 사진을 본 거라서요."

"오빠의 행적도 제법 의미심장하지. 유학을 가서 연락을 끊더니 느닷없이 사이비 종교라니."

"무슨 사연이 있을 거예요. 오빠를 만나야 해요. 얘길 들어봐야 해요."

"한 잔 더. 오빠를 만나게 해주는 건 쉽지. 거기 있다는 것을 알았으니까. 중요한 건 오빠의 의지야. 아마 민선욱 씨는 네가 왔다는 것을 알았을 거야. 그때 우리가 반석 수련원으로 쳐들어간 것도 알았겠지. 그럼에도 연락이 없다는 건 뭔가 뜻이 있기 때문일 거야. 그러니까 알아야 돼. 꼭두각시의 정체를 말이야. 아무것도 모르고 접근했다간 되짜 놓고 더 깊숙이 들어가버릴 거란 말이야."

재건은 선예가 따라준 새로운 맥주의 거품을 후후 불며 말했다.

"그렇겠죠……. 사실 저도 잘 모르겠어요. 오빠를 만나면 무슨 얘기를 할 수 있을지."

"일단 믿어보라고. 세계에서 유일한 환상의 탐정을 말이야. 한 잔 더."

"아직 다 안 마셨잖아요."

"이런 말 들어봤어? 그건 내가 사는 거야."

"나한테 쏜다고요? 그건 말은 좀더 비싼 거 사면서 하는 거 아니에요?"

"비싼 술이면 받을 거야?"

"그러고 싶지만 전 일개 알바라서요. 다음에 좋은 데 가서 사요."

선예는 웃으며 대답했다.

재건은 기어코 한 잔을 더 시켜서는 모두 비우고 일어섰다. 선예는 뒤늦게 음주운전을 걱정했지만 재건은 걱정 말라며 손을 휘저었다. 맥주 석 잔에 재건은 비틀거렸다. 선예는 걱정되는 마음에 입구까지 배웅 나왔지만 재건은 마곤의 손을 잡고 뒤도 못 돌아보고 걸어갔다.

"술이 약하네, 우리 탐정님."

선예는 잠시 멀어져가는 두 사람을 지켜보다가 자리로 돌아갔다.

큰소리치며 나왔지만 결국 재건은 차 안에서 밤을 지내고야 말았다. 일어나 보니 아침이었고 마곤도 보이지 않았다. 녀석은 지하철 타고 사무실로 돌아간다고 했었지. 재건은 기지개를 켜고 몸을 일으켰다. 왠지 맥주 맛이 좋아서 계속 들이켰던 것 같다. 나른하게 숙취가 와서 움직이기가 싫었다.

잠시만 이대로 있자.

누운 채로 휴대폰을 켰다. 광고 문자, 마곤이 보내준 사진, 무사하냐는 선예의 문자, 잠깐, 마곤이 보내준 사진에는 입을 꾹 다물고 눈을 찌푸리듯 감고서 자는 재건의 모습이 찍혀 있었다. 이 자식, 만나기만 해봐라. 재건은 인터넷에 접속했다. 지금 뭐가 난리일지는 뻔하다. 정치, 사회, 연예 가릴 것 없이 영웅이 된 꼭두각시에 대한 칭송과 시샘으로 가득차 있겠지. 잘된 일인지도 모른다. 자신이 접하지 못한 새로운 정보가 벌떼처럼 달려드는 언론에 의해 하나라도 걸려들지도 모른다. 재건은 포털의 메인이 열리는 짧은 시간 동안 가볍게 생각했다.

하지만 가장 포털의 가장 윗부분에서 가장 많은 시선과 트래픽을 모으고 있는 기사는 그런 것이 아니었다.

그것은 황오규에 대한 것이었다.

코엑스 무장 테러리스트, 배후는 황오규였다 증언

황오규, 국제 범죄 조직의 숨은 손이었다?

엑스포 점거 사건은 자작극이었나?

"이게…… 뭐야……."

재건은 빠르게 기사들을 훑었다. 생포된 범인들은 강남경찰서에서 조사를 받았고 당연히 거기엔 기자들이 구름같이 몰려들었다. 그 와중에 그들 중 누군가가 외친 것이다. 마치 억울함을 호소하듯이. 명백히 세상을 시끄럽게 할 목적으로. 범인들은 바로 구금되고 기자들은 경찰서 밖으로 쫓겨난 모양이다.

처음에는 꼭두각시가 범죄자들을 부추겼다고 생각했다. 하지만 꼭두각시는 그들을 체포하는 데 일조했다. 그런데 엉뚱하게 황오규가 배후였다니? 재건은 황오규와 꼭두각시와 테러리스트들이 한패라는 가정도 해보았다. 하지만 너무 터무니없는 일이라 머릿속에서 지워버렸다. 자기 조직을 와해시키고 두목을 구속하게 만든 자의 사주를 받아 다시 그 두목을 구출할 범죄를 저지른 다음 다시 그를 비난한다? 아무리 얼빵한 범죄자라도 그렇게 놀아나지는 않을 것이다.

더군다나 꼭두각시는 타이밍 좋게도 그 자리에 나타나 영웅이 되었다. 너무 이상한 일이다. 이건 마치 신이 꼭두각시 한 명에게 편의를 봐주고 있는 것만 같다.

그때 마곤에게 전화가 왔다.

"탐정님! 큰일났어요! 일어나서 뉴스를 보는데……."

"봤어. 당장 갈게, 기다려."

재건은 곧바로 차 시동을 걸었다.

"아냐, 아냐. 넌 지금 바로 꼭두각시를 찾아. 수단과 방법을 가리지 말고 민선욱을 찾아 신병을 확보한다."

"탐정님은요?"

"난 황오규를 잡는다. 궁지에 몰렸으니 탐정 손이라도 빌리려고 할 거야."

"그런데 제가 민선욱 그 사람을 어떻게 잡고 있어요. 전 연약한 중학생이라고요."

"미인계로 유인하든가 아님 조용히 뒤만 밟는다든가 알아서 해. 또 붙잡히지만 말고."

"붙잡힌 건 탐정님이었잖아요."

"아무튼! 당장 출발해. 아마 거기도 난리가 났을 테니까."

재건은 전화를 끊자마자 페달을 밟았다. 하지만 대로로 나가기도 전에 멈춰 섰다. 생각을 달리했다. 다짜고짜 황오규의 연구소로 쳐들어가기보다는 전날 알려준 직통 번호로 연락을 해보자. 어쩌면 그곳도 기자들에게 포위돼 있을지도 모르니까.

수신 대기음이 길어졌으나 끝내 황오규는 전화를 받았다.

"여, 박사님. 하루 만입니다."

"지금 무슨 일이 일어났는지 알고 전화하는 겁니까."

박사의 목소리는 다급하고 초조하게 들렸다.

"물론이죠. 제 도움 필요하지 않으시나요?"

"지금 어떤 상황인지 안다면 그럴 여유가 없다는 것도 아실 텐데요."

"그러니까 제가 도와드릴 수……."

"다음에 연락하세요."

박사는 전화를 끊어버렸다.

"낭패군. 빨리 사건의 그림을 그려야 되는데."

재건은 잠시 핸들에서 손을 떼고 시트에 기댄 채 눈을 감고서 생각했다. 확인해야 할 사실들. 지금 누군가가 일을 꾸미고 있다. 그 누군가는 꼭두각시. 더 일을 벌이기 전에 진상을 알아내야만 한다. 더 큰 일이 벌어지기 전에.

당장은 만날 수 있는 사람을 만나보도록 하자. 적어도 지금 핫한 두 유명 인사보다는 만나기 쉬운.

6 범죄자들

강남경찰서 앞에는 취재진이 장사진을 펼치고 있었다.

지금까지 한국 사회가 겪어보지 못한 무장 인질극이었다. 더군다나 피해자와 범인이 공범이라니. 알려진 바로는 코엑스 사건에서 생존하고 붙잡힌 범인은 셋. 경찰 수사의 초점은 애초에 도주 공범과 범행 동기에 맞춰져 있었지만 새로운 증언이 국면을 완전히 돌려놓았다. 현재 경찰은 공식 발언을 삼가고 있다고 한다. 당연히 용의자 면회는 기대하면 안 되겠지.

물론 재건이 그런 안일한 생각으로 이곳에 온 것은 아니다. 재건은 근처 미용실에서 적당히 머리를 다듬고 이런 일을 대비해 차에 언제나 보관중인 특수 장비를 장착했다. 맞춤 정장과 페라가모 구두, 버버리 시계, 넥타이 정도면 충분했다. 얼굴에는 CC크림을 바르고 티가 나지 않을 정도로 눈썹에 아이브로펜슬을 댔다. 거기에 도수 없는 안경을 쓰고 향수를 뿌리면 끝. 크게 품을 들이지도 않았는데 재건은 완전히 다른 사람이 되어버렸다. 재건은 거울을 보고 평소의 헤벌쭉한 표정 대신 지루하고 신경질적인 표정을 연습하다 점심시간이 끝나갈 무렵 빈 서류 가방을 챙겨 프라이드에서 내렸다.

경찰서 앞이 번잡스러운 덕분에 건물 안으로 들어가는 일은 어렵지 않았다. 평소 절차대로라면 초소에다 신분증을 맡기고 들어가야 하겠지만 인파 사이를 뚫고 경비를 서는 순경에게 손을 들어 인사하고 당당히 들어가는 재건을 제지하는 사람은 없었다.

이미 혼자 진입했던 마곤에게서 담당 부서와 담당 형사는 들어두었다. 특수 범죄 수사팀의 이요덕 경위를 찾으면 되었다. 각자의 일로 바쁜데다 대형 사건을 떠맡아 초비상사태인 사무실 내부에서 처음 보는 얼굴 하나가 돌아다닌다 해서 이상하게 생각하는 사람은 없었다. 이요덕 경위는 마침 자리에 있었다. 통화중이었다.

"아니, 경우가 안 맞잖아요. 지금 뉴스 안 봅니까? 텔레비전만 켜면 우리 서 전경부터 내부 구석구석까지 볼 수 있는데 그게 뭣 때문인지 알아요? 기자들이 지금 우리 서를 둘러싸고 건수 나오기만을 기다리고 있단 말입니다. 아니, 그건 우리 쪽 실수 맞지만, 기자들을 향해 냅다 소리지르는 걸 어떡합니까? 우리한텐 한마디도 안 하다가. 그런데 그걸 그쪽에 송치하면 입을 열 것 같아요? 지금 정치권에서 간보고 있다는 거 내가 모를 줄 알아요?"

재건으로선 행운이었다. 통화 내용을 통해 지금 돌아가는 상황을 대략 파악할 수 있었으니까. 상대는 검찰. 정치권의 입김을 받은 검찰이 이번 사건을 이용해 여론을 유리하게 이끌어나가고자 일선 경찰에 압력을 넣는 전화일 것이다. 수사권이 법리상 검찰에게 있기에 종종 발생하는 일이다.

재건은 속으로 웃으며 통화가 끝나기를 기다렸다. 헛기침하며 책상 앞 의자에 앉으니 이요덕 경위도 그 기회를 살린다.

"아무튼, 지금은 업무가 생겨서 끊어야 되는데 용의자가 언론에 노출되면 또 무슨 소설을 써댈지는 차장님이 잘 판단하시길 바랍니다."

이요덕은 전화를 끊고는 신경질이 가시지 않은 말투로 재건에게 말했다.

"뭡니까."

재건은 철제 의자를 뒤로 물리며 다리를 꼬았다. 그 잠깐의 여유로움이 가져다주는 심리적 우위를 충분히 만끽하면서.

"고생이 많으십니다. 검찰 쪽인가요?"

재건은 단조롭고 낮게 깔린 어조로 말했다. 떠보는 투였지만 통화 내용을 통해 확신하고 던지는 질문이었다.

"어디서 오셨습니까."

형사는 대번에 범상치 않음을 눈치채고 경계에 들어갔다.

"아아, 공무중입니다. 자세한 건 말씀드릴 수 없고, 이번 코엑스 점거 사건에 관해 수사 협조 좀 부탁드리러 왔습니다."

신분을 밝힐 수 없는 공무원이라 하면 국정원 요원밖에 없음을 이요덕 형사는 알고 있었다. 가뜩이나 짜증이 나 있었던 이 형사는 불쾌함이 얼굴에 드러나고 말았다.

경찰이라 하더라도 국정원 요원을 만나는 일은 흔하지 않다. 재건은 그쪽에 걸었다. 경찰과 국정원 사이에는 명시된 업무적 협조 의무가 없기에 대부분 경찰은 국정원을 어떻게 상대해야 하는지 모른다. 그렇기에 오히려 경찰이 주도권을 잃지 않으려 뻗대는 경우도 있었다.

"공무중인데 신분을 밝힐 수 없다니? 무슨 말도 안 되는 소리입니까."

예측할 수 있던 반응이었다. 재건은 여유를 잃지 않고 말했다.

"아실 만한 분이 왜 이러시나. 아무튼, 정보 공유를 하는 게 어떨지. 우린 경찰 일에 개입할 생각은 없습니다. 그런데 우리가 오래전부터 쫓고 있던 천궁파의 잔당이 문제를 일으켜 잡히다니, 김이 빠졌다고 할까. 그래도 하던 일은 해야죠."

"그쪽에서 천궁파를 쫓고 있던 겁니까."

"그런 거죠. 뭐, 증거라도 대볼까요? 잡힌 범인 이름은 발표되지 않았죠? 공호택, 박찬술, 러시아인 바라노프. 간부급은 아니지만 우리가 주목하고 있던 인물들이라, 이게 좀 당황스럽단 말입니다."

이 정보는 마곤이 알아온 것이었다. 그런 것을 이 형사가 알 턱이 없다. 다만 상대의 정보 능력에 위축될 뿐이다. 재건은 따분해하는 표정을 유지한 채 안경 너머로 형사를 바라보았다. 이요덕도 크게 내색하지는 않았지만 뭔가 정신없이 생각중이라는 것은 알 수 있었다.

잠깐의 침묵 끝에 이요덕은 말했다.

"원하는 게 뭡니까."

재건은 좀처럼 웃지 않는 남자가 공무적인 웃음을 지을 때처럼 입꼬리를 살짝 올렸다가 중력에 이끌리듯 다시 무표정으로 돌아갔다. 그러고는 말했다.

"천궁파는 아시다시피 러시아계 마피아와 연합하여 국내에 마약과 총기를 유통하고 있었습니다. 기억하시죠? 황오규 박사가 천일호 검거에 일조한 사실."

이 형사는 고개를 끄덕였고 재건은 말을 계속했다.

"지금 조직 와해로 공급은 끊겼지만 이미 유포된 마약은 계속 돌면서 누군가의 주머니를 채워주고 있습니다. 조직의 분파로 추정되는 누군가가 한국에 들어온 물건을 관리하는 모양이더군요. 그러니 붙잡힌 잔당들을 잠깐 신문할 수 있도록 해주셨으면 합니다."

"으음……."

재건은 말을 멈추고 생각할 시간을 주었다. 형사는 미간을 찌푸리며 숨을 길게 내쉬더니 말했다.

"정보 공유라 하셨는데……."

이 역시 예상한 반응. 재건은 재빨리 말을 가로챘다.

"정확히는 정보 공유는 아니겠군요. 다만 수사 과정을 조금 원활하게 해드릴 수는 있습니다. 본의 아니게 통화 내용을 들었는데, 또 검찰에서 간섭하려는 거죠?"

"그보다 윗선이죠."

"아마 최근 문제된 대통령의 비선 실세 스캔들을 무마하고 싶을 겁니다."

"그렇겠죠."

"윗선까지 건드리자면 작업이 너무 거창해질 테지만 성과에 목을 매고 있는 차장 정도는 충분히 들볶을 수 있습니다. 그쪽이 실무자이기도 하고요."

"그래주신다면……."

형사는 내심 반기는 눈치였다. 물론, 재건은 아무것도 아니었으므로 해줄 수 있을 리가 없다.

"얘기가 잘 통해서 다행이군요. 그럼 바로 용의자들을 만날 수 있을까요? 간단한 사실 확인만 하면 되니 오래 걸리진 않을 겁니다."

"예. 지금 준비해드리죠. 취조실을 쓰시겠습니까?"

"아뇨. 기록을 남기면 안 되니까, 여기 형사님 방에서 간단히 하도록 하죠."

이것은 사기였다. 하지만 재건은 아무도 사칭하지 않았다. 다만 신분을 밝힐 수 없다고 말했을 뿐이다. 혹시 모르는 일이라 위조한 국정원 신분증도 가지고 있었으나 그것을 보이는 순간 공무원 사칭죄가 성립하고 말 것이다. 그것을 꺼내지 않고 일이 풀려 다행이었다. 어차피 이요덕 형사가 재건을 다시 볼 일은 없을 테지만.

재건은 사무실 내 거울을 보고 머리를 가다듬으며 이 형사를 기다렸다. 스스로 보기에도 몰라볼 만한 분장이었다. 표정과 자세만으로도 사람이 이렇게 달라질 수 있었다. 하지만 갑갑한 차림이다. 슈트는 이렇게 입는 게 아니란 말이야. 이것은 재건이 뒤집어쓴 가면이었다.

이요덕 형사의 방 안에는 세 사람이 앉기에 충분한 의자가 있었다. 재건은 그들을 자리에 나란히 앉히고는 자신은 책상에 걸터앉았다. 세 사람은 수갑을 찬 채로 멀뚱히 재건을 쳐다보았다. 전형적인 조직폭력배처럼 생긴 사람이 공호택이다. 키는 그리 크지 않지만 살과 근육이 범벅된 팔뚝과 어깨가 위압적인 남자였다. 박찬술은 키가 크고 마른 체형에 인상이 순해 보였다. 바라노프라는 러시아인은 과거에 거친 운동을 했는지 양 귀가 일그러지고 팔뚝에는 큰 흉터가 있었다.

"그럼……."

재건은 그들의 시선을 한눈에 받으며 입을 열었다.

"공식적인 질문부터 해봅시다. 여러분 조직이 유통하던 불법 마약류를 삥땅 쳐서 한몫 챙긴 사람이 있을 텐데 그 이름을 말해봅니다. 실시."

바라노프는 한국어를 알아듣는 모양이었다. 세 사람은 주저하며 서로 눈치만 보았다.

"아무도 말이 없군요. 그럼 지목을 해볼까요? 공호택 씨, 대답해주세요."

재건은 떡대를 가리키며 사근사근하게 말했다. 공호택은 사색이 되어 말했다.

"모, 못 해. 그랬다간 우린……."

"오호, 그래? 아하. 알았어요, 그럼. 그 얘긴 봐주죠, 뭐."

재건의 말투는 어느새 평소대로 되돌아가 있었다.

“그러면 다른 질문을 할게요. 참고로 난 경찰이 아니에요. 궁금한 게 있어서 경찰에게 취조권을 얻은 것뿐이죠. 어떻게 얻었느냐고? 그야 내가 무지막지하게 대단하고 파워풀한 인물이니까! 난 경찰도 쥐락펴락할 만큼 무지무지 훌륭한 사람이라는 거, 알겠죠?”

“뭐하는 거예요? 경찰이 아니면 말 안 하겠어요.”

바라노프가 조금 어눌한 말투로 말했다. 재건은 들은 척도 하지 않았다.

“말하고 싶어 하는 거 아니었나? 기자들한테 소리쳐서 알릴 정도면. 여러분 중 누군가가 던진 한마디가 세상을 뒤집어놨다고요. 뭐라고 했더라? 부정확한 기사가 너무 많아가지고. ‘배후는 황오규 박사다. 이건 전부 자작극이다. 꾸에엑’ 이랬던가?”

가운데 앉은 박찬술이 천천히 고개를 끄덕였다. 마지막 첨언은 아무도 신경쓰지 않는 모양이었다.

“오호. 댁이 말한 모양이군. 난 그 말의 진위를 확인하러 왔어요. 자세하게 얘기해준다면 이 이야기를 동네방네 떠들고 다녀주지.”

“진짜야.”

박찬술이 입을 열었다. 시큼한 입냄새가 집무실 안에 진동

했지만 재건은 참고 이야기를 들어주었다.

"원래 황오규는 우리 유통의 중요 거점이었어. 조직원은 아니었지만 큰형님이랑 거의 같은 위치였어."

"그런데 어느 날 갑자기 배신하고 두목의 정보를 팔아넘겼다?"

"그래. 우린 뒤통수를 제대로 맞았다고. 조직원 정보가 통째로 경찰에 넘어갔으니 모두 흩어져야 했어."

"많이 원망했겠는데요?"

"말이라고 해? 그래서 다시 나타났을 때 확 찢어버리려 했다고."

"그래, 그 얘기가 듣고 싶었어요. 황오규 박사가 숨어 지내던 여러분 앞에 나타나서 코엑스 점거 농성을 제의했다 이거죠?"

박찬술은 고개를 끄덕였다.

"그런데 이상하군요. 무엇 때문에 여러분은 그렇게도 미운 황오규의 제안을 받아들인 거죠? 이해가 가지 않는데요."

"그건……."

재건은 양옆에 앉은 공호택, 바라노프의 눈을 한 번씩 쳐다보며 물었다. 그들은 하나같이 눈을 피했다.

"내가 이 이야기를 동네방네 떠들고 다니려면 디테일한 정보가 필요해요. 당시 상황을 얘기해줄 수 있어요? 황오규가 다시 나타났을 때의 상황, 장소, 날짜, 그때 구체적으로 어떤 얘기가 오갔나."

"그건 형사한테 다 말했는데?"

"나한텐 안 했잖아요. 아까 말했죠? 난 경찰이랑 무관한 사람이라고. 경찰이 수사 상황을 말해줄 리가 없잖아요."

"그날은 비가 왔어요."

바라노프가 입을 열었다. 나머지 두 사람은 의외라는 듯한 얼굴로 바라노프 쪽을 돌아보았다. 그는 팔꿈치를 무릎에 받친 채로 이야기했다.

"은신처에서 생활하고 있었는데 갑자기 황오규가 찾아왔어요. 어떻게 알고 왔는지 몰라요. 그 사람은, 우리가 알던 황오규였어요. 한 달 전이었어요."

한국어가 유창하다고는 하나 외국인의 발음과 속도다. 재건은 입을 다물고 인내심 있게 말이 끝나기를 기다렸다.

"그는 오해가 있었다고 말했어요. 그리고 오해는 풀렸어요. 만일 돈과 두목이 있으면 다시 사업을 할 수 있다고 말했어요. 많은 사람들이 반대했어요. 그런데 부두목은 믿어줬어요. 황오규는 우리한테 총을 나눠줬어요."

"오해가 풀렸다? 뭔가 많이 생략된 거 맞죠? 그렇게 간단히 오해가 풀려요?"

오해라는 말에 나머지 두 사람이 움찔하고 반응한 것을 재건은 놓치지 않았다. 그들은 다시 서로 눈치를 보았다. 뭔가 말하기 껄끄러운 부분이 있는 것 같았다. 재건은 캐묻고 싶었지만 주어진 시간이 그리 많지 않다는 것을 알았다.

"알았어요. 말하기 싫은 건 패스. 그때의 요구 사항 중에 황오규더러 죄를 고백하라 한 건 무슨 의미예요? 그것도 미리 계획한 거?"

"그건……."

"연막이지, 뭐."

바라노프가 헤매자 공호택이 대신 말했다.

"경찰은 황오규가 우릴 배신한 줄로만 알고 있으니까 다시 결합한 걸 모르게 하려고 그런 거야. 적당히 카메라 앞에서 후까시 좀 잡다가 내려보내려 그랬다."

"흠, 그래요? 말하자면 황오규와 여러분은 여전히 동맹 관계란 거죠? 그런데 기자들한테 황오규의 비리를 폭로하려 한 이유는? 도대체 입장이 몇 번이나 왔다갔다 바뀌는 거예요? 오해는 풀렸다면서요?"

이번에는 기자들에게 소리친 박찬술을 지목하며 물었다.

"난 정확한 사실관계를 알고 싶을 뿐이에요. 지금 여러분이 원하는 건 황오규의 마피아 관련설을 퍼뜨리는 거잖아요? 음모론의 최소 요건은 디테일이라고요. 뭔가 내용이 있어야 소문을 내주지."

"우린……."

박찬술은 한참 뜸을 들이다가 말했다.

"다시 나타난 황오규를 처음부터 믿지 않았어. 작은형님이 따르자고 해서 따른 거지. 작은형님이 돌아가셨으니 이제……."

"이판사판이다, 이건가요?"

재기를 노리던 수배범들의 마지막 범죄는 허무하게 실패하고 말았다. 재건은 한편으로는 그들의 심정을 이해하면서도 의문을 품었다. 마지막까지 손을 잡고 있던 황오규에게 심통을 한번 부리는 것으로 과연 분풀이가 된다는 말인가. 오해……. 정말로 오해가 풀렸을까. 정말로 그랬다면 어째서 그들은 황오규를 믿지 않았을까. 그들이 황오규를 미워하는 진짜 이유는 무엇일까.

분명히 이들의 증언 중 어딘가에는 거짓이 숨겨져 있었다.

"마지막으로 하나만 더 묻죠. 여러분을 이렇게 만든 꼭두각시, 그자에 대해서 아는 게 있나요?"

그 물음에 세 범죄자의 얼굴은 일제히 험악해졌다. 그들도 영문을 모르는 것이 분명했다. 세 사람의 얼굴에서는 막연한 분노밖에 읽을 수가 없었다.

때마침 이요덕 형사가 방문을 두드렸다. 더는 시간을 줄 수 없다는 신호였다. 재건은 문을 열고 범죄자들을 내보냈다. 그들은 형사들에게 각각 붙들려 유치장으로 옮겨졌다.

마지막으로 확인할 것이 있었다. 재건은 다시 비밀스러운 수사관의 가면을 쓰고서 이요덕 형사에게 말했다.

"제 일이랑은 상관없는 일입니다만, 어제 기자들한테 던진 말 있잖습니까. 그거는 어떻게 보십니까."

"덕분에 밤늦게까지 대질신문을 하느라 잠을 제대로 못 잤죠."

"그러시겠군요. 서로 말이 안 맞는다든가?"

형사는 재건을 물끄러미 바라보더니 말했다.

"아직 조사중입니다."

"현재까진 없단 말이군요. 예, 더는 묻지 않겠습니다."

수사 진척 상황을 유출하는 것은 형사로서 안 될 일이다. 그는 애매한 대답밖에는 할 수 없었다. 하지만 그 정도로도 재건이 눈치채기에는 충분했다. 그들은 형사와 재건 앞에서 일관된 주장을 하는 모양이었다.

"협조에 감사드립니다. 형사님이 겪으시는 문제도 오늘내일 내로 해결되리라 생각합니다."

"기관끼리 서로 협조해야죠."

이 형사는 손을 내밀었다. 재건은 살짝 그의 손을 맞잡았다.

용건이 끝난 재건은 빠르게 자리를 떠났다. 그동안 자신의 행동을 반추해보았다. 지문을 남긴 적이 있는가? 혈액이나 모발을 떨어뜨린 적이 있는가? 신분을 유추할 만한 무언가를 가지고 있었는가? 아니면 실언을 한 것이 있는가? 모두 클리어. 그렇다면 건물 내 감시 카메라에 얼굴이 노출됐는가? 이것도 문제없다. 나에겐 침투에 특화된 사랑스러운 닌자가 있으니까. 형사가 뭔가를 의심하기 전에 재빨리 마곤을 잠입시켜 녹화 영상을 없애버리면 그만. 그러면 탐정 김재건이 강남경찰서에 침입했던 사실은 사라지는 것이다.

7 스캔들

지하철 안은 평화로웠다. 조금 늦은 출근 시간이었지만 2호선 열차 안은 고개 숙인 사람들의 열기로 후끈거렸다. 마곤은 사람 많은 곳을 좋아하지 않았다. 능력을 쓰든 쓰지 않든 체구가 작은 마곤은 어디서든 치이기 마련이었다. 사람으로 가득찬 지하철 안은 더욱더.

마곤은 재건의 지시를 받고 반석 수련원을 다시 찾아가고 있었다. 술에 취해 차에서 잠든 탐정을 내버려두고 사무실로 돌아온 마곤은 다음날 아침 황오규에 대한 기사를 보고 재건에게 전화를 걸었다. 그랬더니 혼자 민선욱을 잡으러 가라는 지시가 내려온 것이다. 이번에는 투덜댈 겨를도 없었다. 세간의 이목이 쏠릴수록 그들과 더욱 접촉하기 어려워지리라는 것을 마곤도 알기 때문이다.

지하철 안에서 마곤은 인터넷의 반응을 살피며 시간을 보냈다. 기사 댓글이라든가 각종 기사가 인용되는 커뮤니티 등에서는 꼭두각시와 황오규에 대한 코멘트로 불이 날 것 같았다. 바로 어제 코엑스 점거 사건이 발생하기 전 가장 큰 이슈는 대통령에 얽힌 스캔들이었으나 이제는 대중의 관심이 기울어진 것 같았다. 수수께끼의 기인 꼭두각시와 《네이처》 등재라는 영광을 누리는 국민 과학자의 만남만 해도 큰 이슈였지만 이제 한쪽은 영웅이 되었고 한쪽은 의혹으로 만신창이가 되었다. 국민 영웅과 같은 과학자가 실은 마피아였다니!

의혹은 그것으로 끝이 아니었다. 마곤은 어떤 기사를 발견했다. 시류에 편승해 황오규의 과거 의혹을 끄집어내 종합한 기사였다. 기사가 나온 곳은 《판도라 뉴스》라는 이름도 들어보지 못한 영세 인터넷 뉴스 매체. 거기에서는 황오규가 과거 비인도적인 인간 생체 실험을 자행했다는 의혹과 《네이처》 등재 논문의 도용 의혹까지 제기하고 있었다. 그러나 근거가 불충분한 기사였다. 애초에 그곳은 기사 형식도 갖추지 못했고 아니면 말고 식의 가십을 던지거나 타 언론을 인용하여 부수적으로 생기는 트래픽으로 연명하는 매체였다. 흔하디흔한 쓰레기 정보였다. 바로 오 분 전에 업로드된 따끈따끈한 기사였지만 마곤은 빠르게 머릿속에서 그 정보를 넘겨버렸다.

지하철에 서서 앉아서 스마트폰만 들여다보고 있는 사람들의 모습은 평화롭기 그지없다. 하지만 지금 이 나라는 금방 진정되지 않을 홍역을 앓는 중이다. 언제나 그래왔다. 적어도 마곤이 목격해온 세상은 그랬다. 어딘가 한켠에서는 걷잡을 수 없이 시끄러운 일이 일어나고 있고 다른 곳에서는 능청스럽게 일상을 가장한다. 고개를 숙인 사람들. 지하철은 언제나 목적지까지 흘러간다.

마곤이 반석 수련원을 방문하는 동안, 재건은 목적지를 바꿔 경찰서에 잡혀 있는 테러범들을 만나겠다고 한다. 어쨌거나 마곤은 하려던 일을 할 것이다. 수련원은 지난번 왔을 때보다도 붐벼 보였다. 아마도 어제의 일로 꼭두각시의 주가가 크게 뛰었기 때문이리라. 지하철의 의인, 방황하는 청춘의 멘토, 코엑스 점거 사건의 영웅. 그렇다고 해서 갑자기 신도가 늘어났으리라 생각하지는 않았다. 단지 평소의 신도들이 어제 사건을 계기로 결집했다고 보는 편이 옳았다. 물론 새로 호기심을 가지고 이곳을 찾은 사람도 있겠지만.

도대체 그의 어떤 면이 사람을 이끄는 걸까. 마곤은 한 번도 꼭두각시의 강연을 들어본 적이 없었다. 다만 방송에 나와 떠드는 것을 지나가다 본 적은 있었다. 방청객과 문답을 주고받는 장면이었다. 어떤 꿈이 있고 실력도 있지만 제아무리 그 분야의 최고가 된다 하더라도 한국에서는 먹고살기 어렵다는 고민이었을 것이다. 그때 꼭두각시는 이렇게 말했던 것으로 기억한다.

"의미 있는 고민이군. 적어도 자네는 자신의 고민이 무엇인지 알고 있어. 무엇을 고민해야 할지도 모르는 녀석들보다는 훨씬 나은 위치지. 어떤 분야의 전문가가 될 수 있을지가 고민이 아니라 이 사회가 그 전문가를 먹여 살릴 수 있을까가 고민이란 말이지. 반대로 생각해보자고. 만일 이 사회가 그런 전문가를 우대해주지 못한다면 여기에 그런 전문가가 얼마나 자라날 수 있을 것이라 생각하는가. 마스터의 자리에 올라서 생계를 걱정해야 한다면 어느 누가 그 자리에 오를 노력을 할 수 있겠느냔 말이다.

그럴 용기를 가진 사람은 내 생각엔 한 명 정도밖에 없을 것 같군. 바로 자네 말이야. 한 분야의 유일한 전문가란 말일세! 아무리 이 나라가 엉망이라 해도 자네가 하려던 일이 전혀 없지는 않을 거야. 그럴 때 유일한 권위자가 자네라고 생각해보게. 이건 절대 자네한테 불리한 일이 아니야. 자넨 그 기술의 독점권자가 되어 역으로 엄청난 권력을 쥐게 된단 말이야. 정말로 마스터가 된다면 말이야."

마곤은 멍하니 그 말에, 귓속으로 박히는 뚜렷하고 굵직한 목소리에 설득될 수밖에 없었다. 그다음 장면은 프라이팬을 태워먹은 재건에게 달려가 진화 작업을 해야 해서 더 보지 못했다. 사전 조사차 찾아보니 그는 지금 한 케이블 프로그램에 고정 출연중이었고 공중파 교양 프로그램이나 심지어 버라이어티 프로그램에도 종종 출연하고 있었다. 매주 전국을 돌며 강연과 상담 프로그램도 운영하고 있다고 했다.

이 수련원에서는 뭘 하는 걸까. 듣자 하니 꼭두각시는 일주일에 한 번 정도만 여기서 강연을 한다고 한다. 안내 데스크에는 지난번 방문 때 봤던 직원이 앉아 있었다. 마곤은 그에게 다가가 말을 걸어보았다.

"저기……."

직원은 웃으며 마곤을 내려다보았다.

"안녕하세요. 무슨 일이신가요?"

마곤은 뭐라고 말해야 정보를 캐낼 수 있을지 고민했다. 아직 그는 재건처럼 능숙하게 사람들을 상대하지는 못했다.

"여기 처음이에요?"

직원은 먼저 그렇게 물어왔다. 왼쪽 가슴의 명찰에 송하나라고 적혀 있었다.

"네. 아, 아뇨. 한번 와보긴 했지만, 말 거는 건 처음이에요. 전에도 누나가 있었는데."

마곤은 자신 없이 말할 때는 겉보기보다도 훨씬 어려 보이는 목소리가 나온다는 것을 알고 있었다.

"네. 주중엔 거의 항상 제가 있으니까요."

그는 친절한 목소리로 대답했다.

"여긴 뭐하는 데인가요?"

"수련원이에요. 누구나 자유롭게 오갈 수 있고 원하는 것을 찾을 수 있고 언제든 떠날 수 있는 곳이에요."

언제든 떠날 수 있다. 어느 종교 단체도 그런 말을 하지 않는다. 확실히 그렇게 말하니 부담감은 줄어드는 것 같았다. 어쨌든 마곤은 민선욱을 찾으러 왔다. 꼭두각시와 가까이 있다는 것을 알았으니 어쩌면 정상적인 방법으로도 찾을 수 있을지 모른다. 몰래 잠입한다거나 하는 방법이 아니더라도 말이다.

"수련원이면, 뭘 하는 거예요?"

마곤은 다시 물었다. 송하나는 친절함을 잃지 않고 대답했다.

"여러 가지 프로그램이 있는데 한번 볼래요?"

그는 데스크에 꽂혀 있던 팸플릿 하나를 건넸다. 거기에는 수련원 소개부터 건물 안내도, 각종 프로그램, 저서에서 발췌한 것으로 보이는 문구가 적혀 있었다.

"여기선 많은 것을 할 수 있답니다. 스터디, 개인 상담, 집단 상담 등의 상담 프로그램, 도서관, 청소년 동아리 지원 프로그램, 사회 취약 계층 지원 프로그램 등이 있어요. 개인 공부를 위한 독서실도 있고 노래 교실, 서예 교실, 무용 강습,

토익 강좌, 한국사 강좌 등 교육 프로그램도 분기마다 하고 있답니다."

"여긴 도대체, 안 하는 게 뭔가요?"

마곤은 약간의 감탄을 담아 말했다. 송하나는 살짝 미소를 지은 뒤에 말했다.

"우리 수련원의 모토는 '나와 내 이웃의 행복'이에요. 선생님 말씀의 가장 중요한 부분이죠. 이 수련원은 그 실천이라고 생각하시면 돼요. 가장 가까운 이웃들에게 베풀 수 있는 모든 것을 베풀려는 선생님의 뜻이죠."

"궁금한 게 있는데, 월급은 받나요?"

"물론이죠. 노 페이, 노 열정이라고요."

송하나는 윙크를 곁들여 말한다.

"그렇군요……."

이제 또 뭘 물어야 할까. 적당히 말을 섞어서 부드러운 분위기를 만든 다음 넌지시 혹은 불현듯 본론으로 치고 들어가라. 재건이 가르쳐준 탐문 방법이었다.

하지만 그게 마음대로 되나. 재건이 그럴 수 있는 것은 천성이 막돼먹은 인물이기 때문이라고 마곤은 생각했다.

"저 그럼, 선생님을 만나려면 어떻게 해야 하죠?"

뜬금없다는 생각은 들었지만 달리 방법이 없었다. 송하나는 여전히 친절함을 잃지 않고 응대해주었다.

"선생님과 상담을 원하시나요?"

"네? 아, 상담이라기보단, 그냥 한번 만나보고 싶어서요."

"선생님과의 일대일 상담을 하시려면 별도로 신청해야 하고요, 그냥 만나보고 싶다면 오늘 기회가 있어요."

"오늘요?"

"오늘 특별 강연이 있거든요. 원래 일정에 없던 일이지만 어제 사건을 계기로 형제들에게 하고 싶은 말이 있으시다네요."

"아아."

"저녁 6시에 대강의실에서 누구든 청강을 할 수 있으니 시간 되시면 와보세요."

지금은 12시가 다 돼간다. 6시까지는 너무 많이 남았다. 그때까지 마냥 기다릴 수는 없다.

마곤은 고민하다 직접 용건으로 들어가기로 했다.

"혹시 여기 일하시는 분 중에 민선욱이라고 있지 않나요?"

송하나는 입을 다물었다. 짧은 침묵에 마곤의 심장은 덜컹거렸다. 꼭두각시는 민선욱과 관련하여 극도로 경계하고 있었다. 역시 그에 대해선 언급을 피하는 게 나았으려나? 오초쯤 지났을까. 마곤은 초조하게 대답을 기다렸다.

송하나는 헛기침을 하더니 말한다.

"험험. 죄송해요. 잠깐 목이 간지러워서."

순식간에 팽팽하던 긴장의 끈이 느슨해진다.

"민선욱 간사님요? 그분은 수련원 행정을 총괄하시는 분이에요. 간사님과 아는 사이인가요?"

너무나 간단한 질문이었지만 마곤은 군고구마를 먹듯 목이 메어 잘 대답할 수 없었다.

"아, 아는 누나랑 아는 사이라고 해서요. 여기도 그 누나 소개로 오게 됐는데, 저, 그분은 어디 계시, 아니, 만나볼 수 있나요?"

이 무슨 바보 같은 꼴인가. 이래서야 수상한 의도가 있음을 광고하고 다니는 것 같지 않은가. 그렇지만 여전히 송하나는 친절하게 말해주었다.

"간사님은 오늘 외출중이라서요. 오늘 만나기는 어려우실 거예요. 연락처라도 전해드릴까요? 누구신지 말씀하시면 간사님이 직접 연락을 해주실 거예요."

마곤은 말이 또 막히고 말았다. 아무래도 저쪽은 전혀 경계하지 않는 것 같다. 터무니없이 일이 쉽게 풀리고 말았다. 통상적인 절차대로 안내 데스크에 먼저 문의를 했을 뿐이다. 지난번처럼 능력을 쓰고 잠입하고 위험한 경비원들과 싸울 필요가 없었다. 뭐하러 그런 고생을 했단 말인가.

마곤은 일단 물러났다. 우선 재건에게, 아니 그전에 선예에게 먼저 연락을 해보자. 주책맞은 탐정에게 먼저 이 사실을 알렸다가는 그가 일을 어떻게 꼬아버릴지 알 수 없으니까.

마곤은 안내 데스크에서 멀찍이 떨어져서 선예에게 전화를 걸었다.

"뭐! 물어보니 바로 연결해준다고?"

"네. 다른 데도 아니고 입구에 있는 안내원한테 물어보니까 그랬다니까요. 도대체 우린 풋볼피시다 뭐다 하며 뭘 한 건지."

"확실해? 어디 잘못 물어본 거 아냐? 이름을 잘못 말했다든가 건물을 잘못 찾았다든가 아니면 서술 트릭에 빠졌다든가."

"저기, 그거 되게 탐정님 같은 말인데요."

"응? 아니, 확인을 좀 하려고. 탐정님이 뭐라 한 거야?"

"항상 탐정님은 그게 문제잖아요. 평범한 방법은 도무지 생각할 줄을 몰라요. 쉽게 갈 수 있는 걸 꼭 이렇게 복잡하게 만들어놓는다니까요."

어떤 단체에 들어가 연락 두절인 사람을 찾기 위해 제일 먼저 할 일은 공식적인 루트로 해당 단체에 직접 문의하는 것이다. 상식이다. 아무리 상식을 파괴하는 초월 탐정이라 하더라도 일부러 편한 길을 마다하는 것은 본질을 호도하는 것이다. 나중에 만나면 실컷 잔소리해줘야지. 마곤은 그렇게 생각하고 있었다.

그런데 그렇게 선예에게 토로하는 사이에 대화의 맥락을 놓친 건 자신이 아닐까 하는 생각이 들었다. 선예는 돌고 돌아 지푸라기라도 잡는 심경으로 탐정을 찾았다고 말했다. 이 사건에서 가장 절실한 사람은 당연히 선예일 것이다. 그리고 선예는 재건과 달리 상식을 갖춘 사람이다. 그런 선예가 조사에서 가장 먼저 생각할 수 있는 평범한 일을 빼놓을 리 있을까.

"저기, 혹시……."

"말도 안 돼. 내가 거기다 문의 안 해봤을 거 같아? 몇 번을 물어봤는데도 그런 사람은 없다고 했단 말이야."

선예의 목소리는 흔들리고 있었다.

"그럼 어째서……."

그 순간 마곤은 생각할 수 있었다. 그들이 꼭두각시의 감시 대상이었던 선예를 특별히 견제하고 있었다면. 그래서 마곤과는 다른 반응을 보인 것이다. 그렇게 따지면 마곤도 얼굴이 알려져 있다. 마곤은 견제 대상이 아니란 말인가. 꼭두각시가 마곤을 신경쓴다면 말단인 안내 데스크에서부터 감시가 시작돼야 한다.

아니, 그것말고는 달리 현실적인 경우의 수가 없다.

마곤은 어깨를 움켜쥐는 억센 손길에 움츠러들고 말았다.

"뭐야? 왜 휴대폰이 꺼져 있어."

경찰서에서 나온 재건은 먼저 마곤에게 전화를 걸었다. 불길한 기분이 들었다. 전화기가 꺼져 있다는 말은 뭔가 문제가 생겼다는 것을 뜻했다. 언제든 연락이 되도록 배터리 관리를 하는 것은 두 사람 사이에 정해져 있는 룰이었다. 마곤에게는 능력이 있으니 위험한 일은 많지 않을 거라 생각하지만 상대는 방심할 수 없는 인물이다.

재건은 선예에게 전화를 걸어보았다. 선예에게서 부재중 통화가 와 있었기 때문이다.

"탐정님! 왜 이제야 전화를 받아요!"

"응, 선예 씨. 뭔 일 있어?"

"마곤이가 위험해진 것 같아요!"

"마곤이? 어떻게?"

"아까 꼭두각시 수련원에 갔다고 했거든요. 통화 도중에 갑자기 전화가 끊기더니 그담엔 전원이 아예 꺼져 있는 거 있죠."

"그럼 확실히 걱정할 만하군. 우린 항상 여분 배터리를 두 개씩 갖고 다닌다고."

"붙잡힌 걸까요? 사악한 악의 교주한테 우리 귀여운 마곤이도 붙잡혀버린 걸까요?"

"걔 능력이 있으니까 붙잡히더라도 위험하진 않을 거야.

그래도 구하러는 가야겠군."

"아까 마곤이 그랬어요. 안내 데스크에다 물어보니까 오빠를 만나게 해준다고요."

"그건 더 생각할 필요도 없는 함정이잖아."

"그러니 말이죠."

"이 녀석. 역시 수련이 더 필요하겠어. 수행 삼아 이번엔 혼자서 빠져나오게 냅둬볼까?"

"그러면 안 되죠! 어떻게 하나뿐인 아들한테 그럴 수 있어요?"

"아들이라니! 이봐. 농담이라도 그런 끔찍한 소리는!"

"어쨌든, 구하러 갈 거죠? 나도 그럼 오늘 일 쉬고 거기로 갈게요."

"아니, 그럴 필요는 없고. 어차피 다음 목적지가 거기였어. 민선욱 씨를 찾으라고 보낸 거니까. 거기서 꽤 높은 자리에 있다는 것을 알았으니 찾기는 더 쉬워질 거야."

"오빠……도요?"

"그래. 상황이 급변하고 있어. 민선욱 씨는 꼭두각시 바로 옆에서 음모에 일조하고 있고. 시간을 지체하면 더 찾기 어려워질 거야. 약속할게. 오늘 내로 오빠를 찾아내줄게."

"네. 기다릴게요. 그냥 기다리기만 하면 되죠?"

"응. 뉴스나 기사 같은 것만 유심히 봐줘. 특히 황오규와 관련된 건. 어쩌면 경찰 소환까지 당할지도 몰라. 변죽만 울리는 게 아닌가 싶겠지만 이건 분명히 긴밀히 연관된 일이라고. 꼭두각시가 영웅이 된 바로 다음날 황오규가 타락해버린다? 여긴 분명히 뭔가 있어."

재건은 전화를 끊고 바로 차에 올랐다. 위로 올려 넘긴 머리를 헝클어버리고 넥타이를 벗어 던진 뒤, 차에 보관중이던 운동화로 갈아 신었다. 셔츠 손목과 목의 단추를 끌러버리고 나서 운전대를 잡았다.

"조호아! 역시 계획 따위는 어긋나버려야 제맛이지. 사랑스러운 제자를 구하러 가볼까!"

그렇게 기합을 넣고 시동을 걸려는 차에, 전화가 왔다.

마곤이었다.

"탐정님!"

"그래! 참 김빠지는 목소리군!"

"뜬금없이 뭔 소리래!"

"이 녀석아! 지금부터 내가 널 구하러 갈 건데 이렇게 대뜸 전화하면 어떡해!"

"빠져나왔으면 잘된 거지! 무슨 김빠진다느니 하는 소릴 하고 그래요!"

"당연한 소릴! 이건 스포일러라고. 아니, 스포일러를 넘어서 영화를 보려는데 갑자기 크레디트가 올라가는 꼴이라고!"

"뭔 상관이야! 난 붙잡혀 있었는데 그딴 소리가 나와?"

"마곤아! 내 하나뿐인 제자! 내 아들! 네가 이렇게 살아 돌아오니 정말 다행이야. 네가 걱정돼서 삼 일 동안 잠을 못 잤단다. 어디 몸 상한 덴 없고?"

"오버하지 마!"

재건은 휴대폰을 스피커폰으로 설정하고 차에 시동을 걸었다. 뭐가 어떻게 됐든 일거리 하나를 덜어서 다행이었다. 재건은 마곤이 전해주는 그동안의 경과와 정보를 들으며 다음 할 일을 생각했다. 새로운 정보는 두 가지였다. 민선욱은 현재 수련원에 없다는 것. 그리고 꼭두각시는 신적인 숭배를 받고 있다는 것.

마곤은 능력을 쓸 새도 없이 붙잡혀버렸다. 기척도 없이 나타난 검은 옷의 사내들에게 둘러싸여 휴대폰을 빼앗기고 팔을 제압당했다. 황급히 능력을 써 기척을 지우려 했으나 둘러업고 옮기는 데에는 아무 소용이 없었다.

마곤은 자재 창고로 쓰이는 듯한 방에 갇히고 말았다. 신문도 감시도 하지 않았다. 마곤을 가둬놓기만 했다. 그렇다면 여기서는 마곤의 능력도 아무 소용이 없다. 마곤의 능력은 사람한테만 적용된다. 쓸 사람이 없다면 아무짝에도 쓸모없는 능력이다.

방 곳곳을 둘러봐도 빠져나갈 길이 없어 보였다. 문은 바깥에서 잠겨 있었고 창문은 열리지 않았다. 천장은 콘크리트로 막혀 있어 환풍구나 에어컨도 달려 있지 않았다.

영락없는 감옥이다. 문의 작은 유리창으로 내다봐도 복도에는 아무도 보이지 않았다.

다행히 손목시계는 빼앗기지 않아 시간을 알 수 있었다. 정오를 조금 넘긴 시각이다. 밥을 먹을 때가 됐지만 이렇게 갇힌 채로라면 어쩔 수가 없다. 먹을 것을 가져다주지 않을까 하는 기대도 했지만 1시가 넘어도 아무도 얼씬거리지 않았다.

2시가 되자 달리 생각이 들었다. 어차피 얼마나 갇혀 있어야 할지도 모르는데 마음 편히 있는 게 낫지 않을까. 마곤은 드러누워 있기로 했다. 어차피 오랫동안 연락이 되지 않으면 재건이 알아채겠지. 어제부터 계속 정신없이 쏘다니느라 누적된 피로가 둑이 터지듯 몰려왔다. 마곤은 적당한 구석에서 다리를 뻗고 졸다가 화들짝 깨어나 주위를 둘러보기도 하며 시간을 보냈다.

문득 눈을 떠보니 4시였다. 어쩐지 바깥이 시끄러웠다. 창밖을 보니 건물 앞에 사람들이 몰려 있었다. 그 밖에도 이런저런 방송 장비나 차량도 눈에 띄었다. 그들은 마치 레드 카펫을 둘러싼 사람들처럼 누군가를 기다리고 있는 것 같았다.

누구인지는 뻔한 일이다. 꼭두각시의 강연은 6시부터라고 했지. 그가 조금 일찍 도착할 모양이다.

오래 지나지 않아 차 한 대가 수련원 앞에 다다랐다. 인도를 가득 메운 군중은 환호성을 올리기 시작했다. 꼭두각시가 뒷자리에서 내렸다. 멀리서도 한눈에 알아볼 수 있었다. 마술사 모자와 걸레짝 같은 가면, 도저히 구조를 짐작할 수 없을 정도로 치렁치렁한 외투까지 처음 봤을 때처럼 완전한 복장을 갖추고 있었다.

그는 환호성을 받으며 차에서 내려섰다. 다들 그를 둘러싸고 있었다. 카메라와 사람들. 사람들과 사람들. 그는 마치 시선 속에서 헤엄치는 것처럼 여유로웠다. 그의 손짓 한 번에 사람들은 파도라도 친 것같이 출렁거렸다. 그는 입구에서 지체하지 않고 바로 건물 안으로 들어갔다. 이것은 코엑스 사건 이후 꼭두각시의 첫 공식 행보였다.

위에서 내려다본 군중의 모습은 우스꽝스러웠다. 수련원 건물 입구가 아래로 향한 구멍이고 사람들이 그 위에 떨어진 모래라도 되는 것 같았다. 사람들은 꼭두각시를 따라 우르르 건물 안으로 몰려들었다. 마곤은 이제 또 한참 방치돼 있으리라 예상하고 다시 드러누웠다. 꼭두각시의 강연은 6시. 그로부터 주변이 조용해질 때까지 아무도 이딴 방은 신경도 안 쓰겠지.

그런 예상은 곧바로 깨졌다. 창밖으로 꼭두각시의 등장을 보고 난 뒤 채 십 분도 지나지 않은 때였다. 느닷없이 창고 문이 벌컥 열려 놀란 마곤이 몸을 벌떡 일으켰다. 문을 가득 채우듯 막아서고 있는 사람은 해골 같은 가면을 쓴 꼭두각시였다.

"또 만나는군, 사이드 킥."

그의 우렁찬 목소리가 작은 창고 안에 가득찼다.

"하아……."

마곤은 먼저 한숨부터 내쉬었다.

"날 잡았으니 어떻게 할 거죠? 인질로 잡고 탐정님을 협박할 건가요? 아니면 신도들 앞에서 공개 처형이라도?"

"왜 그렇게 비관적으로 생각하는가. 자라온 환경 때문인가? 그 나이에 학교도 안 다니고 웬 괴짜 탐정에게 얹혀사는 처지라면 이런저런 사연이 있을 법하군. 설마 부모님이 직접 맡겼을 리는 없고. 이렇게저렇게 억눌리고 억울한 것도 많겠어. 아마도 그 탐정 친구가 그것을 전부 받아준 모양이야. 말하자면 자네와 아주 각별한 사이라는 얘기겠지."

"원하는 게 뭐야!"

마곤은 날카롭게 말했다.

"딱히. 우리 직원들이 자네 얼굴을 기억하고 괜한 걱정을 한 모양이군. 그때 우린 합의하지 않았나. 서로 잘잘못을 문제삼지 않기로. 물론 그 뒤에 무례함을 저지른다면 얘기가 달라지지만, 듣자 하니 자네는 다만 안내 데스크에서 궁금한 걸 물어봤을 뿐이라는군."

"그, 그럼……."

"풀어준다는 얘길세. 직원들의 무례함은 사과하지. 사과의 의미로 사람을 시켜 집까지 태워다 줄까 하는데 어떤가. 아니면 구내식당 자유 이용권이라도?"

"그, 그딴 걸로……!"

마곤은 소리를 지르고 싶었다. 뭐라고 강하게 항의라도 하고 싶었다. 탐정이 그랬던 것처럼 유려한 말솜씨로 녀석을 골탕 먹이고 싶었다. 하지만 말이 차마 나오지 않았다. 그것은 그 표정 없는 가면이 가하는 무언의 압박 때문이었다. 마곤은 굶주린 배를 움켜쥐며 쥐어짜듯이 말했다.

"식당 이용권으로……."

"그렇지! 하하하하! 우리 식당은 이 근방에서 최고지! 근처 직장인들도 줄을 서서 먹는다니까."

마곤은 그렇게 풀려났다. 로비에서 다시 만난 송하나는 미안하다는 듯 슬쩍 웃으며 고개를 숙였다. 마곤은 그에게 속은 것이 생각나 얼굴이 붉어졌다. 하지만 이대로 물러날 수는 없다. 탐정 조수로서 자존심이 상하는 일이었다. 일단 뭐라도 던져보자. 마곤은 결심을 뱃속에서 끌어올려 송하나에게 말을 건넸다.

"선생님이 그러던데……."

송하나는 여전히 친절이 밴 얼굴로 응답했다.

"큰선생님은 만나보셨나요?"

"네에……. 그런데 선생님은 민선욱이 여기 있는 것처럼 말하던데요? 중요한 일을 하고 있어서 만날 수 없다고요."

마곤은 그렇게 떠보았다. 재건이라면 좀더 능숙하게 떠볼 수 있을 것이다. 하지만 마곤으로선 달리 꾀가 떠오르지 않았다.

송하나의 반응은 의미심장했다.

"네? 그럴 리가……. 하긴 제가 모든 직원들의 소재를 아는 게 아니니까요."

앞서 송하나는 이 자리를 지키는 사람이 자신뿐이라 말했다. 이 건물을 드나드는 사람들 정도는 눈여겨볼 수 있을 것이다. 그런데 방금 민선욱이 여기 있다고 꼭두각시가 증언했다는 말에 송하나는 잠시 믿을 수 없다는 태도를 보였다. 적어도 송하나는 민선욱이 이 안에 없다고 알고 있다. 마곤은 그렇게 추론했다.

그때 어딘가에서 요란한 환성이 들려왔다. 대강당이라 씌어 있으나 과거에는 대예배실로 쓰였을 거대한 홀 안에서 나는 소리였다. 꼭두각시가 무대에 등장한 듯했다. 위에 갇혀 있을 때는 잔향 정도밖에 듣지 못했다. 하지만 이렇게 가까이에서 그 열광하는 소리를 듣고 있자니 꼭두각시의 인기가 비로소 피부로 다가오는 것 같았다. 수천, 혹은 그 이상일까. 함성은 강당을 뚫고 문을 박살내버리고 쏟아질 만큼 뜨거웠고, 거셌다.

마곤은 마지막으로 송하나와 눈을 마주치고 지하의 구내식당으로 내려갔다. 참, 탐정한테 보고도 좀 하고.

재건은 어쩐지 배가 볼록해진 마곤을 태우고 사무실이자 두 사람의 보금자리인 나진 상가로 돌아왔다.

"하아. 오늘도 영웅적인 활약을 했지."

사무실로 들어서자마자 소파에 다이빙을 하며 재건은 말했다.

"난 몇 시간 동안 갇혀 있었다고요."

마곤은 볼멘소리로 투덜댔다.

"살다 보면 감금 정도는 종종 당하는 법이지. 그보다 오늘의 수사 성과를 종합해보자고."

"전 허탕이에요."

"어쩔 수 없지. 민선욱이 자리에 없었는데, 뭐. 하지만 대놓고 물어보기는 적절한 방법이 아니었어. 어째서 그런 걸 물어보면 의심받을 거라는 생각을 못 한 거야?"

"충분히 반성하고 있다고요."

"그럼 수사 보고는 나만 하면 되나? 난 오늘 황오규를 만나려다 타깃이 접촉을 거부해서 방향을 돌려 경찰서에 잡힌 테러리스트들과 인터뷰를 했지."

"뭐라던가요?"

"가설적 확정. 황오규가 그자들을 부추긴 건 확실한 것 같아."

재건은 오늘 알아낸 사실들을 정리해서 브리핑해주었다.

"머잖아 황오규에 대해 경찰 조사도 이뤄질 거야. 하루 종일 언론이랑 인터넷에서 난리 치고 있는 거 알지? 지금 경찰은 타이밍만 재고 있을걸."

"불려다니기 시작하면 더 만나기 어렵겠군요."

"우리가 선수 쳐야 돼. 내일엔 초대하든 안 하든 바로 쳐들어가자고."

"보아하니 황오규의 공식 입장 표명은 아직 없는 것 같네요."

마곤은 휴대폰으로 기사들을 스크롤하며 말했다.

"그쪽도 초비상일 테니."

"도대체 어떤 상황일까요? 이해가 안 되네요. 황오규는 원래 천궁파의 간부였다. 그런데 어느 날 갑자기 천궁파를 배신하고 두목과 조직원 명단을 팔아넘겼다. 그러더니 갑자기 나타나서는 그, 두목을 구출할 계획을 세운다. 계획이 무마되자 살아남은 범죄자들은 이게 다 황오규의 음모라고 폭로한다."

마곤은 기사들과 재건의 설명을 종합하여 정리해보았다.

"그리고 처음의 배신 부분은 '오해'였다고."

"오해라. 시원찮은 설명이네요."

"보아하니 죽은 부두목이란 녀석이 다시 믿어주기로 한 모양이야."

"부하들은 영문을 몰랐다, 이 얘기일까요?"

"그래. 부하들은 부두목의 결정을 이해할 수 없었고 어쩔 수 없이 따르긴 했지만 부두목이 죽은 지금은 황오규를 물고 늘어져서 억울함을 토로한다, 이 정도인 것 같아."

"부두목이 살아 있었다면 이 폭로가 없었을 수도 있겠네요."

"모르는 일이지. 아무튼, 녀석들도 토해낼 건 더 없는 것 같아."

"그럼 꼭두각시는요? 놈은 어떻게 천궁파의 코엑스 작전을 알았을까요? 덕분에 인기가 장난 아니라고요."

"본인은 황오규에게 축하 인사를 보내려 했을 뿐이라고 말했지. 그런데 코엑스에서 황오규는 스캔들에 휘말렸고 자신은 영웅이 됐어. 이게 우연일 리는 없어. 놈은 코엑스 설계도까지 가지고 있었으니까. 내가 이해할 수 없는 건 어떻게 녀석이 황오규와 천궁파 문제에 끼어들었느냐는 거야. 도대체 정체가 뭔데. 가면 속에서 무슨 얼굴을 하고 있길래 그 사이에 끼어 있는 거지?"

"이런 게 아닐까요? 결과만 놓고 보면요, 꼭두각시의 목표가 사실 황오규를 추락시키는 것이었다면?"

"그러니까, 황오규와 천궁파의 사정을 훤히 꿰고 있는 꼭두각시가 둘의 재결합을 알아채고 부두목과 쫄따구들이 가진 정보의 격차를 이용하기 위해 코엑스 점거 작전에 편승해서 마피아들을 제압하고 결정적으로 부두목을 살해한 뒤 생존 잔당이 욱하는 마음에 기자들 앞에서 황오규와의 커넥션을 폭로하기를 계획했다는 말이지?"

다소 비꼬는 투였지만 마곤은 반박할 수 없었다. 스스로 생각하기에도 말이 안 되는 일이었다.

"결국, 여기서 추리할 수 있는 건 없단 말이군요."

"단서를 더 모아야 돼. 일이 걷잡을 수 없을 정도로 커지기 전에. 꼭두각시의 음모든, 황오규의 진실이든, 또 황오규의 능력도 알아내야 하고, 민선욱 찾기라는 잔업도 해야 되고."

"저기요, 그게 잔업이 되면 안 되죠."

"다른 음모를 캐볼까? 별의별 의혹이 다 나오고 있어. 논문 도용 의혹이며 불법 인체 실험 의혹이며 사생활에 성희롱 폭로에."

"그런 것도 보긴 했는데, 정론지에서 나온 건 아니었어요."

"언제 확인한 거야? 그사이 이야기가 더 커졌을지도 몰라.”

“어라? 그러네요. 참고할 만한 인터넷 언론에서도 그걸 인용했는데요?”

휴대폰을 들여다보던 마곤은 말한다.

“어떤 거?”

“으음, 황오규의 《네이처》 등재 논문이 대학원생 연구를 도용한 거라는 건데요.”

“하.”

재건은 탄식을 내뱉었다.

“이쯤 되면 확실히 표적 폭로가 아닐까 싶은데.”

“언론사에서 쟁여놨다가 시류에 편승한 것일 수도 있잖아요. 터뜨릴 기회만 보고 있다가요.”

“그럴 수도 있지만, 으음, 역시 판단 중지. 최초 보도 신문이 어디야?”

마곤은 잠시 뭔가 떠올리려는 듯하더니 무릎을 세우고 스마트폰을 두드려보고는 말한다.

“《판도라 뉴스》라는 듣보잡 인터넷 신문이에요. 기자 이름은 오민지. 특이한 건 처음 기사가 떴을 때엔 거의 인터넷에 떠도는 말들 취합해서 팩트는 대충 쓰고 나머지는 소설로 때웠었거든요. 그런데 거기서 점점 살이 붙어서 지금은 구체적인 시기, 학교, 도용당한 학생 이니셜까지 나왔어요. 아마도 그사이에 다른 신문사 기자들이 정보를 보탠 것 같아요."

"그럼 최초 보도자한텐 별 정보가 없겠군."

"그런데 그 최초 기사에선 되는대로 걸려라였는지 이것저것을 다 같이 싣고 있었어요. 마피아 관련된 거랑, 연구 도용이랑, 또 하나가 있었는데 무슨 불법 인체 실험을 했다는 거였어요."

"뭐야. 인체 실험? 그거도 그게 처음이야?"

"제가 본 대로라면요."

"그런데 그건 별 반응이 없단 얘기지?"

"네. 지금 핫한 건 논문 도용이죠. 검색어 2위에 올랐어요. 황오규가 유명해진 게 그 논문 때문이었잖아요."

재건은 휴대폰으로 인터넷에 접속했다. 포털 사이트의 메인 화면은 이제 황오규의 새로운 의혹으로 뒤덮여 있었다. 그것들은 모두 제치고 오민지 기자의 《판도라 뉴스》 기사를 찾아 들어간다. 그 기사는 최초 의혹 제기라는 영광에 걸맞지 않게 그리 관심을 받지 못한 것 같다.

"흐음. 정리하자면, 되는대로 던지는 찌라시 언론사가 모처럼 새로운 소스의 뉴스를 두 개나 제시했지만 제대로 된 취재를 통해 불거진 것은 그중 논문 도용 의혹뿐이란 거군. 이거 수상한데? 어떻게 이 기자는 이 밑도 끝도 없는 기사를 쓸 수 있던 거지? 기사를 보니 익명의 제보자 운운하는데 제보자가 있다면 어떻게 이렇게 부실할 수가 있어?"

기사의 내용은 엉성하기 그지없었다. 문장부터 제대로 훈련받은 기자가 썼다고 볼 수 없었고 사실 전달 역시 불확실했다. 부족한 사실관계는 억지로 끼워 넣은 듯한 논평으로 대체될 수밖에 없었다.

"인체 실험 의혹은 뭐 검증할 것도 인용할 팩트도 없어서 부각시킬 수 없던 모양이군."

"그런 거죠."

"기사의 기본조차 안 돼 있어. 구체적인 사실 자체가 없잖아. 읽어볼까? 익명의 제보자에 따르면 황오규 박사는 그의 비밀 연구실에서 사람들을 가둬놓고 불법적인 인체 실험을 하고 있었다고 한다. 허가받지 않은 의사에 의한 의료 행위는 의료법 27조에 따라 5년 이하 징역이나 2000만 원 이하의 벌금에 처하도록 하고 있다. 또한, 신약이나 복제약 등 임상 시험이 필요할 경우 식약청의 엄격한 관리를 받아 시행해야 하며 이를 어길 시 형법 257조 상해죄를 적용해 7년 이하의 징역, 1000만 원 이하의 벌금에 처하도록 하고 있다. 만일 그의 불법 실험 행위가 사실이라면 이는 공인으로서 적지 않은 사회적 지탄을 받게 될…… 정말 엉망이구만. 이딴 논평은 대체 왜 넣는 거야? 법률 사항도 하나도 중요한 게 아니고."

"그러게요."

"우리가 알아보면 되겠다."

"어떻게요?"

"직접 물어봐야지. 여기 메일 있잖아."

"그렇게 생각한 사람이 한둘이었을까요?"

"경찰 중에선 없었겠지."

재건은 주머니에서 휴대폰을 꺼내 위로 던졌다가 손끝으로 받으며 말했다.

"경찰? 설마 경찰을 사칭하게요? 국정원도 사칭했다면서요. 위험해질 일은 좀 삼가지그래요?"

"안전한 방법이 있지."

"잠깐, 또 무리한 일 시키려는 거 아니죠?"

불길한 연상 작용이 엄습했다. 재건은 마곤의 능력을 믿고 터무니없는 일을 시킬 때가 많았다. 경찰서에 잠입해서 협조 요청 공문이라도 위조해 오라고 할지 모르는 일이다. 재건은 마곤의 경악스러운 얼굴을 보더니 음흉하게 말했다.

"걱정 마셔. 공문서 위조 같은 건 시키지 않을 테니까."

이 사람, 넘겨짚기로는 역시 인류 최강이다. 마곤은 안도의 한숨을 내쉬었다.

"후. 후. 후. 불가능을 가능케 하고 우리에게 답을 내려줄 환상의 번호. 그 이름은 바로……."

두구두구두구두구, 하고 입으로 소리를 낸다.

"인! 맥!"

하며, 휴대폰에 번호를 찍어서 보여준다. 등록된 이름은 '도병오'였다.

"이게 누군데요?"

"오랜 친구거든."

"네에?"

마곤은 화들짝 놀라 엉덩걸음을 쳤다.

"아직도 연락되는 친구가 있어요?"

"놀라는 게 그 부분이냐!"

재건은 보여주지, 하며 통화 버튼을 눌렀다.

"없는 번호라거나 안 받는다거나 둘 중 하나겠죠."

"기다려봐."

잠시 후 통화 수신음이 들렸다.

"번호 주인이 바뀌었다거나 안 받는다거나 둘 중 하나겠죠."

"기다리라니까."

다행히도 전화가 연결됐다. 상대는 전화는 받았지만 대답이 없었다. 그래서 재건이 먼저 말을 했다.

"형사님?"

그래도 대꾸가 없었다.

"도 형사님? 맞으시죠?"

여전히 아무 응답이 없는 듯하다.

"에, 잘 지내시나요? 진급은 성실하게 하고 계시죠? 지금쯤이면 경위 정도는 됐으려나? 항상 걱정하고 있다고요. 또 그놈의 성질머리 때문에, 지금쯤이면 딱 서를 호령하고 있어야 할 연차이신데."

"시끄러, 이 자식아! 몇 년 만에 전화해서 하는 소리가 그거냐!"

고함이 휴대폰 바깥으로 새어 나왔다.

"뭐야, 받으셨네. 목소리를 들으니 건강한 것 같아 다행이네요."

들리는 목소리로는 아무래도 또래는 아니다. 그러면 그렇지. 흔히 말하는 친구는 아닌 모양이다.

"잘 지내는 거죠? 물론 전 잘 지내요. 최근엔 아들까지 생겼답니다. 목소리 한번 들어보실래요?"

재건은 휴대폰을 마곤에게 내밀었다.

"내가 왜 당신 아들이야? 잠깐, 이거 스피커폰이지?"

스피커폰 아이콘이 눌려 있었다. 어쩐지 수신 소리가 너무 크다 했다.

"아들이 널 닮아서 참 버릇없구먼."

"아들 아니라고요!"

재건이 친구로 칭할 만한 인물이라면 죽이 맞는 사이일 것이라 마곤은 생각했다. 하지만 예상은 여지없이 빗나가버린 모양이다. 죽이 맞기는커녕 저쪽은 재건을 싫어하다 못해 혐오하는 듯한 말투였다.

"네 목소리를 듣다니 재수 옴 붙어가지고는. 탐정인가 뭔가 하다가 죽어버리지 왜 아직까지 살아서 전화질이냐?"

"헤, 역시 내가 보고 싶었구나. 나도 형사 아저씨 보고 싶어 자가생식을 해버렸어요."

"너 같은 자식이 또 생겼다면 그건 암 덩어리가 아니냐?"

"으익, 너무하네. 암은 너무 심했다. 치핵 같은 거라면 모를까."

"이봐요들."

"치핵이든 종양이든 볼일 없으면 끊어! 아니, 볼일 있어도. 네가 일을 가져올 때마다 내 수명이 일 년씩 줄어든단 말이다."

"형사님도 아쉬워하실 거면서. 오랜만에 목소리 들으니까 기쁘죠?"

"염병, 기쁘긴 무슨."

"헤헷."

재건은 스피커폰을 끄고 자리를 옮겨 통화를 계속했다. 그 다음부터는 둘만의 해후라는 뜻일 게다. 마곤은 방안에서 들리는 재건의 목소리로 둘의 관계를 짐작할 수밖에 없었다. 두 사람은 오래전부터 알고 지낸 사이인 듯했다. 두 사람의 대화는 재건의 고등학교 시절로까지 거슬러 올라갔다. 고등학교 때부터 탐정 노릇을 했다는 말은 들은 적 있다. 고등학생 김재건이라. 마곤으로서는 상상조차 할 수 없었다. 사람이 자라며 성숙해지고 안정돼가는 것은 당연한 이치다. 지금의 재건이 저럴진대 고등학생 때의 재건은 얼마나 천방지축이고 얼마나 제멋대로이며 얼마나 절망적이라는 말인가. 주변에 재앙이 아니었을까?

재건은 다시 응접실로 걸어나왔다.

"옙, 옙. 그럼 그때 찾아뵐게요. 네. 반가웠어요. 머리는 잘 지내시죠? 내 기억으로 형사님 머리는 방사형 탈모의 조짐이…… 으히힉. 죄송해요."

통화가 끝나자 재건은 소파에 뛰어들었다.

"좋았어. 단서를 또 잡을 수 있겠다."

"알고 지내는 형사가 있었어요?"

"응. 서너 명 있어. 도병오 형사님은 나랑 가장 친하고 날 가장 아끼고 걱정해주는 분이지."

"전혀 안 그래 보이는데요."

"내가 고등학교 때 말이야……."

묻지도 않았건만 재건은 이야기를 시작한다.

"친구가 있었거든. 같이 탐정 놀이도 하고 우주도 구하고 그랬는데 좀 심각한 사건에 휘말려서 말이야."

처음 듣는 과거 이야기였다. 이야기 자체보다 재건이 이야기를 해준다는 사실에 마곤은 놀랐다. 하지만 마곤은 이내 깨달았다. 그것은 마곤에게 해주는 이야기가 아니었다. 마곤이 듣든 말든, 언제나 자기 페이스대로 말을 쏟아내는 재건이었지만 이번에는 조금 달랐다. 재건은 탄식하듯 이야기를 흘려보내고 있었다. 마치 자기가 무슨 말을 하는지도 모르는 양. 독이 빠진 듯 주절주절 흘러나오는 말과 말들. 마곤은 아무런 추임새도 넣지 못한 채 듣고 있을 수밖에 없었다.

적어도 마곤이 알기로 재건이 이런 얼굴을 한 것은 이번이 처음이었다.

"저 형사님이 그 기자한테 물어봐준다고요?"

적당히 주절거림이 끝나자 마곤은 재건을 원래 화제로 끌어당겼다.

"아니. 부탁하면 아마 해줄 거야. 이번 사건에 관해 고견을 여쭙겠다고 했지."

"이번 사건? 사건 관계자예요?"

"아니. 도병오 형사는 양천경찰서인데?"

"전혀 상관없는 지역이잖아요. 코엑스 사건은 그쪽 경찰서에서 맡는 거 아니에요?"

"날 믿어보게나, 제자여. 다 관계가 있으니 알아보라고 했지."

"어떻게요?"

"도 형사님은 형사과. 그중에서도 특수 범죄 수사팀이었지. 조직범죄라든가 뭔가 복잡한 사건이 형사님 전문이야."

"그쪽 인맥인가요?"

"그렇지. 그쪽에서 오래 있다 보면 알음알음으로 그쪽 사람들이랑은 대충 엮이게 돼 있어. 한국은 범죄 시장도 고만고만하거든. 마약 범죄나 총기 범죄랑 관련되어 천궁파와 엮일 만한 건 알아봐준댔어."

"그런 동네에도 조폭이 있어요?"

"있기야 있겠지. 안마방, 키스방 이런 거라든가 단란주점 같은 걸 조폭이 운영할 수도 있고 한데, 도 형사님이 예전에 주로 맡았던 건 점조직 수사였어."

"점조직요?"

"조직원이 각자 생활을 하다가 지령을 받고 움직일 때만 조직적인 행동을 보이는 걸 점조직이라고 해. 숙소라든가 거점에서의 단체 행동이 없으니까 잡기 힘들지."

"아하. 그런 조직원이 그 동네에서 살면 어쩔 수 없이 그쪽 경찰이 담당해야 하는군요."

"그렇지. 그뿐만이 아니야. 양천구는 몇 년 동안 마약 운반 루트로 쓰인 것 같아."

"전혀 알려지지 않은 일이네요. 그런 뉴스는 본 적 없어요."

"뉴스에 나오는 건 '어디어디서 적발되었습니다' 정도니까. 기획 기사라도 쓰지 않는 한 이게 어떻게 유통되는지 다 나오진 않지."

경찰의 엠바고도 있을 테고, 하며 재건은 덧붙인다.

약속 날짜는 다음날이라고 했다.

8 조각들

마곤이 합법적으로 경찰서 안에 들어가는 것은 처음이었다. 양천경찰서 내부는 제법 쾌적해 보였다. 개인 집무실이라 해도 좋을 만큼 개개의 책상이 독립되어 있었고 가운데에는 과장급의 책상, 그 옆에는 소파가 있었다. 가구나 배치가 제법 세련된 것이 흔히 생각하는 경찰서 분위기는 아니었다.

다만 도병오의 얼굴은 형사가 아니라면 범죄자라고 해야 할 만큼 스테레오타입에 걸맞은 인상이었다.

키는 작고 머리는 벗어지는 중이었다. 눈매는 날카로웠는데 어지간한 도발에도 눈 한번 깜빡이지 않을 것 같은 강인함을 띠고 있었다. 그는 재건을 보자마자 달려와 멱살을 움켜쥐었다.

"이 자식, 몇 년 만이냐? 연락도 한번 안 하기야?"

"오랜만이네요. 이쪽은 제 딸린 식구, 박마곤이라고 해요."

마곤은 고개를 꾸벅 숙였다.

"좀 큰 것 같은데? 네가 서른 몇이니까 어디 보자, 나 만나기 전에 이미 달고 있던 거야?"

"아들 아니라고요!"

마곤은 외쳤다.

두 사람의 회포는 그리 길지 않았다.

"그래. 그 기사가 사실인 것 같다고?"

재건은 잔당들에게서 알아낸 정보를 간략히 설명했다.

"일단 그렇게 보여요. 아직 이해가 안 되는 부분도 있지만요. 분명히 이쪽 동네에 도는 약도 천궁파와 관련 있는 거였죠?"

"그랬지. 확실히 천일호 검거 이후론 적발이 확 줄었어. 넌 뭐하다가 이 일에 끼어든 거냐?"

"다른 사적인 의뢰가 복잡하게 얽혀 있더라고요. 전 사실 꼭두각시를 쫓고 있거든요."

"뭐? 꼭두각시? 또 그놈이야?"

"또라뇨? 그 사람이 또 뭐 저지른 거 있어요?"

"아니, 아니야. 상관없는 일이야. 어쨌든, 네 말이 사실이라면 정말 이상해지는데? 왜 저 녀석들은 자기를 배신한 황오규의 말을 따른 거지?"

"그건 모르겠어요. 죽은 중간 보스가 뭔가 알고 있던 것 같은데 부하들은 정확한 정황도 모르고 코엑스 사건에 나선 것 같더라고요. 확실히 해야 할 건 그들의 예전 관계예요. 황오규가 이전에 조직에서 어떤 역할을 했는지 아시는 게 있나요?"

"크흠."

도 형사는 헛기침하더니 말한다.

"황오규는 이 조직과 러시아 사이에서 중개상 역할을 했다고 해. 황오규가 자금과 지위를 이용해 느슨한 수입 루트를 만들어놓고 천일호가 하부 조직처럼 그 밑에서 안전하게 활동했다는구먼. 요즘은 조폭이 합법 법인을 세워서 활동하거든. 이놈들도 황오규 재단의 산하 기업을 유령 회사로 세워놓은 것 같아. 그러니까 조직 일부가 황오규 밑에 들어가 있는 것처럼."

"왜 갑자기 황오규가 이놈들을 버린 걸까요? 무슨 방법으로 떼어낸 거죠? 그 점은 언론 보도가 전혀 안 됐잖아요."

"그런 것까지 알아낼 수 있을 것 같냐. 난 어디까지나 관할 구역밖에 모른다고. 이것도 광역수사대에 있는 후배한테 들은 거라고. 당시 천일호를 수사하던 데는 인천인가 그럴 텐데 그쪽이랑은 뭐 비빌 거리가 없어서. 형사로서 짐작 가는 건 있지만."

"그게 뭔데요?"

"뻔하지, 뭐. 경찰이랑 박사님이랑 뚝딱뚝딱해서 내놓은 거지. 아마도 경찰한테 꼬투리가 잡힌 걸 거야. 경찰은 황오규의 전적을 눈감아주고 황오규는 내부 증거를 내놓고."

"그러면 말이 되지만……."

"뭐가 맘에 안 드는 건데?"

도 형사는 손가락 위에서 펜을 돌리며 말한다. 능숙하지는 않은 솜씨다. 펜은 몇 차례 돌아가지도 못하고 손가락에서 튕겨 나가 바닥에 나뒹굴고 말았다.

"전 이 사건의 배후에 꼭두각시가 있을 거라고 생각해요. 어떻게 연관돼 있는지, 정체가 뭔지 아무것도 모르지만요."

"왜 꼭두각시야?"

"전 코엑스 사건을 일으킨 것이 꼭두각시라고 생각하거든요."

"뭐? 웬 뚱딴지같은 소리야?"

"말 그대로예요. 꼭두각시는 뭔가 황오규에게 원한을 갖고 있어요. 그래서 집요하게 황오규를 괴롭히려 한다는 게 제 가정인데요……."

재건은 마곤을 슬쩍 돌아보며 말했다. 그것은 마곤이 먼저 꺼내 든 가정이었기 때문이다. 마곤은 어깨를 으쓱하고 말 뿐이었다. 재건은 계속 말했다.

"형사님은 왜 꼭두각시를 신경쓰는 거죠?"

"어제부터 민원이 들어오고 있어. 꼭두각시를 추종하는 사람들이 여기저기서 분란을 일으킨다거나, 꼭두각시의 수련원에 가족이 잡혀갔다거나, 그, 그 뭐냐, 꼭두각시 때문에 사람이 완전히 변했다거나 하는 신고가 어제부터 몇 건이나 들어왔다. 이게 우리 서에만 오는 게 아니라 여기저기로 들어오나 봐. 서울경찰청에도 이게 접수됐는지 오늘 아침엔 공문까지 내려왔다고. 전에도 이런 민원이 없던 건 아니었는데 이렇게 갑자기 몇십 건이나 여기저기서 동시에 발생하는 건 대체 무슨 일인지."

동시다발적인 집단행동. 확실히 부자연스러운 현상이다. 게다가 민원은 꼭두각시를 겨냥하고 있다. 이건 또 무슨 영문인가. 재건은 잠시 말을 멈추고 사고 속으로 빠져들었다. 새로운 정보였다. 꼭두각시를 모함하는 집단이 갑자기 생겨났다. 부자연스러운 현상. 하지만 일련의 사건과 동떨어진 일이 아니다.

황오규. 그 이름밖에 떠오르지 않았다. 몇 번이나 이 사건에 대한 감상과 판단과 거리를 두고 현재 드러난 사실들만 추리고 그 토대 위에서 생각을 다시 해봐도 지금 이 시점에서 꼭두각시에게 원한을 가질 만한 사람, 그리고 조직적인 무언가를 도모할 수 있는 사람은 황오규밖에 없다.

그는 꼭두각시의 정체를 알고 있을까? 서로를 원망하고 미워하는 두 사람. 하지만 그 어떤 것도 구체적이지 않다. 재건은 흐릿한 상관성이 싫었다.

"뭔 일인데 그러냐?"

도병오는 의자 등받이에 몸무게를 실으며 말했다.

"황오규야, 꼭두각시야? 둘 중 누가 네 진짜 목표냐?"

재건은 멍한 표정을 짓고 있다가 대답했다.

"……여러 가지가 얽혀 있어요. 으음. 참, 그보다 이제 본론으로 들어가죠."

"뭐어? 이제야 본론이야?"

"헤헤. 부탁드릴 게 있다고 했잖아요. 일단 제 수사 방향은 황오규가 뒤집어쓴 의혹들의 출처를 뒤져보는 건데요, 의혹을 처음으로 터뜨린 기자랑 연락을 해보고 싶어서요. 혹시 전화라도 한 통 넣어주실 수 있나 싶어서……."

"너 이 자식."

"그리고 하나 더. 천궁파랑 관계있었던 사람 중 소개해줄 사람 있나요? 전 조직원이든 끄나풀이든 피해자든."

"제대로 긁어먹으러 왔구만."

"헤헤."

재건은 인정에 호소하듯 웃어 보였다.

"이 녀석 만나봐."

도 형사는 쪽지를 꺼내 무언가를 휘갈겨 써서 재건에게 주었다.

"아니, 이 주소는!"

"익숙한 주소지? 너 나온 학교 근처라고."

"이럴 수가……. 어째서죠? 어째서 과거는 이렇게 나에게 되돌아오는 걸까요?"

"헛소리하지 말고 이놈한테 가서 물어봐. 은퇴한 마약 중개상인데 경찰이 아니라고 하면 대답을 해줄지도 몰라. 대답을 얻어내는 건 네 역량이고."

"못 건드리는 녀석인가 보죠?"

"제보자야. 큰 건 몇 개를 눈감아주는 조건으로 건더기 몇 개를 잡아냈지."

"황오규에 대해서 알까요?"

"나야 모르지. 잔챙이이긴 하지만 예전 유통망에 대해 이것저것 아는 게 있는 모양이야. 알지? 이러면 안 되는 거."

도병오는 목소리를 낮게 깔고는 말했다.

"물론이죠. 그럼 기자 쪽은?"

"따로 연락해줄게. 평범하게 만나고 싶다고 하면 되지?"

"아하, 고마워요."

척하면 척이었다.

재건은 먼저 근처에 있는 조직 관련자를 찾기로 했다. 미리 조사한 바에 의하면 《판도라 뉴스》의 본사는 파주에 있다고 했으니까. 한낮의 태양이 겨울의 차가운 공기를 꿰뚫고 내리쬐고 있었다. 한가로운 동네였다. 마곤은 이런 동네에 경찰서가 있다는 것이 생소했다. 마곤이 본 경찰서는 언제나 시끌벅적한 길가에 있었으니까. 야트막한 아파트가 늘어진 이런 곳에 마약 운반책이 있었다는 점도 믿기지 않았다.

"후던잇(Who done it)? 이런 질문이 아니니까."

초소를 지키는 순경에게 경쾌하게 손짓을 하며 재건은 말했다.

누가 그것을 저질렀는가, 하는 간단한 질문이라면 오히려 쉽다. 하지만 이번에는 그게 아니다. 꼭두각시는 누구인가? 무슨 목적으로 황오규를 공격하는가? 황오규가 받는 혐의는 어디까지가 진실인가? 어느 지점에서 두 사람이 연관되는가? 이 질문이 한 번에 해결되지 않으면 아무것도 이해되지 않는다.

"확 납치해서 가면을 벗겨버리거나 묶어놓고 신문하면 되지 않을까요?"

"그런다고 뭘 들을 수 있겠니. 또 그걸 들어서 우리가 뭘 어떻게 하겠어? 범인이 스스로 수긍하게 하는 것이 바로 탐정의 프라이드라고."

"참 피곤한 프라이드네요."

두 사람은 낡아빠진 프라이드에 올라탔다. 재건은 도 형사가 적어준 주소를 다시 읽어보았다. 자신이 살던 동네. 그것도 모교라니. 지난 일을 떠올리는 것은 될 수 있으면 피하려고 했는데.

어쩔 수 없지. 재건은 무표정하게 페달을 밟았다. 마곤은 재건의 복잡한 심경이 드러나는 옆모습을 물끄러미 바라보았다.

익숙한 골목길이다.

그럴 수밖에. 고등학교에 다니면서 탐험한답시고 매일같이 뛰어다니던 동네였으니까.

주기적으로 수선해야 하는 포장도로. 별다른 이유 없이 뽑히고 다시 심어지던 가로수. 새로운 건물들. 새로운 아이들. 많은 것들이 달라졌지만 동네의 근본적인 냄새는 그대로였다. 80년대에 지어진 빨간 벽돌집. 어딜 가나 이런 집투성이다. 아이들은 학원이나 학교 보충수업에 가 있을 시간인지라 골목은 텅 비어 있었다. 그것은 재건이 여기 살던 때에도 마찬가지였다. 아이들이 언제부터 자유를 잃어버렸는지 이제는 떠올려보기도 어렵다.

재건의 차는 한 연립주택 앞에서 멈춰 섰다.

벽에 붙은 벽돌이 다 떨어져가는 낡은 건물이었다. 집주인의 행방만 모두 확인된다면 제일 먼저 그럴싸하고 주차장까지 있는 신식 연립으로 교체될 만한 낡은 집이었다. 이 동네의 누구도 이런 낡은 집에 사법부의 블라인드 포인트가 있으리라고 상상하지 못할 것이다.

재건은 전화부터 걸었다. 무작정 쳐들어갔다가 경계심만 돋우면 곤란하기 때문이다.

집 전화였다. 신호는 끝까지 울렸지만 아무도 받지 않았다.

"집에 없는 것 같은데."

"그럼 기다려요?"

"나는 탐정으로서 밤하늘에 빛나는 별처럼 마음속에 빛나고 있는 원칙을 하나 가지고 있는데 그게 뭐냐면 잠복 수사는 하지 않는 거야. 필요하다면 다른 사람을 시키고."

"가슴속에 뭐? 단지 참을성이 없는 거 아니에요?"

"그렇지 않아. 더 좋은 수를 찾아보자고."

주소를 확인해보니 그는 반지하에 살고 있었다. 그렇다면 입구말고는 안으로 들어갈 방법도 없다. 열쇠공을 불러서 문을 따고 들어가 있는 방법도 생각해보았다. 만일 대상이 근처에 있다면 발각당하기 십상이다.

"잠깐, 아저씨 지금 무단 침입할 계획 짜고 있죠?"

"응? 어떻게 그걸! 너 생각을 읽는 능력도 생긴 거냐?"

"창문 앞에 쪼그려 앉아서 방범창을 뜯으려 하고 있으면 누구라도 그렇게 생각할걸요?"

"그런가? 음. 내가 너무 속내를 드러냈군. 반성, 반성."

"쓸데없는 짓 하지 말고 기다리자고요. 언젠간 돌아올 테니."

"어디 갔을 줄 알고 기다려. 갑자기 이른 봄바람이 들어서 훌쩍 도보 일주라도 떠났으면 어떡해."

"으이구. 그럼 알아서 해봐요! 책임은 혼자 지는 거로 하고. 난 일절 안 도와줄 테니."

"정말? 안 도와줄 거야?"

"네."

"능력이 필요해도?"

"당연하죠!"

"흐음."

재건은 건물 입구로 돌아갔다. 제일 먼저 우편함부터 살폈다. 우편물은 하나도 없었다. 계단을 내려가 그의 집 앞에 섰다. 문에는 전단지가 덕지덕지 붙어 있었다. 낡아빠진 문에 잠금장치만 전자식 번호 키였다. 재건은 고개를 숙이고 손잡이에 얼굴을 가까이 갖다 대고 살펴보았다. 후, 하고 불자 얇은 먼지 막이 일어나 휘날렸다. 재건은 눈가에 손부채질을 하며 일어났다.

"손잡이에 먼지가 많이 쌓여 있는데. 집을 오래 비운 것 같아."

재건은 바깥으로 뛰쳐나갔다. 담벼락과 세 뼘 정도 떨어진 공간에 몸을 비집고 들어갔다. 건물 뒷면에 전기 계량기가 어수선하게 붙어 있었다. 상대적인 위치를 통해 해당 호수의 것을 찾아낼 수 있었다. 계량기는 평범하게 돌아가고 있다. 재건은 다시 호수를 확인했다.

다시 마곤이 서성이고 있는 건물 앞으로 돌아갔다.

"손잡이에는 먼지가 쌓였지만 전기 계량기는 계속 돌아가고 있다. 이런 푼수 같으니. 텔레비전을 켜놓고 여행이라도 갔나 보군."

재건은 손뼉을 짝 쳤다.

"……이 아니라 전적이 불량한 친구라며? 그렇다면 극단적인 경우도 생각해봐야 돼. 마곤아, 차에 가서 노루발못뽑이 좀 가져와봐."

"노루발못뽑이가 뭐예요?"

"빠루의 올바른 말. 어서!"

마곤은 트렁크에서 빠루를 들고 왔다. 재건은 다시 지하로 내려가서 문의 번호 패드 부근에다 빠루를 꽂았다.

"이걸로 문이 열려요?"

"두고 보라고!"

잠시 애를 쓰자 문은 요란한 소리를 내며 틈을 내었다. 틈이 조금 생기자 재건은 발로 벽을 딛고 손잡이를 양손으로 붙잡고서 재차 잡아당겼다. 곧 문이 열렸다.

불길한 냄새가 물씬 풍겼다. 재건은 코를 막고 안으로 들어갔다. 마곤은 처음 맡는 냄새였다. 그는 헛구역질하며 지상으로 도망치듯 빠져나갔다. 재건은 계속 전진했다. 냄새는 방안에 가득차 있었다. 재건은 보이는 대로 창문부터 열었다.

그리 넓지 않은 거실 한가운데에 이제는 형체도 알아볼 수 없는 시신이 놓여 있었다. 밀폐되고 서늘한 반지하의 공기 상태 덕택에 시신은 반쯤은 미라처럼 말라붙고 반쯤은 부패해 있었다. 시체와 함께 썩어버려 형체만 간신히 알아볼 수 있게 된 옷의 형체로 미루어 볼 때 성별은 남자인 듯했다.

재건의 시선을 잡아끄는 것은 미라가 된 시신도 언제부터 켜져 있는 건지 알 수 없는 텔레비전도 아니었다. 말라비틀어져 더는 인간이 아니게 된 육체의 얼굴에 마치 비웃는 것처럼 얹혀 있는,

턱이 없는 탈바가지였다.

그것은 웃고 있었다. 생기를 잃은 육체 위에서 혼자 살아 있는 것처럼, 마치 자신이 그의 얼굴인 양, 자신을 발견해준

자에게 짓는 미소인 양,

텅이 없음에도 그것은 웃고 있었다.

"강건하. 저쪽에선 통칭 바이탈 큐라고 불렸어. 시시껄렁한 이 동네 건달일 뿐이었는데 언제부터인가 이 동네 운반책을 담당하게 됐더라고. 이놈 덕분에 이 동네를 거쳐 가는 밀매 루트를 몇 개 박살 낼 수 있었어."

감식반이 현장을 분석하는 동안 도 형사는 건물 바깥에서 담배를 피웠다. 마곤은 속이 메스껍다며 차에 들어가 있었다.

"보나마나 보복이군요."

"그렇지. 내 책임이야. 좀더 확실한 장소에다 숨겨줬어야 되는데. 이 동네 있겠다는 고집도 받아주지 말고."

"개인적으로 아는 사이였나요?"

"너랑 마찬가지로 고등학교 때부터 지지고 볶고 하던 놈이었으니까."

서로 신세 진 게 많은 처지다. 처음 만났을 때도, 그 뒤로도. 자신과 같은 처지라니 재건은 새삼 숙연해졌다.

모자를 쓴 감식반원이 다가왔다. 그는 슬쩍 재건의 눈치를 봤다. 도병오가 괜찮다는 듯 손짓하자 보고를 하기 시작했다.

"상태를 봐선 두 달은 지난 것 같은데요. 기도에 본드 같은 게 차 있었는데, 사인은 이거 같습니다."

"가면은요?"

재건이 물었다.

"제가 아주 살짝 건드려보니 탈이 얼굴에 붙어 있던 것 같던데……."

"그게, 탈이 본드로 얼굴에……. 그보다 이 사람은 누구예요?"

감식반원이 도병오에게 물었다.

"지나가던 놈."

"지나가던 놈이라뇨? 최초 발견자라고요."

감식반원으로서는 지하에서 부패하던 시신을 발견한 사람이 저렇게 멀쩡한 표정으로 말할 수 있다는 사실이 믿기지 않았다.

"현장은 가면 끄트머리말고는 건드린 게 없으니 오염 걱정은 안 하셔도 좋아요. 본드 성분이야 당연히 검사하실 테고, 사망 시 자세가 편해 보이지 않더라고요. 분명 정신이 든 채로 본드를 주입당하고 질식해 사망했을 거예요. 목덜미 같은데 지문이 남아 있을지도 몰라요. 어깨 부근에 멍으로 보이는 자국이 있더군요. 위에서 무릎으로 깔아뭉갠 거예요. 피해자가 키가 저보다 크니까 제압하는 게 쉽지는 않았을 거고. 얼추 체형과 몸무게 정도는 뽑아낼 수……."

재건은 생각나는 대로 내뱉었다.

"그리고 저 탈. 잠깐 인터넷 찾아보니 안동 이매탈이라 하더라고요. 선비와 같이 다니는 바보 종인데……."

"그 정도로 하고."

도병오는 말을 끊고는 담배를 벽에 비벼 껐다.

"온갖 일에 다 끼어들려는 버릇 좀 고쳐라. 내 관할에서 일어났으니까 이건 내 사건이야. 넌 경찰이 할 수 없는 일이나 해."

재건은 말문이 막혔다. 하지만 맞는 말이다. 자신도 쓸데없는 말을 했다고 느꼈다.

"죄송해요. 습관대로 그만. 이건 형사님이 하실 일이죠."

"이제 이쪽에선 알아낼 것도 없는 것 같은데."

"그런 것 같네요."

"그 기자랑은 통화해놨으니까 가보든가 해."

재건은 아쉬웠지만 이 사건이 본래 쫓던 사건과 관련이 있을 가능성은 적었다. 가던 길을 마저 가야 한다.

"매번 신세만 지네요."

"네가 나한테 진 게 신세뿐이냐?"

"물론 그보다 더한 것도 잊지 않았습니다!"

마곤은 문득 느꼈다. 재건은 언제나 경박하기 그지없다. 남녀노소를 가리지 않고 대하기가 거침이 없다. 열에 아홉은 재건을 보며 눈살을 찌푸린다. 재건은 딱히 그런 것에 개의치 않는다. 하지만 이 형사에게만큼은 뭔가 다르다고 느꼈다. 지금까지 만난 사람 중 유일하게 재건의 과거를 알고 있는 사람이다. 재건 자신의 입으로 친구라고 말한 사내. 재건의 태도는 어딘가 달랐다.

재건은 주변에 깔린 경찰들의 시선에 밀려 뒷걸음질치며 말했다.

"언제나 형사님을 만나면 고마움밖에 남지 않는군요. 다음에 언제 또 만날지 모르지만 그간 건강하시고 조기 퇴직만큼은 안 하셨으면 좋겠네요. 혹시나 경찰서에 확인 전화가 가면 그때에만 처리해주시면 돼요. 그럼 전 가볼게요."

재건은 손을 흔들고는 차로 뛰어들었다.

"뭐예요, 저 사람?"

동료 형사가 미심쩍어하는 표정으로 물었다.

"탐정."

도병오는 짧게 대답했다.

"네? 탐정요? 그런 게 진짜 있어요?"

"아니. 지 혼자 멋대로 그렇게 부르는 거야."

"그냥 놔둬도 돼요? 위법 소지가 있는 거 아니에요?"

"몰라. 나도."

도병오는 짧게 말했다.

오민지 기자는 자신이 속한 회사 이름처럼 위험한 것을 열어버렸다고 생각했다.

생전 한번 걸려보기 힘든 초대형 특종이 넝쿨째 발 앞에 떨어졌다고 생각했다. 하지만 이번 황오규 스캔들에서 그는 상자의 자물쇠만 딴 격이었고, 영세 인터넷 언론 매체《판도라 뉴스》의 수습기자 오민지는 뒤이은 엄청난 이슈의 홍수에 떠밀려 잊히고 말았다.

패인은 명백했다. 너무나 위험한 정보를 공개하면서 디테일을 챙기지 못했으니까. 폭로 이후의 증거를 제시하는 것은 실력 있는 기자들의 몫이었고 오민지 기자는 그들을 끌어들이는 떡밥 역할밖에 하지 못했다.

그는 알고 있었다. 그게 자신의 실력이라는 것을. 또한 자신이 이런 교정 교열조차 제대로 못 해주는 영세 언론에 취직할 수밖에 없던 이유라는 것을.

그래서 경찰의 조사에 찰나의 고민도 없이 수락했던 것이었다. 경찰이라면 뭔가 공개되지 않은 정보를 제공해주겠지. 원래 기자와 경찰은 그런 사이가 아니던가. 더군다나 양천구에서 파주까지 직접 올 정도라면 경찰도 뭔가 다급한 것이 있다는 말이다. 제대로 건수를 잡아 최초 폭로자의 명예를 되찾고 말겠어. 그렇게 다짐하고 오민지는 약속 장소로 나갔다,

민지와 재건은 파주에 있는 회사 앞 카페에서 만났다.

"그런데 경찰 맞아요? 경찰은 보통 둘이서 다니던데?"

그는 미심쩍은 눈으로 눈앞의 남자를 쳐다봤다. 그것은 단순히 형사에 대한 선입견 때문이었다. 영화나 드라마에서 형사는 대개 가죽 재킷이나 후줄근한 잠바를 입고 매사에 귀찮은 듯한 표정을 하고 있다. 하지만 자신을 김재건이라고만 간단히 소개한 자는 번듯한 정장을 조직폭력배처럼 차려입고는 어울리지 않는 운동화를 신은 채 누가 보기에도 불량하게 앉아 있었다.

"보통은, 그렇죠. 규정일 뿐이에요. 일손이 딸릴 땐 이렇게 찢어져서 수사하기도 한답니다. 갑자기 이런 요청을 해서 많이 놀라셨죠?"

재건은 뻔뻔히도 말했다. 하지만 민지는 재건의 옆자리를 가리키며 말했다.

"그렇다고 애까지 데리고 다녀요?"

빨대로 스무디를 빨아먹고 있던 마곤은 오민지의 지적에 발끈해서 소리쳤다.

"아들 아니라고요!"

"아들이라곤 안 했는데. 그럼, 딸?"

"딸은 더더욱 아니죠!"

마곤은 벌떡 일어났다. 재건은 마곤의 어깨를 살포시 잡고 자리에 앉히며 말했다.

"그만, 그만. 이 애는 다른 사건으로 경찰에서 잠시 맡아두고 있는 앤데 아들 트라우마가 있어서 아들이라고 불리면 극심한 공격성을 보인다고 해요. 맞지, 아들?"

"뭐라고요?"

마곤은 다시 이를 갈았다.

"보세요. 이렇게 부르면 안 된다고요."

"장난하는 거예요?"

오민지 기자는 이마를 찌푸렸다.

"정말 경찰 맞아요? 신분증 좀 보여줄래요?"

"뭐, 원하신다면."

재건은 위조 경찰 수첩을 던져줬다. 오민지는 찡그리며 수첩을 들여다보고는 다시 재건에게 던졌다.

"아직도 못 믿겠으면 내 파트너 전화번호도 알려줄까요?"

"됐어요. 얘기나 하죠."

오민지는 재건의 태도가 짜증나는 듯했다.

"그러죠. 에, 뭐부터 시작할까. 기자님은 황오규의 세 가지 의혹을 최초로 기사화하신 거죠?"

"네. 확실히."

"그 기사는 찌라시 이상의 증거를 보여주지 못했어요. 사실 그런 음모론이야 흔하죠. 다만 기자님의 기사에는 '익명의 제보자'라는 표현이 있다는 점이 다를 뿐."

"그래서요? 제 기사가 찌라시 수준이라 불만이라는 거예요?"

민지는 대놓고 불쾌하다는 말투로 말했다. 하지만 재건은 전혀 개의치 않았다.

"그 기사 뒤로도 아무런 진전도 없는 건가요? 그게 익명의 제보자가 말해준 전부고?"

"그래요. 그게 불만이냐고요."

"아뇨. 불만은 편집장님께서…… 아, 죄송합니다. 뭐, 묻고 싶었던 건 그게 아니었고요……."

"제보자는 거기 나온 만큼만 말했고요, 거기 나온 사실관계도 하나도 확인 안 됐네요. 됐나요? 그러니까 그런 건 경찰에서 알아내주시죠? 그건 경찰에서 해야 하는 일 아닌가요?"

이 희한한 차림의 경찰에게서 뭔가를 뜯어낼 수는 없겠구나. 오 기자는 그렇게 생각하고 실망했다.

"확실한 혐의점이 보이거나 피해자가 수사 요청을 했을 때에만 우리가 조사할 수 있거든요. 지금 제 수사는 그 혐의점이 있는가 알아보는 거고 피해자라 할 수 있는 황 박사도 아직 공식적인 요청은 안 해가지고요. 그보다 제가 묻고 싶은 것은……."

"그럼 경찰은 아무것도 안 했다는 건가요?"

남의 말을 참 절묘하게 끊는 재주가 있구나. 재건은 생각하고 한숨을 내쉬었다.

"지금 하고 있잖아요. 좀 물읍시다. 기자님은 그 뒤로도 영양가 없는 후속 기사를 몇 개 더 냈는데요……."

"영양가 없어서 참 미안하네요."

"뒤의 기사는 타 언론 인용 기사라든가 가설만 덧붙인 소설이라든가……."

"네, 우리 같은 삼류 잡지에서 쓸 수 있는 건 소설뿐이지요."

재건은 이제 오 기자의 말을 추임새 정도로 이해하기로 했다.

"그런데 타 언론을 인용하더라도 논문 도용 건은 착실히 새로운 정보를 반영하고 있더라고요."

"네, 네. 그랬죠."

"아, 이건 칭찬입니다. 기존 정보를 정리해서 알기 쉽게 제시하는 언론도 필요하니까요."

"그것참 고마운 소리네요. 녹음해서 가보로 삼아야겠어요. 다시 말해주실래요?"

"오히려 그 탓에 확실해졌어요. 기자님은 새로운 정보를 얻지 못한 탓에 착실히 타 언론들을 모니터링하셨고 그 덕에 현재 알려진 사실, 알려지지 않은 사실이 뭔지 일목요연해지더라고요."

"그래서 뭘 알고 싶은 거예요?"

"말하자면, 지금 돌아다니는 세 의혹, 마피아 연루설, 논문 도용설, 인체 실험설 중 인체 실험설의 유일한 소스를 가지고 있는 게 오 기자님이란 말이죠. 거기에 대해선 그 어떤 기사도 증거를 제시하지 못한다는 게 오 기자님의 후속 기사를 통해 확인됐어요. 그렇다면 자연스레 그다음 질문이 떠오르죠. 도대체 기자님은 누구한테서 무슨 얘기를 들었을까."

경찰은 별로 만나본 적이 없다. 하지만 이렇게 뻔뻔하고 노골적이고 무언가로 눈이 빛나는 사람은 경찰이 아니라도 한 번도 본 적이 없다. 아무리 귀찮은 티, 싫은 티를 내도 눈 하나 깜빡 안 하는 건 이 남자의 천성인가.

"제보자 전화번호를 알아요. 그게 필요한 건가요? 그럼 경찰은 뭘 알고 있죠? 그거 알려주면 뭘 해줄 수 있는데요?"

이런 남자일수록 협상은 더 잘 통할지도 모른다.

"경찰이 해줄 수 있는 건 없고, 나중에 사건 끝나면 제가 데이트라도 해드릴 수 있는데."

"이런 데서까지 수작이냐!"

마곤은 또다시 벌떡 일어서서 재건의 뒤통수를 후려쳤다.

민지는 한숨을 내쉬었다. 어쩌면 말이 전혀 통하지 않는 상대일지도 모른다. 어떻게 이런 자가 경찰까지 됐는지 알 수가 없다. 세상 경찰이 전부 이 모양이라면 이 나라 치안은 혼란에 빠질 것이다.

"얘."

민지는 마곤에게 말했다.

"아빠를 그렇게 때리면 안 되지."

"아들 아니라고요!"

"그래, 딸."

"딸도 아냐! 이 아저씨랑은 피 하나 안 섞인 남남이라고!"

"반응이 재밌네요."

민지는 재건 쪽을 돌아보며 말했다.

"그렇죠? 그래서 데리고 다니고 있어요."

재건은 마곤의 머리에 손을 얹으며 말했다. 마곤은 그 손을 탁 쳐냈다.

"나랑 같이 다니는 이유가 그거예요?"

민지는 풋, 하고 웃고는 말했다.

"좋아요. 알려드릴게요. 대신 수사 결과 나오면 나한테 먼저 알려줘야 돼요. 발표하기 전에 우리가 하룻밤 먼저 기사 내게 해주면 고맙겠어요."

"네. 그러도록 하죠. 확정적이다 싶을 정도로 결론이 나면 제일 먼저 알려드릴게요."

불가능한 약속이었지만 어차피 그들이 다시 만날 일은 없었다.

민지는 자기 명함을 꺼내 뒷면에다 무언가를 적었다. 거기에는 김진규라는 이름과 전화번호가 적혀 있었다.

"뭐하는 사람이죠?"

"성형외과 의사예요."

"황오규랑은 무슨 관계가?"

"그건 몰라요. 이거 얘기해도 되려나 모르겠는데……."

민지는 고개를 숙이며 말했다.

"괜찮아요. 공권력 앞이잖아요."

민지는 슬쩍 눈썹을 치켜세우더니 다시 말한다.

"단골 환자랑 그 의사랑 썸씽이 있었나 봐요. 어떤 관계인지는 모르겠지만. 그런데 그 환자가 황오규의 연구실에 아르바이트로 일했다는 거예요."

"거기서 실험을 당했다?"

"아뇨, 뭔가를 목격한 모양이에요. 뭘 봤는지는 모르겠지만."

"네, 김진규라는 성형외과 의사가 환자로부터 황오규에 대한 무언가를 들어 알고 있다 이거군요. 그 정도로 인체 실험이라는 가설을 도출할 수 있었다는 게 이해가……."

"저는 그저 그 의사 말 들은 것뿐이에요. 전해 들은 것을 전해 들은 거니 정확하지 않을 수 있어요."

그렇게 정확하지 않은 것을 왜 기사로 썼냐는 질문은 간신히 목구멍 안으로 삼키는 재건이었다.

“역시 제보자와 직접 연락하는 게 좋겠군요. 협조 감사합니다.”

“좀 전에 성의 없이 군 건 죄송해요.”

“아뇨, 뭘요. 취재하고 그러다 보면 피곤할 수도 있는 거지. 전 전혀 신경 안 써요.”

“그럼 들어가볼게요. 잠깐 짬을 내서 나온 거라서.”

“저도 이만 수사가 바쁘니까.”

“수고하세요.”

“시민의 안전은 우리 경찰이 지켜드리겠습니다.”

엉터리로 경례를 하고는 민지를 보냈다.

“흠.”

“흐음.”

“갑자기 협조적으로 나온 이유가 뭘까요?”

“글쎄. 내 정성이 통한 게 아닐까?”

“글쎄요…….”

“음…….”

“전화해봐야죠?”

“그래, 출발하자고.”

재건은 자리에서 일어나며 오민지가 준 번호로 전화를 걸었다.

성형외과 의사 김진규는 협조적이었다. 형사를 사칭할 필요도 없었다. 그와는 빠르게 사무적으로 용건을 나눌 수 있었고 재건은 충분한 정보를 얻어낼 수 있었다.

"그래, 이런 적도 있어야지. 매번 고생해가며 단서를 찾을 필요는 없잖아."

운전대에 오르며 재건은 말했다.

"뭐라 하는데요? 뭔가 복잡하게 들리던데."

통화하는 재건이 떠드는 말만 들은 마곤은 대화 내용을 온전히 알 수 없었다. 새로 단서를 얻은 재건은 에너지가 재충전되어 소리쳤다.

"역시 간접적인 진술은 불확실! 인과가 살짝 달라졌어. 우선 김진규는 가까워진 환자한테서 정보를 얻은 게 아냐. 그전부터 황오규를 수상하게 여겼는데 우연히 황오규 연구소에서 아르바이트하던 환자를 받은 거지."

"환자한테 계획적으로 접근한 거군요. 정보를 캐낼 목적으로. 탐정님은 상상도 못 할 방법이네요."

"그렇지. 나라면…… 아니, 그게 무슨 의미냐?"

"비효율적이라고요. 그냥 붙잡고 물어보면 될걸."

"그렇지? 그런 뜻이지? 다른 뜻은 없는 거지?"

마곤은 한숨을 내쉰다.

해가 기울기 시작하는 오후였다. 도로는 한산했고 재건의 주행은 느긋했다.

"에고, 계속하죠."

"어쨌든 그럼 왜 황오규를 신경쓰고 있었느냐. 이게 중요한 거야. 이야기는 머언 옛날로 거슬러 올라갑니다. 옛날 옛날, 사악한 어둠에 빠진 성형외과 의사가 있었습니다. 이름은 안현성. 그 사람의 고객은 주로 연예인이라든가 정치인 등 구설에 오르기 쉬운 사람들이었는데요, 실력까지 갖추고 철저한 회원제로 영업하는 탓에 사람들 눈에 띄기 싫어하는 프리미엄 고객이 많았다고 합니다. 그런데 그러던 어느 날, 그 의사가 아무런 자취도 남기지 않고 실종돼버린 거예요!"

재건은 동화책을 읽듯이 말했다.

"저기, 이야기체말고 평범하게 말하면 안 돼요?"

"그러지 뭐. 때는 지금으로부터 오 년 전. 그 사람에게 수술 의뢰가 들어왔다고 해. 통상 청구하는 요금보다 훨씬 많은 금액을 현금으로 제시했다는 거야. 그 환자의 요구 사항은 수술 집도 인원을 최소한으로 할 것. 자신의 수술 사실을 최소한의 직원 외의 그 누구에게도 알리지 말 것. 수술 당일과 입원 기간 동안은 어떤 환자도 받지 말 것."

"그게 황오규였단 말인가요?"

"그래. 어떤 고객보다도 보안을 신경썼다는군. 그런데 그

의사가 실종되기 전 동료에게만 털어놓았다네. 큰돈이 생기게 됐다고 다음 휴가 이야기를 했다고 해. 그 동료가 바로 방금 통화를 한 김진규.”

“실종된 의사는 못 찾았고요?”

“응. 그래서 김진규는 황오규가 안현성 원장의 실종과 관계있다 생각하고 경찰에 수사를 요청했지만, 증거는커녕 부재증명이 몇 차례나 확인돼서 무혐의. 안현성은 아직 실종 상태야.”

“부재증명이라면?”

“김진규가 주장한 대로 비밀 집도가 있을 것으로 추정되는 날짜에 몇 차례나 황오규는 공식 일정을 수행중이었다고 해.”

“다른 날짜에 수술했을 가능성은 없는 거예요?”

“경찰은 안현성의 모든 스케줄을 확인했는데 기록으로도 남지 않은 익명의 환자를 수술할 수 있는 타이밍이 그리 많지 않아. 그중 황오규의 알리바이가 확인된 시각을 제외하고 남는 시간에 성형수술을 했다고 가정한다고 해도 일정상 맞지가 않아. 수술을 하면 수술일 당일만 필요한 게 아니라 회복기간도 필요할 거 아냐. 결국 황오규가 남몰래 안현성을 찾았다는 명제는 성립 불가능하다는 결론.”

“그런데 김진규라는 의사는 왜 아직까지 황오규를 의심하는 거죠?"

"감이라는 게 있겠지."

"감 같은 건 다 엉터리잖아요. 아무리 감으로 우겨봤자 실제 증거 앞에선."

"우린 이렇게 전해 듣는 입장이지만 안현성으로부터 직접 불안하다는 얘기를 들은 김진규로서는 다를 수 있어. 그럴 때 바로 탐정이 나서야 해. 경찰이라면 상식선에서 정리하고 넘어갈 일, 대수롭지 않게 넘어갈 일을 끝까지 물고 늘어지는 게 탐정이라고."

재건의 평소 지론이었다.

"모순점은 김진규가 더 잘 알고 있었어. 무엇보다 황오규에게 성형수술을 한 흔적이 없다는 거야! 이건 성형외과 의사로서의 소견. 보통 성형수술은 문신이나 흉터를 지우느라, 미용성형, 의술성형, 혹은 성전환 수술 같은 종류가 있겠지? 그런데 오 년 전이나 지금이나 황오규의 사진을 보면 외관상 아무것도 바뀐 것 같지 않는다는 거야. 어떤 종류도."

"결론은 수술했으리라 짐작되는 기간도 없고 전문가가 보기에 뭘 수술했는지도 모르겠다, 그런데 황오규의 수술을 했다는 당사자는 있다, 설상가상으로 당사자는 실종 상태다, 이거군요."

"그렇지."

"아, 그런데 자기가 무슨 수술을 했는지 얘기는 안 해줬대요? 그, 안현성이 김진규한테."

"그런 모양이야. 그냥 수술을 했다고만 들었다더군. 그런데 뉘앙스로는 말이야, 주름살 제거라든가 하는 그렇게 어렵지 않은 수술은 아닌 것 같아."

"확실하지는 않은 거죠?"

"그런 거라면 그렇게 비밀스레 하지 않았겠지. 아무튼 안현성은 누군가의 익명의 의뢰를 받아 수술을 집도했다. 그리고 실종됐다. 그리고 우연히 황오규가 사람을 가둬놓고 실험을 할지도 모른다는 정보가 들어왔다. 이 정도가 김진규가 아는 전부야. 그 환자가 말해준 거 말인데, 정말 별거 아니더라고. 어쩌다가 연구소에서 비밀 구역을 발견했다는 거야. 연구원들은 그곳을 매우 엄중히 감추려 했고. 계속 그곳을 신경쓰고 있던 그 사람은 연구원들이 이따금 사람처럼 보이는 무언가를 이동용 침대에 싣고 다니는 것을 보고 언젠가 인터넷에서 봤던 썰을 떠올린 거야."

"아아, 기사에도 나왔어요. 과거 트위터에 근거 없는 폭로가 있었다고요."

"그래. 그런 게 있었는데 비밀 시설이니 하는 걸 봤다면 확신으로 굳어졌겠지. 그 확신은 김진규에게 전해졌고, 그리고 김진규는 《판도라 뉴스》에 제보했다. 듣자 하니 확실하지도 않은 정보라 큰 언론사에다 던지기가 뭣했다는구먼."

"언론사 수준에 딱 맞는 제보였군요. 아무 상관 없는 사건 둘이 합쳐진 것 같아요."

"나도 그렇게 생각해. 지금으로선."

"그런데 왜 안현성의 실종은 보도되지 않았을까요? 그건 말해주지 않았대요?"

"얘기하긴 했다는데, 얘기가 복잡해지고 이게 너무 근거 없이 황오규와 묶어내는 것 같은 느낌이라 빼버린 게 아닐까."

"하여간 엉터리네요. 그 신문사……."

"하지만 우린 여기서 새 퀘스트를 얻을 수 있지."

"퀘스트?"

"김진규의 은밀한 파트너 환자가 건너 건너 전해준 임무. 황오규의 연구소에 가면 뭔가 수상쩍은 것을 볼 수 있다는 것."

"에엑? 설마……."

마곤의 불길한 예감은 곧바로 실현되었다.

"그렇다면 정해진 순서지. 다음 쳐들어갈 곳은 황오규의 연구소!"

"도대체 잠입만 몇 번째예요?"

"이번엔 잠입이 아니야. 초대받아서 당당하게 갈 거라고.

지금쯤이면 황 박사도 제법 똥줄이 탈 테니까. 잊었어? 나한텐 황오규 직통 번호가 있다고."

"그렇게 들어가놓고 나더러는 몰래 거길 뒤지고 다니라는 말이잖아요. 거기 뭐가 있을지도 모르는데!"

"오, 그거 괜찮은 방법인데? 검토해보지!"

"처음부터 그럴 생각이었으면서!"

"뭐, 지금쯤 압수 수색을 염두에 두고 증거를 다 처분해놨을 테니까 별 기대는 안 해."

마곤은 시트를 뒤로 젖혔다. 따라다닐 뿐이었지만 너무 바쁜 하루였다. 만일 오늘 쳐들어가자고 한다면 보이콧해야지. 그렇게 생각하며 휴대폰을 얼굴 위로 받쳐 든다.

그렇지만 마곤은 곧바로 벌떡 일어나고야 말았다.

"뉴스예요! 황오규가 기자회견을 한대요!"

"뭐! 어리석은 짓을 하는군. 지금은 입다물고 있는 게 최선책이건만."

"그러게요. 무슨 꿍꿍이가 있는 게 아닐까요? 능력자라면서요."

"맞아. 능력자들은 항상 자신이 깜짝 놀랄 만한 뭔가를 숨기고 있다고 생각하지. 우리가 생각하지 못한 뭔가가 있을지도 몰라. 가봐야 돼."

"지금요?"

마곤은 망연자실한 얼굴로 말했다.

"물론!"

재건은 내비게이션의 목적지를 재설정했다. 재건의 차는 일산에 있는 황오규의 개인 연구소로 달리기 시작했다.

9 꼭두각시들

황오규의 연구소는 일산의 인적이 뜸한 길가에 있었다. 건물은 중간 크기의 병원만 하고 부지도 넓어 주차장도 넉넉했다. 휑한 길가에 희끄무레한 건물이 덩그러니 놓여 있어 삭막하기 그지없던 연구소는 지금, 어제 오전부터 한국에서 가장 복작이는 장소 중 하나가 되었다. 이틀 사이에 논란의 한가운데에 서게 된 황오규가 기자회견을 한다. 전국의 기자들이 달려들지 않을 수 없는 일이었다.

연구소는 야트막한 담장으로 둘러싸여 있었다. 평소에는 과한 공간이지 않을까 싶은 주차장 안에는 취재 차량과 취재원들의 개인 차량으로 가득찼다. 부지 안 건물 출입구 앞으로는 취재진들이 공성전을 벌이듯 빼곡하게 막아섰다. 기자회견은 바로 그 앞에서 이뤄지는 모양이었다.

재건은 늦지 않게 도착할 수 있었다. 하지만 재건이 본 것은 그런 광경이었다. 부지 바깥에서 슬쩍 둘러보니 정문말고 다른 출입구는 막혀 있는 듯했다.

오히려 잘된 일이다. 재건에게는 티켓이 있었다. 외부로 한 번도 공개된 적 없다는 황오규의 직통 전화번호였다. 재건은 명함을 꺼내 거기에 볼펜으로 적힌 번호로 전화를 걸었다.

황오규는 첫 신호음도 채 끝나기 전에 전화를 받았다.

"여, 하루 만입니다."

재건은 말했다.

"도대체 이게 무슨 일입니까. 왜 자꾸 말도 안 되는 의혹이 터지는 겁니까!"

"그거야 저도 모르죠. 그러게 도와준다 했잖아요. 그사이 그쪽에 대해 제법 많이 알아 왔는데 탐정 손이라도 빌려보지 않을래요? 뭔가 도와줄 게 있을 텐데."

황오규는 허락했다. 재건의 차는 기자단의 웅성거림을 뒤로 하고 유유히 검문소를 지나 연구소 안으로 들어갔다.

"전 뭘 하면 되죠?"

"마음껏 돌아다녀봐. 별게 나올 것 같진 않지만, 우린 심정적 단서라도 얻으면 그만이니까. 비밀 공간이라도 발견한다면 적당하겠지."

"적당히 돌아다녀볼게요."

주차장 빈자리에 적당히 차를 세워뒀다. 문이 열리고 마곤이 재빨리 빠져나감과 동시에 형광색의 러닝화와 쭉 빠진 정장 바지, 그리고 선글라스를 쓴 재건의 얼굴이 차례대로 드러났다. 카메라는 느닷없이 등장한 재건을 놓치지 않았다. 재건은 레드카펫 앞에 내려선 배우처럼 손을 흔들었다.

"좋아! 이렇게 환영을 해주시다니 영광이로군. 그럼 난 수상해빠진 박사님을 잡으러 가볼까나."

재건은 옷매무시를 가다듬고 건물 안으로 들어갔다. 입구에서 한 연구원이 재건을 기다리고 있었다. 재건은 황오규의 개인 집무실로 안내되었다.

의자에 앉아 종이 뭉치를 든 황오규 주변으로 두 사람이 화장을 해주고 머리를 다듬어주고 있었다.

재건은 손을 들어 여, 하고는 인사를 했다. 황오규는 눈동자만 돌려 재건 쪽을 보았다. 재건은 방안으로 달려들어 여기저기를 들춰보고 손으로 만지며 말했다.

"개인 코디네이터. 각이 잡힌 정장. 손에 든 종이. 기자회견은 착실히 준비중이시군요. 좋은 선택입니다. 이렇게 도저히 빠져나갈 구멍이 없어 보일 땐 정면 돌파가 답이죠. 하지만 그 내용이 무엇이냐에 따라 독이 될 수도 있어요."

"그렇게 되지 않으려면 알아야 합니다. 그자는 대체 누구요? 뭐하는 자인데 날 이렇게 궁지로 몰아넣는 겁니까?"

재건은 커다란 마호가니 책상으로 다가가 껑충 뛰어올라 엉덩이를 댔다. 황오규를 단장해주던 두 사람은 자리에서 비켜주었다.

"그자라뇨? 누구 말인데요? 꼭두각시?"

"당연하지! 전부 그자가 벌인 짓 아닙니까? 참나, 자작극이라니. 그 기사 봤어요? 내가 마피아를 불러들여 자작극을 꾸몄답니다. 거액의 보험금을 노리고요. 내가 뭐하러 그런 짓을 합니까? 내가 그렇게 돈이 궁한 사람으로 보입니까?"

"으음."

"분명히 그 미치광이가 꾸민 짓입니다. 날 골탕 먹이려고 마피아를 고용해서 일을 벌인 다음 그걸 자기가 체포했다는 듯이 으스대려고 꾸민 일이라고요. 그리고 나에 관한 기사를 터뜨려서 결국 날 파멸시키려고 하는 거예요. 모—든 게. 다 그 자식 짓이라고요!"

황오규가 성을 내자 재건은 손가락 끝으로 턱을 받치고선 말했다.

"으으음. 그런 말은 조금 의외군요."

"말? 무슨 말이?"

재건은 책상에서 뛰어내렸다. 그리고 저벅저벅 걸으며 말했다.

"의외라기보단, 음. 박사님이나 되시는 분이 그렇게 쉽게 원인을 단정짓다니요. 지금 박사님의 반응은, 뭐랄까, 정말 한 점 부끄럼이 없이 억울하다는 것 같은데요."

재건이 보기에 그 반응은 확실히 어색했다. 뭔가 이런저런 비밀을 감추고 있던 사람이 아무 근거 없이 남을 모함해봐야 설득력이 없을 뿐이다. 이런 반응은 단 하나, 정말 억울하고 영문을 모를 때에야 기대할 만하다.

"물론! 난 억울합니다! 그런 구설에 오를 만한 일을 난 하나도 하지 않았다고요! 내가 이런 취급을 받아야 할 이유는 하나도 없다, 이 말입니다."

"하지만."

재건은 손가락을 펴며 주의를 모은다.

"제가 정보를 모았다고 했죠. 진술이 서로 충돌하는 것 같은데 박사님은 자신의 결백을 증명할 뭔가가 있습니까?"

"내가 내 결백을 증명하다니. 그건 검찰이 할 일이죠! 내 죄를 증명하는 일 말입니다."

"그렇긴 하죠. 하지만 제 입장에선 뭐가 되든 상관없는 일. 전 다만 박사님의 입장말고 진짜 심경을 듣고 싶습니다. 그럼 그대로 믿어드리고 협조하도록 하죠. 도대체 꾸미는 게 뭡니까. 이런저런 의혹들, 마피아라든가 논문 도용이라든가 인체 실험 같은 것들. 진짜인가요?"

"난……."

"아아. 성급하게 말하지 마시고. 제가 이것저것 조사를 하고 왔다는 것을 명심하시길. 이번에 붙잡힌 천궁파의 잔당도 만나고 왔고, 김진규라는 성형외과 의사랑도 통화했다고요. 신중하게, 본인이 아는 사실을 말해달라고요."

박사는 잠시 재건을 노려보더니 이윽고 한 마디 한 마디 곱씹듯이 내뱉었다.

"난, 하늘에 맹세코, 억울합니다."

"성형외과 의사 안현성은? 당신이 그 사람 고객이었는데 실종됐다는 정보가 있어요."

"몰라요! 모르는 일입니다!"

"정말 몰라요? 안현성. 이 이름을 듣고 생각나는 게 없냐고요."

"그게 대체 누구란 말입니까! 전혀 모르는 사람이에요!"

재건은 잠시 생각했다. 정보가 있다는 말에도 이렇게 한사코 부정한다는 말은 증거가 발견되지 않으리라는 자신감이 있다는 뜻일까. 그게 아니라면 이 억울하다는 표정이 연기가 아니라는 말이다.

재건은 잠시 황오규를 마주보다가 고개를 끄덕거리고는 짝, 하고 박수를 한 번 친다.

"좋습니다. 좋아요."

다시 숨을 크게 들이켜더니 말한다.

"일을 벌이셨으니 수습은 해야죠. 제가 모아 온 정보를 알려드리겠습니다. 박사님에 대한 증언들 말이에요. 그것들이 사실이든 거짓이든 공개적인 변명에 참조할 수는 있겠죠?"

"얘기가 길어질까요?"

"네. 조금 내용이 많거든요. 적어도 삼십 분은 요약, 정리, 전달하는 데 소요될 것 같군요."

"삼십 분이라."

황오규는 큭, 하고 웃고는 말했다.

"그보다 더 빠른 방법이 있죠."

그는 천천히 재건에게 다가갔다. 재건은 긴장을 놓지 않고 책상에 엉덩이를 걸친 채로 그를 주시했다. 황오규는 돌연 양팔을 뻗어 재건에게 달려들었다. 재건은 그 순간을 놓치지 않고 몸을 비틀어 빠져나갔다.

"갑자기 왜 그래요? 전에도 그러더니. 난 남자한텐 관심 없어요."

"잠깐만 손을 주지 않으시겠습니까."

"내 손을 가지고 뭘 하려고!"

"잠시만, 잠깐이면 되니까."

재건은 문 쪽으로 크게 뒷걸음질쳤다. 하지만 재건은 묵직한 벽에 막히고 말았다. 덩치가 큰 사내 둘이 뒤를 막아서고 있었다.

그중 한 명이 재건의 양어깨를 움켜쥐었다.

"이봐들, 갑자기 왜 이러시나."

재건은 순식간에 자세를 낮추어 팔에서 벗어났고 두 사람 사이를 파고들어 지나칠 수 있었다.

"잡아!"

황오규는 소리쳤다.

재건은 재빨리 앞으로 달려나갔다. 뒤에서 사내들이 팔을 휘둘렀지만 재건을 건드릴 수는 없었다. 복도 앞쪽에서 연구원으로 보이는 사람들이 달려왔다. 만만해 보이는 녀석들이다. 재건은 그들 사이로 달려들어 한 명의 가슴팍을 걷어차고 붙어 있는 한 명을 어깨로 밀쳤다. 네다섯은 되는 연구원들은 볼링 핀처럼 나가떨어졌다. 재건은 그 사이로 달렸다.

흰 가운을 입은 연구원들이 천둥 같은 발소리를 내며 사방에서 달려나왔다. 그들의 모습은 마치 이 순간을 위해 훈련된 것 같았다. 재건이 있던 1층은 순식간에 하얀 연구원 집단으로 가득찼다.

그들은 촘촘히 어깨를 맞대고 서서 재건이 빠져나갈 길을 차단했다. 그리고 그들의 뒤에도 인간 벽이 몇 겹이나 달라붙어 강도를 더해주고 있었다.

그들은 마치 잘 훈련된 병사처럼 움직였다. 적어도 재건이 아는 한에서는 이렇게까지 조직력 있는 집단은 없었다. 프로페셔널한 정규군, 오랜 시간 발을 맞춘 축구팀, 철저히 매뉴얼대로 작동하는 사무실. 고작 과학자 한 명이 자신의 휘하 연구원들에게 그런 일사불란함을 부과할 수는 없다. 부자연스러운 현실. 더 따져볼 것이 없었다.

"메스 체조처럼 완벽한 움직임. 모든 개인이 프로그래밍이 된 것처럼 자기 자리를 찾아갈 수 있다. 그야말로 완벽한 팀워크의 조직. 그렇지만 불가능한. 그렇다면 가능성은 하나. 능력자군."

재건은 그들 모두에게 말하듯이 말했다.

"호오, 능력에 대해 아시는군요."

연구원 무리 이곳저곳에서 동시에 목소리가 튀어나왔다. 한 치의 오차도 없이 톤도 박자도 높낮이도 똑같은 제언이었다. 가지각색의 목소리가 완벽하게 똑같은 말투로 합쳐져 기묘한 울림을 주었다. 마치 동굴 속에서 목소리가 끝없이 부딪힌 뒤 하나가 되어 되돌아오는 것만 같았다.

"난 탐정이거든. 다른 사람을 조종하는 능력. 맞지? 발동 조건은 접촉. 날 자꾸 만지려고 한 것을 보니까. 날 여기로 끌어들인 것도 집어삼키기 위해서였군."

"그렇죠. 당신이 가진 정보를 알아내야 하니까."

황오규들의 목소리가 말했다. 어느새 황오규의 본체는 어디론가로 사라진 뒤였다.

재건은 생각했다. 간접 접촉만으로도 감염될까? 재건은 잠시 두뇌 활동 일부분을 잘라다 울타리를 쳐두고 그 안에서 생각했다. 만일 간접 접촉, 그러니까 감염된 사람들의 접촉으로 재차 감염할 수 있다면 자신을 이렇게 가까이 불러들일 필요가 없다. 아니, 애초에 자신은 이들 중 몇 명과 접촉한 적이 있다. 그때 굳이 능력을 아껴둘 이유는 없었을 것이다. 따라서 본체와 직접 접촉해야만 감염이 되리라는 것은 확실.

그렇다 하더라도 저 많은 사람에게 둘러싸인다면 안심할 수 없다.

"내가 말해준다고 했잖아요."

"내 것이 되면 오염되지 않은 순수한 데이터를 얻을 수 있죠."

"하, 진짜 꼭두각시는 여기 있는걸?"

"그리고 당신 역시 우리의 위대한 구름 속에서 살 수 있게 되죠. 나쁘지 않을 겁니다. 이리 오세요."

황오규들은 일제히 발걸음을 내디뎠다. 재건은 뒷걸음질칠 수도 없었다. 사방이 연구원들로 막혀 있었기 때문이다.

"사면초가란 이런 걸 말하는 것이겠군."

재건은 중얼거렸다.

"뭐 딱히 듣기 좋은 노래는 아니지만 말이야. 이들 보시오.

난 말이지, 우주 유일자, 이전에도 없었고 앞으로도 없을 초절정 미남 슈퍼 탐정 김재건이라고. 누가 누군지도 모르는 구름인지 구글인지 하는 데에 내가 들어가겠음?"

재건은 제자리에서 돌며 말했다. 연구원들은 천천히 거리를 좁혀왔다. 재건이 디딜 면적이 줄어듦에 따라 원을 그린 연구원들이 설 자리도 줄어들어갔다. 그럴 때마다 그들은 한 명씩 뒤로 빠짐으로써 자리를 마련했다. 그 자리의 모두가 한 뜻이 아니고서는 불가능한 움직임이었다.

"얘길 통 안 들어주네. 물론 이렇게 내가 떠드는 건 말이야, 적당히 시간 때우다가 뜻밖의 구원자나 행운이 딱! 하고 나타나서 탈출하는 미국 영화의 전형적인 패턴을 기대하는 거라고. 하하. 그런 얼토당토않은 기대는 하지 말라고? 그래, 물론! 난 현실주의자야. 그런 희박한 가능성에 내 목숨을 맡길 리는 없지."

마침내 그들이 숨결이 느껴지는 거리까지 다다르자 재건은 외쳤다.

"뭐라도 좀 하라고! 너의 능력은 기척은 물론 자신의 존재를 타인의 의식 속에서 지워버리는 것! 지금 내가 무언가를 잊어버렸다고 강하게 느낀다는 것은 곧 네가 근처에 있다는 증거!"

그 순간 하늘에서 물방울이 쏟아지기 시작했다. 스프링클러였다. 동시다발적으로 뿌려지는 물줄기는 그것 하나만으로도 깜짝 놀랄 만한 것이었지만, 수십 명분의 감각이 동시에 그것을 느끼게 되자 그들을 총괄하는 황오규로서는 더욱 혼란스러울 수밖에 없었다. 재건을 포위한 연구원들의 진형은 그 순간 통제를 잃고 무너졌다. 별다른 움직임은 보이지 않았지만 재건은 잠시나마 그들이 단일한 통제에서 벗어났다는 것을 눈치챌 수 있었다.

재건이 그 틈을 놓칠 리가 없었다.

재건은 출입문을 목표로 달리기 시작했다. 단지 대열 맞춰서 있을 뿐인 연구원들은 종잇장처럼 흩어지고 말았다. 현관문까지는 금방이었다. 재건은 한달음에 연구소 건물을 빠져나왔다.

거기에는 믿을 수 없는 광경이 펼쳐져 있었다.

황오규는 여기저기서 번뜩이는 플래시에 앞을 제대로 볼 수가 없었다. 어차피 원래의 눈은 기능을 상당 부분 잃은 지 오래였다. 희미하게 구분되던 사람들의 윤곽도 번쩍거리는 빛 더미에 파묻혀 알아볼 수가 없었다. 어차피 구분은 무의미하다. 너와 나를 구분하고서 평생을 살아가는 수많은 '보통 사람들'의 인생을, 그는 더는 누릴 수가 없다.

아무려면 어떤가. 지금 나는 모든 것을 가졌는데. 내 것이다. 내 인생도 너희 모두의 인생도. 모두 내 것이다. 마치 팽창하는 우주의 쟁반 끝에 서서 존재의 지평이 점점 넓어져가는 것을 온몸으로 느끼는 기분. 아무도 이해하지 못한다.

연구소 내의 엘리트들을 동원해 작성한 담화문은 영 마음에 들지 않았다. 하지만 여기서는 어떤 말을 하더라도 긍정적이지 않을 것이다. 담화문은 쓸데없이 길거나 복잡할 필요가 없다. 애매한 것은 가리고 정서적인 공감만 이끌어내면 충분하다.

그것을 발표하고 나면, 아무래도 상관없다. 어차피 기사는 내 손으로 쓰니까.

모두 내 손아귀에서 놀아난다는 말이다.

여기 모인 기자와 방송 관계자들 모두 다.

황오규는 마이크를 건드려 소리가 나는지 체크했다. 주위를 한번 쓱 둘러보고는 곧바로 발표를 시작했다. 단상 위에는 큼지막한 글씨로 충분한 행간에 걸쳐 쓰인 원고가 놓여 있었다.

"저를 둘러싼 말도 안 되는 소설이나 몇 가지 부수적인 음모론 대한 해명은 생략하겠습니다."

황오규는 차분하게 입을 열었다. 기자들은 겨울 저녁의 찬바람에 벌벌 떨고 있었다. 추위는 논리적인 사고를 방해한다. 딱히 그것을 노리고 장소를 야외로 잡은 것은 아니다. 건물 안은 이런저런 뒤처리 문제로 외부에 보여줄 수 없었다.

"그보다 지금 생방송 송출을 담당하는 방송사가 YTN말고는 없나요?"

황오규는 카메라들을 둘러보며 말했다. 대답은 없었다. 그러자 그는 YTN의 PD를 잠시 단상으로 불러들여 귀에 대고 뭔가를 속삭이고는 내려보냈다.

그러고는 발표를 시작했다.

"이슈가 되는 일이면 앞뒤 가리지 않고 하이에나처럼 달려드는 댁들의 저열한 근성에 참담을 금할 수 없습니다."

기자회견의 격에 맞는다고 볼 수 없는 발언에 기자들은 술렁였다. 그는 전혀 개의치 않고 말을 이어갔다.

"이런 말도 안 되는 모함으로 날 골탕 먹이다니, 용서할 수 없어요. 내 거란 말입니다. 아무도 내 명성과 재산을 빼앗아갈 수 없어."

한 기자가 그의 말을 저지하듯이 말을 자르고 들어왔다.

"질문 있습니다. 혹시 기사들은 직접 읽어보셨나요? 이게 이렇게 문제된 게, 진술이 하나같이 무척이나 구체적이었거든요. 디테일이 하루 만에 지어낼 만한 수준이 아니었습니다. 그건 어떻게……."

그러자 황오규도 말을 끊었다.

"진술이 아무리 자세해도 증거가 없다면 소설에 지나지 않습니다. 이렇게 문제를 만들기 전에 더 확실한 걸 가지고 오는 게 순서라고 생각합니다."

다른 기자가 손을 들었다.

"하지만 말이 앞뒤가 맞는 이상 구체적인 내용에 대한 답변은 필요하지 않나요? 예를 들면 박사님이 가지고 있는 지하 네트워크에서 다량의 마약이 거래되고 있고 박사님은 중간상인으로 물량을 좌우하는 큰손이라는 기사에 대한 것은……."

"사실무근입니다. 난 내가 왜 이런 변명을 해야 하는지 모르겠다고!"

장내는 점점 소란스러워져갔다.

"이것만 답변해주십시오! 논문 도용의 당사자가 수일 내로 이름을 밝히고 증언을 하겠다고 했는데 법적 책임을 지겠다는 말은 자신이 없다는 뜻인가요?"

기자는 빠르게 질문을 내던졌다. 황오규는 대답하지 않았다. 질문한 기자와 노트북으로 초안을 작성중인 기자, 카메라맨, 아나운서를 물끄러미 바라보았다.

입가에 슬쩍 웃음기가 어렸다. 아무도 그것을 눈치채지 못했다. 황오규가 단상 밑으로 내려가자 다들 어리둥절할 뿐이었다.

그곳의 사람들은 알지 못했다. 그곳의 상황은 단 한 순간도 외부로 전해지지 않았다는 것을. 황오규는 뒤쪽에 있던 YTN의 PD와 눈을 마주쳤다. 잠시 호흡을 가다듬은 그는 한결 여유로워진 말투로 말했다.

"자신? 그런 건 여러분이 도와줘야 생겨나겠죠."

황오규는 한 기자의 노트북을 집어 들었다. 기자는 어엇, 하며 손을 뻗었지만 그는 거리낌이 없었다.

"이런, 나에 대해 상당한 악의를 갖고 있나 보군요."

"지금 뭐하는 겁니까?"

기자는 벌떡 일어섰다. 하지만 황오규가 어깨를 잡아 누르니 그는 순순히 다시 자리에 앉았다. 황오규는 노트북을 기자 앞에다 내려놓았다.

"얌전히. 앞으로 나에 관한 기사는 정직하게 썼으면 좋겠군요. 여러분이 내 파발마가 돼주시는 거예요. 예, 솔직히 말씀드리죠. 앞으로 어떤 사람이 등장해 나에 대해 험담을 늘어놓을지는 모르나 여러분이 잘해주시면 됩니다."

"지금 기사 청탁을 하는……."

항의하는 기자의 입에 손가락을 갖다 대자 그는 순순히 입을 다문다. 황오규는 한 사람, 한 사람씩 어깨라든가 머리, 귓불을 건드리며 기자들 사이를 걸어간다.

"여러분 한 명 한 명이, 나와 함께 가는 겁니다. 색다른 경험일 거예요. 오오, 당신은 지금 출산 예정일이 다가온 부인을 걱정하고 있군요. 빨리 원고를 보내고 병원에 가보세요. 당신은 어젯밤 너무 많이 마셨어요. 아침에 이렇게 난리가 날 줄은 몰랐겠죠."

한 명씩. 한 명씩. 사람들은 백발의 박사가 갑자기 왜 이러는지 알지도 못한 채 뚜벅뚜벅 자신의 앞을 지나치는 박사를 구경만 할 수밖에 없었다.

마침내 연구소 진입로 안의 모든 사람을 건드리고 다시 단상으로 돌아온 황오규는 말했다.

"자, 이제 전부 이해가 되겠죠? 사람들은 보이는 것만 믿는다는 것을 언론인인 여러분이 가장 잘 알고 있을 것입니다. 여기서 직접 내 말을 듣고 받아 적고 녹음한 여러분은 내 대변인이 돼줄 필요가 있어요. 자, 할말은 머릿속에 있을 거예요. 돌아가세요."

그러자 그 자리에 모인 사람들은 아무 말 없이 짐을 정리하고 자리를 뜨기 시작했다. 불평하는 사람은 없었다. 눈치를 보는 사람도 없었다. 정해진 시간에 움직이도록 태엽을 감아둔 인형들처럼. 그들은 웅성거리는 소리조차 내지 않고 순식간에 그곳을 떠날 준비를 했다.

"아니, 아직 집에 가긴 이르군요. 미꾸라지 한 마리가 좀처럼 잡히지 않네요."

황오규는 그렇게 말하고 자리를 피했다. 기자들, 방송국

직원들, 그 밖에 그 자리에 모인 사람들은 발을 맞춰 연구소의 중앙 출입문 앞으로 몰려들었다.

그들은 안에서 무슨 일이 벌어지는지 알고 있었다.

문을 연 재건은 멈춰 설 수밖에 없었다. 더는 전진할 수 없었다. 그 앞에는 기자회견 때문에 모였음 직한 기자와 방송국 관계자들이 빽빽하게 서 있었다. 그들은 각자 마이크며 카메라, 각종 방송 장비들을 쥐고서 재건을 기다리고 있었다.

"농담이지? 그렇지?"

뒤에서는 흠뻑 젖은 연구원 무리가, 앞에서는 기자들이 재건을 포위하고 있었다. 스프링클러는 여전히 작동중이었지만 그들은 다시 황오규의 통제 안으로 들어온 모양이었다.

"이렇게 온갖 언론들이 담합하다니. 21세기라고는 생각할 수 없는 풍경이야."

"어떤가요? 내일이면 이 나라의 풍경이 달라질 겁니다."

황오규는 바로 옆 건물 벽에 비스듬히 기대어 서 있었다.

"하, 이게 목적이었군. 하지만 이 나라의 기자나 방송사는 여기 모인 게 다가 아니란 사실."

"언젠가는 하나가 될 겁니다. 조금 번거롭겠지만 시간문제죠."

"그렇게 둘 수는 없지."

"막을 수 있다면 말이죠."

"흥. 조종. 아니, 인격 공유라고 해야 하나? 이 많은 사람들이 모두 한 가지 생각을 와이파이로 공유하고 있는 거야. 그게 얼마나 끔찍한 일인 줄 알아?"

"인격 공유라. 그 표현 마음에 드는군요. 하지만 끔찍할 것이라는 기대는 틀렸습니다. '내'가 된 뒤로는 그런 두려움도 사라져버리죠. 이 세상에서 가장 강력한 단일 개체가 되는 거라고요. 그리고 그 힘은 점점 커져가겠죠."

"그 사람들을 되돌릴 방법은?"

"몰라요. 나도 언제부터 이런 능력이 있었는지 어떻게 쓰게 됐는지 모릅니다. 내가 할 줄 아는 건 또 다른 나를 만들어내는 것뿐이에요. 사자가 본능적으로 양을 잡아먹듯이."

"참 난감한 능력이네."

황오규는 즐겁다는 듯 킥킥거렸다.

"생각해보세요. 모든 언론이 나를 위해 기사를 씁니다. 모든 정부 기관이 나를 위해 행정력을 사용합니다. 날 시기하는 사람이 있으면 간단히 나로 만들면 됩니다. 하지만 사람들은 왜 그렇게 된 건 줄 모르죠. 이 손에 비밀이 있을 거라는 건 상상조차 못 할 테니 말입니다. 당신만 제외하고!"

황오규는 다른 모든 꼭두각시들과 함께 재건에게 다가갔다. 이제는 빠져나갈 길이 없었다. 그들은 철저하게 빈틈을 주지 않고 거리를 좁혀 들어왔다. 제일 앞에는 황오규가 있었다. 그는 입가에 음흉한 미소를 띠고 다가왔다. 단지 그의 손에 닿는 것만으로도 재건은 끝이었다. 우주 유일자 초절정 미남 슈퍼 탐정의 두뇌가 수상쩍은 악당에게 넘어가려는 순간이었다.

"안 돼! 나의 잘생김이 이용되고 말아!"

"지금 그게 걱정이냐!"

그 순간 재건과 황오규 사이에 마곤이 나타났다.

"앗, 너 거기 있었냐?"

"아까부터요!"

황오규는 갑작스러운 마곤의 등장에 당황해 전진을 멈추고 말았다. 마곤은 빠르게 움직였다. 대략 네 걸음 반. 도움닫기를 하기에는 충분한 거리였다. 마곤은 황오규에게 달려들어 두 다리를 가슴팍에 꽂아 넣었다.

"커억!"

황오규는 손쓸 새도 없이 뒤의 인간 벽에 나가떨어져 부딪혔다.

"단 한 명의 컨트롤 타워. 몇 명까지 가능한지는 몰라도 수십 수백 명이 한 사람처럼 움직일 수 있는 능력. 그렇다면 파훼법은 간단하지. 머리를 치면 되는 거야!"

재건은 그렇게 말하며 달려들었다. 예상대로 황오규가 쓰러질 때 다른 꼭두각시들은 꼼짝도 하지 못했다.

재건은 그대로 나이든 과학자의 머리를 무지막지하게 걷어차버렸다.

"이봐요! 그러다 죽으면!"

빽, 하는 불쾌한 소리가 들려오자 마곤은 외쳤다.

"흥. 설렁설렁하다간 당한다고."

그러면서 재건은 황오규의 상태를 살폈다. 기절하지는 않았지만 녹다운 상태였다. 눈이 풀리고 팔에 힘이 들어가지 않았다. 그 정도면 큰 이상은 없겠지. 재건은 멋대로 판단하고는 일어섰다.

"자, 가보자고. 지금 저 인형들에게 영혼이 빠져나간 지금이 유일한 기회인 것 같으니."

"우릴 기억하지 않을까요?"

"지금 그런 거 따지고 있을 때냐고! 달려!"

두 사람은 달렸다. 힘없이 서 있는 사람들을 밀치고 도미노처럼 쓰러뜨려가며 달렸다. 지상 주차장 구석에 재건의 차가 있었다. 두 사람은 거침없이 달려갔다.

"역시 이거였군."

재건은 달려가며 말했다.

"뭐가요?"

"코엑스에서 관제실의 테러리스트들을 무모하게 제압한

직원들 말이야. 평화에 찌든 한국 사람이 그렇게 할 수 있을 거라 생각하지 않았거든. 황오규의 조종을 받는 사람들이었다면 설명이 돼."

"으으. 자기 자신이 된다면서요. 어떻게 그렇게 잔인한 짓을."

"어차피 소모품이란 거지. 언제든 다시 구할 수 있는 수족처럼 부리는 거야."

"정말 못된 놈이군요. 능력을 그런 데 사용하다니."

"욕심이지. 자기 권력을 유지하려는. 수상한 시설은 찾았냐?"

"아뇨! 그 잠깐 동안 어떻게 찾아요."

"그럼 김진규의 증언은 여전히 참고 자료로만 써야겠군. 박사의 능력을 알아냈으니 소득이 없는 건 아냐. 안현성을 어떻게 했는지는 알 수 없지만 제정신이 아니란 것도 알아냈어!"

"소득이고 뭐고 지금 빠져나가는 게 우선이라고요!"

"아앗!"

재건은 달리다 갑자기 멈춰 섰다. 마곤도 멈추다 아슬아슬하게 넘어질 뻔한다. 재건의 프라이드를 연구원들이 둘러싸고 있었다.

"역시 내 차를 마크하고 있군. 얼른 치워버리자."

그렇게 말하고 다시 달려들려 하는데 연구원들이 일제히 고개를 재건 쪽으로 돌리고는 웃기 시작한다.

"후후후훗."

열댓 명이 되는 사람들이 갑자기 고개를 들고 웃는 모습은 소름 끼치기 그지없었다.

"이런, 정신을 차렸나 본데. 이럴 줄 알았으면 좀더 세게 찰걸."

슬금슬금 움직이던 기자들이 재건의 뒤로도 어느새 도달했다. 다시 포위된 형국이었다. 그들은 능숙하게 재건의 주위를 둘러쌌다.

"그런데 너희, 내 차에다 대체…… 아니! 무슨 짓을 한 거야!"

재건은 아연실색했다. 재건의 프라이드는 엉망이 돼 있었다. 재건의 차를 둘러싼 연구원들의 손에는 골프채나 각목 등이 들려 있었는데 차는 이미 유리가 깨지고 형편없이 찌그러져 있었다.

"아무리 고물차라 해도 진짜 고물로 만들어버리면 너무하잖아!"

"이제 도망갈 곳은 없습니다. 마지막 희망이었던 차도 이 모양이지요."

차를 둘러싼 연구원들이 말했다.

"백만 원이나 주고 산 소중한 프라이드가!"

"잠깐! 차 가격이 지나치게 싼 거 아닙니까?"

"브레이크도 안 들어서 언제나 소중하게 다뤄줘야 하는 녀석이라고!"

"그런 차라면 애초에 타지 말았어야지요!"

"지금까지 브레이크도 안 듣는 차에 날 태우고 다녔던 거야!"

마곤도 경악스럽게 소리질렀다.

"그딴 건, 사랑으로 극복 가능하다고. 말하자면 그 차에는 사랑이 담겨 있단 말이다!"

"이런 상황에서도 그딴 헛소리야!"

마곤은 펄쩍 뛰며 말한다.

"안 되겠다, 제자야. 넌 혼자 사무실에 가 있어라. 난 기필코 내 차를 되찾아 돌아갈게."

재건은 말했다.

"네? 혼자 빠져나올 수 있어요?"

"이 탐정님을 우습게 보지 말라고. 얼른! 내 풀 파워를 개방한다면 너도 무사하지 못해."

"풀 파워는 개뿔이."

마곤은 코웃음을 치며 사라졌다.

혼자 남은 재건은 가만히 꼭두각시 무리를 바라보았다. 차

주위로 서 있는 열한 명의 연구원들과 삼 미터의 거리를 두고 재건이 자리했다. 차 사이사이 빈터를 채우며 기자들이 둥글게 막아섰다. 목표는 단 하나, 프라이드다. 재건은 품속에 손을 넣어 리모컨 버튼을 눌렀다. 삐빅. 차문은 정상적으로 열렸다.

그것이 개전 신호였다.

재건은 달려들었다. 한 명의 배를 어깨로 들이받아 차에 부딪쳤다. 간신히 붙어 있던 좌측 유리창이 완전히 박살났다. 동시에 연구원들이 재건을 에워쌌다. 하지만 재건의 손은 충돌과 동시에 받친 사람의 골프채에 닿아 있었다. 재건은 골프채를 움켜쥔 뒤 몸을 축으로 빙그르 돌았다. 재건에게 달라붙으려던 연구원들은 그 반경만큼 물러났다. 틈이 생기자 재건은 골프채를 마구 휘둘렀다.

"크하하하하! 에비! 에비!"

기자들이 금세 달려와 재건의 차는 몇 겹으로 포위되었지만, 재건의 주변에는 골프채 덕택에 약간의 운신할 공간이 생겼다. 그 틈을 타고 재건은 깨진 유리창 안으로 몸을 던졌다.

옷이 유리에 걸려 찢어지고 시트 위에 쏟아진 유릿조각에 온몸이 긁혔다. 황오규들은 창 안으로 팔을 들이밀어 재건의 머리채를 움켜잡았다. 재건은 차분히 시동을 걸었다. 황오규는 이 사람들이 다치는 일 따위는 아랑곳하지 않는 듯했다.

그들은 그야말로 몸무게로 차를 압박해 왔다. 수십 명이 힘을 쓴다면 경차인 프라이드는 금방 뒤집히고 말 것이다.

타이밍을 빼앗아야 한다. 좀비 영화에서처럼 파고든 손들에 붙잡힌 채로 생각했다. 그들은 유리를 마저 깨고 차 안으로 침입하려 한다. 지금 깨져 있는 유리는 운전석의 한 장뿐. 그들은 사방을 에워싸고 지붕에 올라간 채로 차체를 마구 두드리고 있다. 유리가 깨지는 것은 시간문제.

재건은 후진 기어로 놓고 차를 급발진시켰다. 차가 갑자기 뒤로 밀려나니 후미에 달라붙은 사람들은 튕겨 나갔고 보닛에 올라와 있던 녀석들은 굴러떨어졌다.

"이크, 실례."

다시 전진 기어에 놓고 전진. 두려움 없이 달려드는 사람들을 밀어젖히며 차는 전진한다. 사람들은 밀려나기 시작했다. 이미 진형이 헝클어진 사람들은 차를 막을 수가 없었다. 재건은 사람들을 달고서 주행했다. 이대로 점점 속도를 높이면 그들은 따라잡을 수가 없다.

사람들은 점점 떨어져 나갔다. 마침내 지붕 위에도 꽁무니에도 달라붙은 사람이 없다는 것을 확인한 재건은 속도를 내기 시작했다. 입구를 막고 있는 차단기는 그대로 날려버렸다.

엉망이다. 손에서 피가 흘렀다. 잃은 것도 많은 만남이었다. 저자가 그렇게 성급할 줄은. 마곤에게서 안부 문자가 도착해 있었다. 이제 어떡한다? 아직 계획이 없었다. 어차피 재건은 계획 따위는 세우지 않았다.

재건은 생각을 정리하기 위해 차를 세웠다. 손을 펴보았다. 유릿조각이 박혀 있는 줄도 모르고 있었다. 크게 베이지는 않았으나 피가 손목을 타고 셔츠까지 적시고 있다. 손톱 끝으로 유릿조각을 잡아 빼니 핏방울이 또 맺혔다. 아아, 이거부터 처리해야겠군. 이 상태로는 어디 돌아다니지도 못할 테니.

그때 전화가 울렸다. 선예다. 통화 상태로 바꾸고 스피커폰 버튼을 눌렀다.

"탐정님! 탐정님! 뉴스 봤어요?"

"뉴스? 또 뭔 뉴스? 지금 일어난 거야? 난 지금 최신 정보를 손에 넣었는데 어디까지 따라온 거야?"

"뭔 소리예요? 지금 생방송으로 나오고 있는 거 못 봤죠? 그것보다 최신이에요?"

"물론! 황오규는 국내 주력 언론과 방송사를 장악했고 이제 대한민국은 황오규 한 명의 손아귀에 떨어졌다는 사실보다 최신일까?"

"에엑? 어떻게 그런 게 가능해요? 그런데 그런 만물박사님도 지금 생중계되는 건 모르지 않을까요?"

"뭔데 그래?"

"오빠예요! 오빠가 TV에 나왔어요! 황오규에게 논문을 뺏긴 사람이 오빠랬어요! 세상에 어떻게 이런 일이 있을 수 있죠?"

"그러게 말이다."

재건은 멍하니 대답했다. 손바닥에 맺혀 있던 핏방울 하나가 떨어졌다. 그래, 그랬단 말이지. 재건은 마곤에게 답장을 보냈다. 탈출했으니 선예네 카페에 가 있으라고. 생방송이라고? 재건이 관심 있는 사실은 그것 하나뿐이었다. 재건은 핸들을 잡았다.

마곤은 능력을 써서 사람들 사이를 빠져나왔다. 재건을 두고 온 것이 마음에 걸렸지만 마곤이 알기로 재건은 가능성 없는 도박에 걸 사람은 아니다. 분명히 계략이 있을 것이다. 일단 탐정 지시이니 사무실에 돌아가 있도록 하자. 의리상 문자는 남겨놓기로 했다. 빠져나오면 연락 달라고. 답장이 늦어진다면 걱정은 그때 해도 좋을 것이다.

용산까지는 버스를 한 번 갈아타면 갈 수 있다. 퇴근 시간이라 그런지 버스 안은 답답할 정도로 사람이 가득차 있었다. 운 좋게도 내리는 사람이 있어 바로 앉을 수 있었다. 피곤한 하루였다. 양천구에서 파주, 파주에서 일산까지. 상사는 여전히 현장에서 고생하고 있지만 그건 그 양반이 자초한 일이니.

아직 황오규의 연구소에서 일어난 일은 아무도 모르는 것 같았다. 다만, 기자회견을 겸한 생방송 담화문 발표가 예정돼 있었으나 사정으로 취소됐다는 보도뿐이었다.

하지만 그게 문제가 아니었다. 또 다른 속보가 포탈에 던져졌다. 그것은 황오규의 논문 도용 피해자가 직접 방송에 출연해 증언하겠다는 뉴스였다.

시각은 바로 지금. 마곤은 이어폰을 꽂을 새도 없이 DMB를 켰다. 속보에 따르면 방송국은 KBS1이었다.

"어떻게 해서 폭로할 생각을 하신 거예요?"

이미 방송은 시작돼 있었다.

"저는, 이제 새로운 분야에서 연구를 하고 있고, 전부 지난 일이라 그 사람이 유명하든 무슨 연구를 하든 큰 상관이 없어요. 하지만 한국에 돌아와서 전 완전히 다른 사람이 되었어요. 어떤 책을 접하고 나서부터인데요."

"그게 이 책인가요? 『자기 지배와 해방의 윤리학』."

재건이 보고 있던 꼭두각시의 책이다. 놀랄 부분은 그 점이 아니었다.

마곤은 놀라서 볼륨을 높일 수밖에 없었다. 뒤에서 구시렁대는 소리가 들렸지만 신경쓸 겨를이 없었다. 아나운서 오른편에 비스듬히 마주보고 앉아 있는 사람의 얼굴은 그가 틀림

없었다. 사진으로밖에 본 적 없는 얼굴이지만 다른 사람일 리가 없었다. 특히나 유전이라고밖에는 생각되지 않는 넓고 성긴 눈썹을 보면.

민선욱이 틀림없었다.

왼편 위쪽에는 "황오규 박사 논문 도용 피해 주장"이라는 타이틀이 떠 있었다.

"네, 여유가 있을 때 한번 읽어본 책인데요. 그때도 이미 베스트셀러였거든요. 요즘 한국인들은 어떤 생각을 하나, 하고 가볍게 읽어본 거였어요. 그런데 가볍게 읽을 책이 아니었죠."

"그 책을 통해 그분을 알게 됐고."

"네, 전 그분을 찾아가 배움을 청했죠. 새로운 경험이었습니다. 책을 통해 파악할 수 있는 것 이상으로 학식이 높고 생각이 깊은 분이었죠. 대중은 어떻게 받아들이는지 모르겠지만, 자연과학 특히 생물학 분야에서 상당한 학식을 갖고 계시더라고요. 아무튼 제가 배운 것은 진정으로 내 마음이 감동받는 법이었어요. 우리 공부의 최종 목적은 그거죠. 자신이 행복해지는 법. 이제까지 교양서를 빙자한 자기 계발서나 힐링 도서라든가 명사의 잠언집 같은 책 있잖아요. 그런 책은 두 가지 타입으로 나눌 수 있어요. 외부적 요인을 적극적으로 활용할 것인가, 그러니까 처세술이죠. 상사에게 잘 비벼라, 죽

자사자 공부해라 뭐 이런 거요. 또 하나는 어떻게 자기만의 삶을 살 것인가. 요약하자면 이 두 가지 답이 전부예요."

"그런데 그분은……."

"전혀 다른 답을 제시하셨죠. 답은 각자가 정하는 것이다. 이런 것도 아니에요. 실제 세계에 눈을 뜨면서 동시에 나만의 답을 찾도록 유도하는, 그런 거죠. 이런 문장이 있어요. '세계에 대한 관조로부터 탐구가 시작되지 않으면 나의 내면은 입구를 잘못 찾은 미로에 빠진 것처럼 길을 잃게 된다'."

"결국, 내면의 행복과 현실 인식을 동시에 추구한다는 말인가요?"

"요약해서 말하자면 그렇죠. 현실의 중핵을 꿰뚫지 않으면 트라우마는 치유할 수 없어요. 또 현실에다가 새로운 이름을 덧씌우지 않으면 상처로부터 벗어날 수 없고요. 가장 현실적이고도 가장 주관적인 철학이 우리의 철학입니다. 제가 이렇게 과거의 일을 공개하는 이유는 순전히 개인적인 문제 때문이거든요. 제 치유 과정 중 하나라고 할 수 있지요."

"황오규 박사와는 어떤 관계셨나요?"

"제가 대학원 과정일 때 지도 교수였습니다."

"황 박사가 뉴욕 대학교로 가기 전이군요. 그 시기에 도용을 당했다는 말인가요?"

"그렇죠. 원래 그건 제가 쓰고 있던 논문이었습니다. 그때 발표한 논문으로 그 사람은 국제적 명성을 얻게 됐어요.”

“인공적인 다중 시냅스를 프로그래밍하는 데 획기적이었던 연구 말이죠? 가장 중요한 얘긴데, 지금 주장하시는 논문 도용을 입증할 무언가가 있나요?”

“아, 이건 명확히 해야 할 것 같습니다. 기사에는 논문 도용이라고 떴지만 정확히 말하자면 아이디어 도용이라고 할 수 있어요. 논문을 통째로 베낀 게 아니라 핵심 아이디어와 실험 결과를 뺏어간 거죠. 지도 교수의 지위를 이용해서요.”

“종종 사회 문제가 되었던 부분이네요.”

“흔하다면 흔한 일인데, 권력 관계를 이용한 착취죠. 제일 나쁜 겁니다. 다른 쪽으로 얘기하자면 기업이란 이유로 노동자에게 저임금에 폭언에 부당 해고를 하는 거랑 같죠. 증거요? 재판을 통해서 드러날 일이지만 실험 데이터의 소스를 제가 가지고 있고요, 당시 황 박사가 부당한 대우를 했다는 것을 증언해줄 사람도 있습니다.”

“왜 당시에는 이걸 폭로할 생각을 하지 않았습니까?”

“부끄러운 일이지만 타협을 했습니다. 전 그때 무척 가난했어요. 박사가 말하더군요. 넌 공부해야 할 것도 많고 돈도 없다. 그런데 소송에 시간이며 돈이며 소모할 여력이 있느냐. 이 건은 묻어버리고 외국에 나가서 공부를 더 하는 게 어떻겠냐. 유학 비용을 내가 제공해줄 수 있다. 힘이 없었던 저는 유학 생활에 자존심을 팔 수밖에 없었어요."

고해성사하듯 조곤조곤 읊어대는 그의 말에 비밀 하나가 드러났다. 마곤과 재건은 이미 생각한 적이 있다. 황오규가 지금 처한 곤경은 사실 꼭두각시가 의도한 것이 아닐까 하고. 지금까지는 가능성일 뿐이었지만 논문 도용의 피해자가 민선욱이었다면 얘기가 달라진다.

처음부터 철저히 기획된 사건이다. 어쩌면 재건이 생각한 것 이상으로.

대담이 끝나갈 무렵 재건에게 문자가 왔다. 자신은 무사히 빠져나왔으니 선예의 카페에 가 있으라는 내용이었다. 마곤은 급히 버스 노선을 확인했다. 선예의 카페는 연남동에 있었다. 환승하면 금방 갈 수 있는 거리다. 진로를 정하고 나서 선예에게 전화를 걸었다.

"응! 카페로 와! 내가 한국에서 맛볼 수 있는 최고의 커피를 대접해줄게."

커피 마시러 가는 건 아닌데. 커피를 썩 좋아하는 것도 아니고. 마곤은 알았다고 대답했다.

재건은 무작정 여의도로 오긴 했지만 어디로 가야 할지 알 수 없었다. 자주 와본 적 없는 곳이었다. KBS 본관 주변에서 차 댈 만한 곳을 찾아 빙빙 돌다가 길가에 있는 공원 주차장을 발견하고는 주차를 했다.

"사고라도 났수? 아이고, 차가 아주 엉망이네."

주차 관리인이 다가와서는 폐차장에 보내버려도 될 법한 몰골의 차를 보며 말했다. 재건이 차에서 내리자 더욱 놀란 표정이다.

"뭐, 비슷한 거죠. 여기 근처에 샤워장과 약국과 옷가게와 미장원을 겸한 곳은 없나요? 아, 없겠군요. 그럼 이만."

재건은 방송국으로 달려가려 했다.

"잠깐, 잠깐."

관리인은 재건의 팔을 붙잡았다. 얼굴이 까무잡잡한 남자였다. 오랫동안 이 자리에서 일했다는 것을 알 수 있었다,

"다시 돌아오는 거 맞지? 아니, 차가 저 모양이니 혹시나 해서."

저 고물차를 버리고 도망가는 게 아닌가 걱정한 것이다. 재건은 웃으며 말했다.

"잠깐 방송국에 갔다 오는 거예요. 걱정 마세요. 그럼."

"아아, 잠깐, 자꾸 잡아서 미안한데."

남자는 다시 재건을 붙잡았다.

"또 왜요?"

"방송국엔 뭐하러 가려고 그러슈?"

"어, 견학이랄까? 왜요? 방송국에 뭔 일이라도?"

"거기 뭐 알고 가는 거 아니우? 아니, 그게, 사장님 몰골이 거시기해 보여서……."

"저도 그게 불만이긴 한데, 좀 급해서요. 이런 꼴로는 못 들어가나요?"

재건은 팔을 들어 찢기고 더러워진 양복을 이리저리 내려다보며 말했다.

"아니, 그게 아니라. 지금 방송국에 난리가 났거든."

"난리? 무슨 난리요?"

"취재 나갔던 차 하나가 돌아오더니 갑자기 방송국 안으로 달려드는 거야. 그러더니 안에서 으악, 하는 소리라든가 뭐가 깨지는 소리도 나는 거 있지. 싸움이라도 났나 들여다보는데 안에서 한 무리가 뛰어나와 방송국 주차장에 주차해둔 차를 타고 도망가는 것마냥 허겁지겁 가버리더라고."

재건은 그 얘기를 가만히 듣다가 말했다.

"그 차종이 뭐였죠?"

"코란도였나? 회색 차였수."

"회색 코란도. 알겠습니다."

재건은 차 쪽으로 발길을 돌렸다.

"아니, 방송국엔 안 가슈? 무슨 볼일이었던 거유?"

"아마 그 도망간 사람들이 내가 찾는 사람들이었을 거예요. 고마워요, 땡큐. 이건 주차비고 남는 건 팁."

재건은 오천 원짜리 지폐를 건네고 차에 올랐다.

"헤헤. 고맙수다."

"그 차가 어느 방향으로 갔는지 아시나요?"

"서울교 쪽으로 간 것 같은데."

"옙, 고맙습니다."

재건은 차를 출발시켰다. 이렇게 엇갈리다니. 시간이 아슬아슬하다고 생각은 했지만. 이제 어디서 놈을 찾지? 이대로 뒀다가는 민선욱과 접촉하기가 점점 더 어려워질 것이 분명하다. 언론의 관심도 받을 테고 이런저런 이유로 경계도 강화할 것이며 경찰이나 변호사와도 늘 붙어 지낼 테니 말이다.

하지만 행운은 재건을 저버리지 않은 듯했다. 서울교를 건너는 도중 가드레일에 한쪽 헤드라이트를 박고 있는 코란도를 발견했다. 재건은 그 앞에 차를 대었다. 코란도 안에는 운전석과 조수석의 남자 둘이 머리를 박고 기절해 있었다. 맥을 짚어보니 둘 다 살아 있었다. 사이드브레이크가 올라가 있는 것을 보니 상황이 대략 그려졌다. 난간으로 달려가 다리 아래쪽을 내려다보았다. 허우적대는 사람도 없다는 것을 확인하고는 시야를 넓혀 주변을 돌아보았다. 눈에 들어오는 사람은 없었다.

둘 중 하나다. 황오규의 조종을 받는 꼭두각시들이 방송국에 침입해서 민선욱을 납치하다 저항하는 과정에서 사고가 났든가, 아니면 민선욱과 친구들이 도망가고 있었는데 그 안에 황오규의 꼭두각시가 숨어 있다가 사고를 일으켰든가.

재건은 다시 차에 올랐다. 어쨌든 간에, 차에서 싸움이 일어났고, 사고가 났으며, 민선욱은 어딘가로 도망쳤다. 강에 빠진 게 아니라면 멀리 가지는 못했을 터다. 민선욱은 적어도 한 명 이상의 적과 싸웠을 것이다. 그는 뒷자리에 앉아 있었을 것이고, 둘이 손잡고 어딘가로 떠났을 리는 없을 테니, 남은 가능성은 황오규 측이 쫓아가고 민선욱이 도망가느라 이 자리에서 벗어났을 경우. 그게 아니라면 둘이 사이좋게 강에 떨어졌다거나.

사람이 다급하게 도주할 때에는 무작정 앞으로 달려가기 마련이다. 오던 길을 되돌아갔을 리는 없다. 남향의 당산 방향을 내려다보았다. 도망가거나 쫓아가는 사람은 보이지 않았다. 시간이 얼마나 지난 걸까. 다시 차에서 내려 코란도로 돌아가 정신을 잃은 사람들을 툭툭 건드렸다. 역시 의식이 없었다. 일단 신고부터 하자. 사진을 찍어 119에 메시지를 보냈다. 먼저 신고한 사람은 없겠지. 지나가는 길에는 갓길에 차를 대놓고 한숨 눈을 붙이는 것 정도로 보일 테니까.

전송 버튼을 누르자마자 사이렌 소리가 들렸다. 엥? 119가 이렇게 빨랐던가? 멀리서 구급차가 맹렬한 기세로 달려오고 있었다.

누가 신고를 하고 자리를 떠났다고 보는 게 옳겠다. 누구인지는 중요한 일이 아니다. 지나가던 사람이 신고하고 엮이기 싫어서 자리를 떴겠지. 그렇다면 이 사고의 하한선을 그려볼 수 있겠다. 긴급 출동의 소요 시간은 평균 오 분 정도. 여의도 소방서가 섬의 반대편에 있으니 그보다는 약간 적게 걸릴 것이다. 약 오 분 전에 누군가가 신고를 하고 자리를 떴다. 그런데 근처에서 두 사람이 추격전을 벌이고 있다면 119보다는 112를 눌렀겠지. 지금 오는 것은 구급차. 즉, 이 차가 비워진 지 적어도 오 분은 지났다는 말이다.

그렇다면 어디로 내뺐는지 찾는 것은 불가능하다. 이미 쫓을 수 없는 거리 너머로 사라져버렸을 것이다. 이 자리에서 기다리며 돌아오길 기다리는 편이 나을 것이다.

그런데 아까부터 신음이 이따금 들려왔던 것 같기도 하다. 차 안의 부상자가 낸 게 아닌가 했지만 두 사람은 의식을 잃은 상태다.

"도와줘요!"

숨이 넘어갈 것 같은 소리다. 사이렌 소리가 들리니 구조를 요청하는 것이리라. 그렇다면 어디에서?

설마.

재건은 난간으로 가 고개를 내밀었다. 다리 아래쪽이 보이도록 상체를 최대한 내밀어보았다. 재건은 핫, 하고 웃음을 터뜨렸다.

구급차가 도착했다. 재건은 그쪽으로 달려갔다.

"왜 이리 늦었어요? 이 사람들 죽는 게 아닌가 했네. 앗! 아니군. 시간을 느끼는 상대적 감각의 변화 때문에 요 몇 분이 한 시간처럼 느껴졌던 것뿐이군요. 잘 오셨습니다. 여러분은 영웅이에요."

재건은 신속하게 부상자를 구조하는 구급대원들 곁을 알짱대며 말했다.

"신고자 본인 되십니까?"

"네, 아뇨, 네니요. 신고하긴 했지만 누가 먼저 신고하고 가버린 모양이에요."

구급대원은 잠시 난감한 듯한 표정을 짓더니 물었다.

"이름과 전화번호를 알 수 있을까요? 신고자 인적사항을 기록해야 돼서."

"물론이죠. 그런데 한 번 더 와줘야겠는데요. 강에 빠진 사람이 있을 수도 있거든요."

구급차는 두 대였다. 한 대가 수송할 수 있는 환자는 한 명뿐이다. 이는 신고한 사람이 환자의 수를 정확히 파악했다는 것을 의미한다.

재건은 사인을 해주고 보채듯이 구급차를 돌려보냈다.

“좋았어. 일이 잘 풀리는군.”

재건은 깡충깡충 뛰며 다시 난간으로 다가갔다.

“어이! 거기. 아직 살아 있죠?”

재건은 상체를 죽 내밀고 물었다.

“구, 구급차는!”

“갔죠.”

다리의 철골에 매달려 있는 사람은 당장이라도 손을 놓을 것 같은 파리한 얼굴이었다.

“내가 손목을 잡을 테니 신호하면 손을 놔도 좋아요. 몸무게가 어떻게 되죠?”

“구, 구십…….”

“보기보다 많이 나가네요. 그럼 잠시만. 심호흡 좀 하고. 나 역시 다친 몸이라 손을 놓칠 수도 있거든요. 아아, 걱정은 마시고. 힘은 센 편이니까.”

재건은 난간을 넘어 왼손으로 단단히 붙잡고 다리로 지탱한 뒤 오른손을 아래로 뻗었다. 남자는 손가락 끝으로 간신히 매달려 있었다. 손톱에는 피멍이 들어 있었다. 조금만 더 늦었다면 손의 힘이 풀려버렸을 것이다.

재건은 남자의 손목을 움켜쥐었다.

“자. 셋, 하면 손을 놓는 거예요. 그리고 잠시 쉬었다가 양손으로 내 팔을 최대한 움켜잡아요. 절대로 발버둥치거나 움직이지 말아요. 그냥 꼭 잡고 있는 거야. 알았죠? 자아, 하나, 둘, 셋!"

남자는 손을 놓았다. 아무리 재건이라도 구십 킬로그램에 달하는 남자를 한 손으로 끌어올리는 것은 무리였다. 남자는 곧바로 재건의 팔을 맞잡았다. 재건은 천천히 남자를 끌어올렸다. 진땀 빼는 일이었다. 다리를 버팀목 삼아 최대한 끌어올린 다음 남자가 발 디딜 곳을 마련해줬다. 발을 딛자 남자는 난간을 잡고 설 수 있었다. 하지만 힘이 빠져 있어서 움직이는 것은 위험했다. 재건은 잠시 기다리라고 한 뒤 먼저 난간을 타넘고 안쪽에서 끌어안아 남자를 무사히 도로 위로 구출할 수 있었다.

"하아, 힘들었다."

"고맙습니다……. 조금만 늦었다면……."

재건은 잠시 하늘을 느끼다가 벌떡 일어났다.

"이러고 있을 때가 아닙니다. 곧 구조대가 또 올 거예요. 누가 또 물에 빠졌죠?"

재건의 질문에 선욱은 무언가를 들킨 것 같은 얼굴로 고개를 끄덕였다.

"좋아요. 그럼 그 사람은 구조대에게 맡기고 우린 먼저 빠져나가도록 하죠."

"어, 어디로요?"

재건은 남자의 손을 잡아끌고 자신의 프라이드로 다가갔다.

“제 차는요? 여기 있던 사람들은? 119에서 온 것 아닙니까? 왜 먼저 가버리고 댁이…….”

“자세한 얘기는 가면서 하죠. 할 이야기가 많을 것 같네요. 민선욱 씨, 동생분이 오랫동안 기다리고 있습니다. 물에 빠진 사람이 무사했으면 좋겠네요.”

민선욱은 놀라 팔을 빼려 했지만 재건을 당할 수가 없었다. 재건은 민선욱을 뒤쪽 시트에 던져놓고는 문을 닫았다. 민선욱은 어리둥절할 뿐이었다.

같이 다니던 일행이 갑자기 사이드브레이크를 당겨 차를 세우더니 자신을 공격했다. 몸싸움하다가 다리 밑으로 떨어뜨리긴 했지만 자신도 다리에 매달린 꼴이 되었다. 사이렌 소리가 들려 소리질러 도움을 요청했더니 구해준 사람은 느닷없이 깨진 유리가 바닥에 가득한 고물차에 쑤셔넣는다. 내 이름을 말하면서. 그리고 동생이라니? 민선욱은 혼란스러웠다.

10 재회

재회는 그리 감격스럽지 않았다. 선예는 전에 없이 수줍어했고 선욱은 많이 컸다는 말 한마디뿐이었다. 재건과 마곤은 멀찌감치 떨어져 앉아 두 사람을 지켜보았다. 재건은 밀크티를 홀짝였고 마곤은 선예가 추천해준 아메리카노에 코를 박고 킁킁대고 있었다. 언제나 느린 템포의 어쿠스틱 보컬 곡이나 트립합 따위가 은은히 흘러나오는 카페 드 비뉴의 공기는 정체된 것처럼 고요하다. 재건으로서는 적응하기 힘든 분위기의 가게지만 지금은 두 사람을 지켜보는 것이 먼저다. 사건 종결 도장은 의뢰인만이 찍어줄 수 있다. 그때까지는 끝나도 끝난 게 아니다. 물론 지금은 끝조차 아니었다. 바깥에는 위험한 두 광인이 날뛰고 있다. 재건이 견딜 수 없는 것은 여전히 모르는 것투성이라는 사실뿐이었다. 다행인 것은 이 카페의 밀크티가 끝내주게 맛있다는 점이었다.

"대체 이건 왜 마시는 거예요? 그냥 한약 맛인데. 차라리 한약을 먹겠다. 그건 몸에라도 좋지."

마곤은 처음 맛보는 원두커피에 적응하지 못하는 모양이다.

"그러게 말이야. 그런 게 아닐까? 죽지 않을 정도의 체력만 유지해가며 고행을 하는 브라만교의 승려처럼 말이야. 쓴맛을 맛보면서 정신을 단련하는 거지. 으윽, 이건 쓰지만 쓰지 않다. 쓰지만 맛있다. 이것을 극복하면 내 미뢰는 어떤 음식이라도 먹을 수 있다!"

"실례네요, 손님. 이 커피는 우리 가게의 자랑이라고요."

널찍한 앞치마가 테이블 앞에 나타났다. 앉은뱅이 소파에 앉은 두 사람은 고개를 젖히고 올려다봐야 했다.

"이익, 크다."

재건은 무심결에 입을 열었다.

"흐응, 말한 대로네. 머릿속에 있는 걸 그대로 내뱉는 버릇이 있군요."

여자는 말했다.

"선예가 그러던가요? 걱정 마세요. 실례가 될 말은 대놓고 하지 않으니까요."

"이미 충분히 실례가 됐거든요?"

여자는 팔짱을 끼고는 말했다.

"하하핫!"

재건은 돌연 어색하게 웃음소리를 내고는 정색하고 입을 다물었다.

"음, 죄송합니다. 기다리기가 조금, 지루해서요. 뭔가 즐거운 일이 생기지 않을까 했죠. 하지만 키가 크다는 건 칭찬입니다. 의자가 낮아서 그렇지 키는 제가 더 클걸요?"

재건은 자리에서 일어났다. 종업원의 키는 재건의 코밑에 미쳤다.

"봐요. 맞죠, 맞죠? 저도 키가 남자치고 큰 편이라 여기저기서 많이 시달리거든요. 그럼 동병상련의 의미로 악수나 한 번."

재건은 손을 내밀었지만 두리는 고개를 홱 돌렸다.

"됐네요."

그러면서 카운터로 걸어가버린다.

"이름이 어떻게 돼요?"

재건은 카운터까지 쫓아가서는 말을 걸었다.

"이름은 왜요?"

"생각해보세요. 전 잠시 후에 전화번호를 물을 텐데 번호를 저장하려면 이름을 먼저 알아야 돼요."

"저언혀 이유가 안 되네요."

"흠, 그런가? 그럼 이렇게 하죠. 전 김재건입니다. 탐정이죠. 이렇게 만난 것도 인연인데 시간 되시면 같이 차라도 한잔 안 하실래요? 오, 마침 여기 근사한 찻집이 있군요. 원두향이 죽이는데요. 콜롬비아산인가요?"

두리는 풋, 하고 웃으며 말했다.

"어머, 콜롬비아산인 건 어떻게 아셨어요? 커피 안 좋아하지 않으세요?"

"탐정이잖아요. 기호랑은 상관없죠. 탐정은 세상을 이루는 모든 부속물을 알아야 할 필요가 있어요. 이를테면 두리 씨라든가."

재건이 이름을 말하자 현두리는 놀라서 반응했다.

"뭐야, 이름 알고 있었어요? 선예한테 들은 거예요?"

"아뇨, 탐정이라고 했잖아요. 예리한 관찰력과 직관으로 추리를 한 거죠."

"아무리 그래도 어떻게 사람 이름까지 맞힐 수 있어요?"

"충분히 가능하죠. 선예가 부주의하게 카톡 대화 상대 이름을 흘릴 때 주변 인물 관계에 대한 정보를 습득할 수 있었어요. 두리 언니라는 이름이 있더라고요. 여기서 선예가 그쪽한테 언니라고 부르는 것을 들었고요. 그래서 선예의 페이스북에 들어가서 관련된 이름이 있나 찾아보았죠. 그랬더니 그쪽 사진이, 으억!"

재건은 주먹으로 코를 얻어맞았다.

"그건 스토킹이잖아요."

재건은 코를 문지르며 자리로 돌아왔다.

"상대 IO와의 접촉은 실패했다."

"바보 같아요."

마곤은 탐정을 한심한 듯 쳐다보았다.

"저쪽은? 이야기는 하고 있어?"

"뭐라는지 안 들려요. 그래도 아까처럼 물컵만 보고 있진 않네요."

선예의 얼굴은 한결 밝아져 있었다. 아직 평소의 활달함은 보이지 않지만 그래도 기쁜 듯한 얼굴이었다. 이걸로 됐겠지. 의뢰인의 의뢰는 여기까지다. 앞으로 민선욱이 어떤 선택을 할지는 그의 의지와 선예의 노력에 달렸다.

보람, 같은 걸까.

기분이 좋다. 때로는 의뢰인의 기쁨이 수수께끼 풀이보다 더 큰 위안을 주기도 한다.

내심 선욱이 선예를 보지 않겠다고 하면 어쩌나 하는 걱정도 했었다. 그동안 일부러 연락도 끊고 있었으니까. 그래도 혈육은 혈육이다. 두 사람은 삼십 분 정도 더 이야기를 나누다가 일어났다.

선예는 재건에게 다가와 말했다.

"이야기는 잘됐어요. 고마워요, 탐정님. 오빠를 이렇게 찾아줘서."

"인사는 됐어. 의뢰비는 처음에 말한 대로 소득과 경중을 따져서 청구할 거니까 그대로 보내주면 되고. 오빠와 볼일은 끝났지? 이제 내가 잠시 빌려도 될까?"

"얼마든지요."

재건은 빈자리를 가리켰다. 선욱은 슥 보더니 일어나 다가와서는 재건이 가리킨 자리에 앉았다.

"저 그럼 일하러 갈게요."

선예는 카운터로 돌아갔다. 재건은 선예가 깡충깡충 뛰어가는 것을 잠시 바라보다가 선욱에게 시선을 돌렸다.

열두 살 차이라고 했던가? 그렇다면 나이는 재건보다 약간 많을 것이다. 이렇게 마주봤을 때의 인상은 썩 좋아 보이지 않았다. 건강해 보이지 않는달까. 눈썹은 선예를 닮았지만 그 외의 부분에서는 유전적 공통점을 찾을 수 없었다. 머리는 듬성듬성했고, 눈은 며칠은 밤을 지새운 양 퀭해 보였다. 뚫어지게 노려보는 표정 이외의 다른 얼굴은 가지고 있는 것 같은 무표정한 얼굴이 호감형은 아니었다. 그래도 선예에게는 하나밖에 없는 오빠였나 보다. 십 년이 지나도 달라지지 않는 것이 있다. 가족이란 그런 것이다. 아무리 오래 떨어져 있더라도 서로를 이루고 있던 부분, 서로 공유하고 있던 부분은 달라지지 않는다.

하지만 세월이 드러내주는 것도 분명히 존재한다. 이를테면 언덕 모양으로 다문 입은 과묵함을 드러낸다. 조금 인상을 쓴 채 이곳저곳을 훑어보는 눈은 경계심이 많다는 사실을 가르쳐준다. 상대와의 거리를 최대한 벌리려는 듯 바싹 당긴 어깨도 마찬가지다. 수동 면도기를 쓰고 면도 패턴이 일정치 않은 것을 봐서는 불규칙한 생활을 하고 있다.

"저한테 물을 게 많다고요."

선욱이 입을 열었다.

"네, 우선 선예한테 전해 들은 것과 방송을 통해 들은 것이 조금 다른데 그것에 관해 이야기해봅시다."

"그 얘기 하려고 절 잡아두는 겁니까?"

"음, 성격 급하시네. 급하기로는 저도 누구에게 안 지지요. 바로 본론으로 들어갈게요. 방송에서 한 말은 사실인가요? 그러니까, 황오규 제자였다가 실험 데이터 도용으로 피해를 봤고, 대신 유학을 떠났다가 되돌아와서 그, 선생님이란 자를 만나서 뭔가를 쿵짝쿵짝하고 있었다."

선욱은 지긋이 재건을 내려다보다가 말했다.

"사실입니다. 그건 왜 물으시죠?"

"정말요?"

"……정말입니다."

"그럼 말입니다……."

재건은 다리를 꼬고 등받이에 푹 파묻혀서는 말했다.

"지금 계신 단체에서 말입니다. 거참 부르기가 어렵군요. 적어도 명칭 정도는 하나 만들어주면 좋을 텐데요. 여하튼 거기에서 선욱 씨를 지원해주는 까닭은 뭐죠?"

"나를, 지원해요?"

"네, 지금 그런 모양 아닙니까. 황오규에게 원한을 가진 사람은 민선욱 씨 한 명입니다. 그런데 어제도 그저께도 그렇고, 오늘도 그렇고, 그쪽에서 사람을 동원해서 황오규가 하는 일을 방해했죠. 어째서 그런 거죠?"

"무슨 말입니까?"

민선욱은 자못 경계하는 눈초리를 하고 말했다.

"무슨 억측을 하고 있는지 모르겠군요. 엑스포에 간 건 깜짝 축전을 보여주기 위해서였습니다. 방해하다니요. 오히려 선생님이 범인을 잡는 데 혁혁한 공을 세우지 않으셨잖습니까. 논문 일을 터뜨린 것은 제가 개인적으로 준비하던 일이었습니다. 이런저런 경로로 이미 알려져 있던 일이기도 하고요. 수련원 내에서 뜻을 같이하는 몇 명이 저를 도와줬을 뿐이죠."

선욱의 대답은 꼭두각시의 공식 입장이라고 봐도 좋을 것이다. 재건은 이자에게서 핵심적인 뭔가를 캐내기는 어렵겠다고 생각했다.

"아무 관계도 없다?"

"네, 오히려 제가 묻고 싶은데 왜 우리 선생님을 못살게 구는 겁니까? 지난번에 불법 침입을 했다고 들었습니다. 선예한테는 미처 묻지 못했지만."

"그건 선욱 씨를 찾기 위해서였고요, 그때 우린 충분히 수상한 점을 발견했습니다. 코엑스 사건에 관련된 것도요. 하나 말씀드릴까요? 황오규를 만나봤는데 어제오늘 자신에게 닥친 모든 일이 그, 선생님이란 분의 계략이라고 주장하더군요."

"하, 말도 안 되는 소리. 그 얘길 믿는 겁니까?"

"믿고 안 믿고 할 처지가 아니죠. 저한테 필요한 건 진실이니까요."

"그렇다면 좀더 상식적인 말을 믿으면 좋겠네요. 우리가 혐의들을 날조해서 황오규에게 뒤집어씌웠다? 어떻게 그런 일이 가능할지 궁금하군요."

"불가능한 것은 아니죠."

재건은 의미심장한 미소를 지으며 말했다.

"그 의혹들이 전부 진실이라면요. 황오규의 비밀을 알고 있는 누군가가 그를 몰락시키기 위해 모든 것을 계획적으로 폭로하려고 계획했다면. 충분히 가능한 일이잖아요?"

"그게…… 우리란 말씀입니까?"

"모든 사건과 연관돼 있기 때문에 얼굴을 드러내지 못하는 누군가라면."

"이봐요!"

선욱은 처음으로 목소리를 높였다. 그러고는 자기 목소리에 놀란 듯 두리번거리더니 한층 볼륨을 낮추고 말했다.

"지금 선생님을 모함하는 겁니까?"

"모함이 아니라 가능성을 생각해보자는 겁니다. 그럴 수도 있고, 아닐 수도 있죠. 아직 확실한 게 아니잖아요. 선욱 씨는 선생님의 얼굴을 알고 있나요?"

"……아뇨. 모릅니다."

"주변에 원래 얼굴을 안다거나 봤다고 말하는 사람은?"

"없습니다."

"전혀?"

"네."

재건은 흐읍, 하고 소리를 냈다.

"선욱 씨는 조직 내에서 위치가 어떻게 되죠? 직함이라든가 지위라든가. 간사님이라고 불리던 것 같은데."

"우리는 직함을 만들지 않습니다. 리더가 필요하면 그중에서 적절한 사람을 쓰고요, 프로젝트를 진행하려고 하면 그 안에서 사람을 모아서 별도의 팀을 구성합니다. 제 경우처럼요.

간사는 직함이 아니죠. 그중에 황오규의 첩자가 있는 줄은 몰랐지만…….”

자신을 습격했던 동료를 말하는 것이었다.

“물에 빠진 사람 말이죠. 봐요, 황오규는 어떻게든 그쪽이랑 엮여 있다니까요.”

능력자의 존재는 가능한 한 드러내지 않는 것이 좋다. 황오규의 첩자가 무리에 있었다, 정도면 충분히 설득력 있는 진상이다.

“그러니까, 왜 우리 쪽에 첩자를 심어두는 건데요? 정말로 수상한 것은 황오규 쪽입니다. 이희만 씨는 일 년 동안 알아온 우리 형제였습니다. 그런데 황오규의 첩자였다고요? 뭔가 이상합니다.”

선욱에게 이상한 의문점 하나를 심어준 꼴이 됐지만 어쩔 수 없다. 물에 빠졌던 이희만이라는 사람은 다행히 살아 있는 채로 발견됐다고 한다. 워낙 어수선한 뉴스가 많아서 그 소식은 단신으로 처리됐다. 덧붙이자면 승합차에서 정신을 잃었던 두 사람 역시 무사히 깨어났다고 한다.

“알겠습니다. 뭐, 섣불리 의심한 것은 이해해주십시오. 이런 일로 먹고살다 보니 습관처럼 된 거라. 하지만 제가 추구하는 건 진실입니다. 진실을 위해서는 어떤 가정이라도 할 수 있어요. 하나씩 가능성을 생각해보고 모순점이 발견되면 폐기하는 거죠. 그 과정이라고 생각해주시면 감사하겠습니다."

"예, 압니다. 학문하는 사람으로서, 그게 합리적이라는 것쯤은. 다만 뭔가를 말할 때는 증거부터 찾으시는 게 좋을 것 같네요."

재건은 민선욱의 연락처를 받을 수 있었다. 무뚝뚝해 보이는 오빠는 후일 만남을 기약하며 가게를 떠났다. 선예는 입구까지 나서서 손을 흔들었다. 기분이 좋아 보였다. 오빠와 자신이 나누던 신경질적인 대화를 들었다면 그렇게 좋진 않았을 것이다. 재건도 자리에서 일어났다.

"정말 고마워요. 저렇게 오빠를 데려와주시고. 목숨까지 구해주셨다면서요."

"별말씀을. 물에 불은 송장을 가져오는 의뢰가 아니었잖아."

"으이구, 말이라도 좀 예쁘게 해보라고요."

선예는 재건을 쥐어박는 척했다. 재건은 우악스러운 표정으로 받아준다.

"좋았어, 연락처도 주고받았으니 나머지 문제는 둘이 해결해봐. 미션 클리어지? 미회수 CG 같은 건 없는 거지?"

"네, 꼭두각시에 빠진 건 같이 잘 이야기해볼게요."

"그럼 이제 내 맘대로 수사한다? 네 오빠도 적이 될 수 있어. 아직 꼭두각시의 음모가 뭔지 안 밝혀졌으니까."

"물론이죠! 정의를 위한 마음을 잃어버리면 안 된다고요!"

선예는 씩씩하게 말했다.

"그래, 우린 가볼게."

"사무소로 돌아가는 거예요?"

"응. 정비하며 단서들을 정리해야지."

"저건 어쩌다 저렇게 된 거예요?"

선예는 카페 바깥에 주차돼 있는 재건의 차를 가리키며 말했다. 폐차를 골목길에 버려두었다는 표현이 어울릴 법한 꼴이었다.

"황오규네 꼭두각시들이 저렇게 해놨어. 수리비를 청구하면, 음, 소용없겠지?"

"어차피 작은 흠 정도야 신경 안 썼잖아요."

마곤이 말했다.

"그렇지. 차 타다 보면 작은 흠 정도야 날 수 있지."

"작은 흠이군요. 흐음."

선예는 고개를 끄덕였다.

"차는 그렇다 쳐도 그 꼴은 어떻게 하지 않으면 안 되겠는데요."

카운터에 있는 두리가 말했다. 재건은 나? 하는 입 모양과 함께 손가락으로 자신을 가리켰다.

"그럼 여기서 누굴 말하겠어요?"

재차 말하지만 재건의 꼴은 가관이었다. 머리는 감지 않아 너저분했고 어제부터 입고 있던 양복은 구깃구깃했으며 여기저기가 찢어진데다 손은 말라붙은 핏자국으로 끈적거렸고 셔츠 소맷자락이나 목깃에도 핏자국이 까맣게 남아 있었다.

"음. 아, 이런. 그러고 보니. 내가 어쩌다 이렇게 됐지? 이런 실례를. 조금만 기다리세요. 옷은 버리면 되니까. 근처에서 입을 만한 걸로 금방 사 올게요. 홍대 스타일로. 난 여기 사람들이 입는 바보 같은 옷이 좋더라."

재건은 뛰쳐나가려 했다.

"잠깐! 기다려요!"

두리가 외치자 재건은 급브레이크를 밟은 것처럼 멈춰 섰다. 뒤를 돌아보자 두리는 카운터 바깥으로 나와 재건의 소매를 잡아끌었다.

"옷이 문제예요? 손 좀 봐요. 피투성이잖아요."

두리는 재건의 손을 싱크대로 이끌고 가더니 물을 틀었다. 뜨거운 물에 재건은 흠칫 몸을 움츠렸다.

"피라도 씻어내고 있어요. 약 가져올게요."

재건은 멍하니 흐르는 물에 손을 대고 있었다. 안쪽에서 구급상자를 가지고 온 두리는 카운터 위에 그것을 탁, 하고 내려놓고는 멍청히 서 있는 재건의 손을 씻어주었다. 물을 잠그고는 수건으로 손을 닦아준다. 상처는 오른쪽 손바닥 두덩에서부터 손목까지 오 센티미터 정도 나 있었다. 피는 멎었으나 피부가 벌어져 있었다. 두리는 소독약을 바르고 연고를 얹은 뒤 반창고를 붙이고 붕대를 감았다.

"다친 데 또 없어요?"

두리는 물었다. 재건은 물끄러미 손바닥을 내려다보더니 말했다.

"없어요."

반창고는 우물 정 자 모양으로 정확하게 붙어 있었다. 재건은 거기에 어떠한 우주의 비밀이 숨겨져 있나 생각했다. 주먹을 쥐었다가 펴기가 조금 불편했다. 천천히 쥐었다, 폈다.

"이봐요!"

짝.

선예가 눈앞에서 손뼉을 쳤다.

"멍하니 뭐하는 거예요? 나가려면 얼른 나가요. 우린 딴짓을 너무 많이 했어요."

"어? 으응."

선예는 재건의 등을 떠밀었다. 재건은 어어, 하며 쫓겨나듯 떠밀려 나갔다. 재건은 가게 안을 돌아보았다. 두리가 싱긋 웃으며 손을 흔들었다. 선예는 어서 가버리라는 듯 허리춤에 손을 얹고 서 있다. 재건은 구레나룻 언저리를 긁었다.

재건은 다시금 쾌활하게 말했다.

"그럼, 가보겠습니다. 오늘도 무사히 보내시기를. 두 사람 다 안녕. 마곤아, 돌아가자."

마곤은 참담한 차의 상태를 보고는 한숨을 내쉬었다.

그야말로 바늘방석을 타고 온 기분으로 나진 상가의 사무소로 돌아와서 가장 먼저 한 일은 차 안의 유리를 치우는 것이었다. 금이 가고 깨진 유리는 마저 부숴서 떼어냈다. 그렇게 하니 휑하니 안이 들여다보이는 게 영 허전했다. 재건은 에어캡을 가져와 창문에 붙여보았다. 창밖과 사이드미러를 볼 수 없다는 문제와 우스꽝스러움을 넘어 안쓰러움까지 느껴지는 겉모습을 감안하면 그럭저럭 괜찮아 보였다.

"이 정도면 되겠지."

"단속에 걸리지 않을까요?"

"무슨 근거로?"

"풍기문란."

"이 차가 그렇게 기발하고 독창적으로 보이나?"

"그 말은 그렇게 긍정적인 뜻이 아니거든요?"

"뭐 어떠냐! 차란 모름지기 굴러가기만 하면 된단 말씀. 자, 난 이제 좀 씻어야겠어. 이틀 동안 바깥에서 뛰어다녔더니 온몸이 근질거려. 그래, 모처럼 목욕탕 안 갈래?"

"좋아요."

재건은 기운 넘치게 상가 계단을 뛰어 올라가 목욕 바구니를 가지고 왔다.

해가 지기 전의 목욕탕에는 사람이 그리 많지 않았다. 두 사람은 온탕에 나란히 몸을 담갔다. 이틀 만의 휴식이지만 일주일은 지난 것 같은 느낌이었다.

"오른손은 왜 안 담그는 거예요? 붕대를 떼야지 씻죠."

재건은 붕대를 감은 그대로 탕에 들어가 오른손은 물에 닿지 않도록 들고 있었다.

"방금 붙였는데 떼면 아깝잖아. 자고로 반창고는 스물네 시간 이상 붙여야 효과가 있댔어."

"덧나지 말라고 막아놓은 것뿐이잖아요……. 떼었다가 다시 붙여요."

"오오, 제자야. 반창고는 한번 떼어내면 다시는 원래의 순수하고 아름다운 접착력과 탄력을 되찾을 수 없단다."

"새걸로 붙이면 되잖아요."

"그럼 아무 의미도 없어. 원래의 빛은 사라질 거야. 오리지널리티가 없어진다고. 복제품은 진품의 자리를 대신할 수 없어."

마곤은 호오, 하며 입을 모으더니 말했다.

"그거로군요."

"그거라니?"

"그거요."

"무슨 소리야?"

"에에이, 알잖아요. 그거."

재건은 비스듬히 기대고 있던 몸을 벌떡 일으키며 말했다. 부피가 움직이자 탕의 물이 요동치고 넘쳐난다.

"이봐, 설마 이상한 상상을 하는 건 아니겠지?"

"이상하다뇨?"

"그러니까, 식상하고, 흔하고, 바보 같고, 통속적이고, 평범해빠진 그거에 대한 상상."

"음, 아마 맞을 거예요. 식상하고, 흔하고, 바보 같고, 통속적이고 평범해빠진 거요. 탐정님요."

"내가? 내가 왜? 우주 유일자, 미스터 하드보일드, 나 김재건이? 말도 안 되는 소릴."

"확실해요. 탐정님도 알고 있잖아요. 고집부리느라 모르는 척할 뿐이지."

"이봐, 이봐. 안일함은 탐정의 적이라고. 우리의 밥줄을 위협하는 가장 해로운 악덕이야. 좀 색다른 거 없어? 이를테면 이 반창고에 묻어 있는 글리세린과 희미한 머스크 향. 여기에서 치나깐이 미처 보지 못했던 분자식 속에 들어 있는 신의 메시지를 읽을 수 있다면, 으음."

"헛소리하지 마시고요. 솔직히 말해봐요. 그 누나한테 관심 있죠?"

"하핫핫! 바보 같은 소리 하지 마."

재건은 일어났다. 물이 함께 솟았다가 우르르 떨어진다. 얼굴로 물이 튀자 마곤은 찡그리며 손을 내저었다.

"날 뭘로 보는 건가? 내가 그렇게 나약한 사람으로 보여? 우리는 우리 일에 집중해야 된다고. 의뢰인은 의뢰인일 뿐! 이제 걜 볼 일은 없어."

"네?"

"응?"

소 뒷걸음질에 쥐 잡는다고 했던가. 마곤은 씨익 웃었다.

"선예 누나였군요."

"뭣?"

"아까부터 혼자 이상한 표정 하고 키득거리고 있는 게 두리 누나가 붙여준 붕대 때문인 줄 알고 떠본 건데."

"누굴 무슨 여자애한테 말도 못 붙이고 지우개나 빌리면서 지우개에 남아 있던 체온에 혼자 얼굴이나 붉히고 좋아하는 중학생으로 아나."

"잠깐, 예시가 너무 구체적인데요?"

"여자애가 페이스북에다 의미심장한 소리를 남겨놓으면 무슨 일이야? 하고 댓글 달려다가 우리가 그렇게 가까운 사이였나 자문해보고 괜히 답장이 없기라도 하면 홀로 남겨진 댓글이 무안해져 내버려두기도 그렇고 지워버리기도 뻘쭘한 상황에 빠질까 봐 말없이 '좋아요'만 누르고 혼자 이불 속에서 뒤척이는 청소년 정도의 감성을 아직도 갖고 있다고 생각하면 곤란해."

"그러니까 그렇게 자세히 예를 들 필요 없다니까! 무슨 고해성사냐고!"

재건은 탕 밖으로 나갔다.

"하드보일드 탐정에게 로맨스는 사치지. 그런 고민을 할 시간에 차라리 빠알리경이나 통독하고 있어."

"으이구, 맘대로 해요. 도와주려 해도 문제야. 그러니까 이제까지 연애 한번 못 해봤지."

"무슨 소리야? 내가 연애를 못 해봤다니 그런 실례되는 말을. 아, 여기서 실례는 나 때문에 눈물지은 수많은 레이디에 대한 거지."

"우우, 설득력 제로네요. 적어도 나랑 있는 동안에는 아무도 없었잖아요."

"그전 일은 어떻게 알지? 나에게도 한때는 부질없이 짝짓기에나 몰두하던 시절이 있었다고."

"하이고, 잘도."

마곤도 탕에서 나왔다. 사실 재건이 과거 이야기를 한 적은 거의 없었다. 마곤은 함께 지낸 오 년이란 시간 외의 재건을 전혀 알지 못했다. 탐정 일을 계속해왔다고는 들었지만 구체적으로 어떤 생활을 했는지, 어떤 사람들과 지냈는지는 들은 바가 없었다. 오늘 만났던 형사와 얽힌 이야기가 재건과 알게 된 이래로 처음 듣는 추억담이었다. 종종 그렇게 느끼기도 한다. 재건이라는 사람은 오 년 전에 갑자기 만들어져서 이런저런 설정을 적당히 덧붙이고 마곤을 만나 지금까지 살아온 게 아닐까 하는.

말도 안 되는 생각이다. 하지만 붕 뜬 사람인 것 같은 느낌이 드는 것은 사실이다. 재건만큼 취향이 뚜렷하고 말이 많은 사람도 없을 테지만, 마곤은 재건이 좀더 깊숙한 곳을 보여줬으면 하는 아쉬움이 있었다.

무엇보다 재건은 마곤의 모든 것을 알고 있다. 불공평하지 않은가?

두 사람은 속옷과 티셔츠만 입은 채 평상에 앉아서 바나나 맛 우유를 들이켰다.

"캬아! 이거야! 머릿속을 가득채우는 착향 바닐라 맛!"

"이건 바나나 우유라고요."

"바나나 맛 우유지. 여기서 바나나 맛은 고유명사이지 바나나랑은 상관없어."

"정말요?"

"바나나 안 먹어봤어? 우유에 바나나를 갈아 넣어봐. 딸기

나 멜론 같은 것도. 그 맛들은 실제 과일이랑은 전혀 상관이 없어요. 메로나를 노란색으로 만들고 바나나나라고 이름 붙여서 팔면 사람들은 그걸 바나나나나 맛으로 알걸?"

"잠깐, 지금 '나' 하나가 더 들어갔죠? 마지막 말에서 '나' 하나가 빠져야 하는 거 맞죠?"

"아니야. 난 분명히 바나나나나나나라고 했어."

"'나'가 하나 더 늘었잖아!"

"음? 잠깐, 이거 어디서 본 패턴인데?"

"어디서 보긴 뭘 봐요? 또 이상한 소리 하려고."

"혀 깨물었어."

"그러니까 뜬금없이 무슨 패러디야!"

두 사람은 주위의 헛기침 소리에 어깨를 움츠리고 멋쩍게 웃으며 고개를 꾸벅 숙였다.

"아무튼!"

"우리가 보는 모든 게 마찬가지야. '제곧내'란 건 없다고. 제목과 내용이 같은 건 전적으로 우연일 뿐이야. 바나나 맛이 제목이라면 바나나는 내용이지. 우린 바나나 맛이라는 이름을 통해 거기에 바나나가 있다고 상상해."

"포카칩을 사면 과자 대신 질소가 들어 있는 거랑 같은 건가요, 교수님?"

"이해가 빠르군, 학생. 우리는 빵빵한 포카칩 봉지의 풍요

롭고 건강한 이미지를 보고 과자를 먹고 싶다고 생각하지만 실제로 먹는 과자는 그렇게 빵빵하지 않아. 뭐, 그런 거지.”

“어쩐지, 꼭두각시가 생각나네요.”

“그렇지!”

재건은 입안의 바나나 우유를 분사하며 말했다.

“으악! 뭐예요!”

마곤은 재건의 셔츠를 잡아당겨 얼굴을 닦았다.

“야, 옷이 늘어나잖아!”

“튀었잖아요!”

“지금까지 바나나 맛 우유를 먹으면서 바나나를 먹는다고 생각했겠지만 실제로 거기엔 바나나가 없으니까 네 얼굴에는 결국 아무것도 튀지 않은 거야!”

“헛소리 지껄이지 마!”

“이런 생각을 하다니 난 역시 천재야!”

재건은 가슴을 한껏 내밀고 말했다. 마곤은 한 대 치려다가 다시금 느껴지는 시선에 주위를 돌아보고는 참았다.

“꼭두각시가 말하는 게 그거라고. 바나나 우유가 바나나라는 이름과, 색소, 향신료, 설탕 등등이 포함된 본체로 이루어져 있다면 꼭두각시는 본체가 없어. 뭐가 있긴 있겠지. 하지만 그게 뭔지 짐작도 할 수 없을 만큼 꽁꽁 감춰져 있단 말이야. 그자의 책을 보면 말이야, 결국 세계를 지배하는 것은 본

체지만 그 지배가 개개인의 구체적 삶에 영향을 미치는 것은 껍데기를 통해서라고 말하고 있어."

"그런데요?"

"이해가 안 가? 생각해봐. 책에서 말하는 인간 존재의 최종 목적은 자유야. 그런데 이름은 자유를 옭아맨다고. 이름은 항상 누군가와 관계 지어져 있어. 또 언제나 본체를 지칭하고 있지. 따라서 사람들은 체면이란 것을 중시하게 돼. 여긴 좀 복잡하게 느껴지려나? 예를 들어보자. 박마곤이라는 이름이 있어. 만일 이게 아무것도 지칭하지 않는다면 넌 예의라든가 남의 시선 같은 걸 신경쓸 필요가 있을까?"

마곤은 생각하느라 쩔쩔맸다.

"있겠지."

"네?"

"결국은 똑같아질 거야. 인터넷 익명 게시판을 생각해봐. 처음에는 현실에서 못 할 온갖 욕이나 개소리들을 늘어놓지만 그 아이디가 고유의 인격을 갖게 된다면 그 뒤로는 현실과 똑같은 효과를 내게 되지. 아이디의 체면과 명예가 중요해지는 거야."

"바로 알겠네요. 그래서 닉 세탁을 하는 거죠."

"뭘 좀 아는군. 역시 내 제자야. 사이버 세계에서도 유명한 닉네임이 있지. 닉네임이 생명을 얻게 되면 그 닉이 나온 커뮤니티를 넘어서 모든 웹에서 보편적으로 쓰이게 돼. 그쯤 가면 그 닉은 자기 명성을 관리하고. 그러다가 자기모순을 느끼게 된 사람은 자기 얼굴과 실명을 웹상에 공개함으로써 자아분열을 피하기도 하지. 다른 예를 들어볼까? 외국인을 생각해봐. 외국인은 새로운 나라에 와서 완전히 새로운 삶을 살 수 있어. 이전에 약쟁이였든 범죄자였든 간에 새 나라에서는 새롭게 살면 되는 거야. 닉네임이랑 같지."

"꼭두각시는 현실에서 닉네임만으로 살게 된 거군요."

"그래. 그자는 극단적이게도 지칭하는 말 자체도 만들지 않았지. 뭐, 우린 꼭두각시라고 부르긴 하지만. 꼭두각시는 이렇게 말해. 진정한 자유를 위해서는 완전히 현실로부터 독립된 자아가 필요하다. 그 자아는 고유하고 유일한 것이어야 한다. 그리고 그것은 자기 자신 이외에 어느 것도 지칭해서는 안 된다. 그렇게 탄생한 주체는 굳건하고 타인에게 휘둘리지 않고 스스로의 이성을 믿으며 그리고 자기 자신에게 책임을 질 줄 아는 윤리적 존재로 거듭나는 거지. 그러한 과정은 쉽게 얻어지는 게 아냐. 그래서 그는 수련을 강조하고 '중생'을 구제하기 위해 강연을 다니는 거야."

정확하게 이해되지는 않았다. 하지만 어렴풋이는 알 수 있었다. 더불어 자신이 꼭두각시를 볼 때마다 느낀 거북함의 정체도 어느 정도는 알 것 같았다.

가면 공포증이라 해야 하나. 마곤은 그런 비슷한 것을 앓고 있다. 가면 쓴 사람이나 인형 따위를 보면 거북해진다. 심지어는 인터넷의 익명 공간에도 잘 적응하지 못하고 영화나 드라마에도 몰입하지 못한다.

가면은 본체를 숨긴다. 가면은 하나의 아이덴티티다. 가면은 지금까지와는 전혀 다른 가상의 현실을 제공한다.

하지만 그렇게 본다면 현실 또한 가상현실과 다르지 않은 이름의 피막이 아니던가? 실체가 어떻든 간에 우리는 이름을 통해서만 그것과 관계할 수 있다. 가상현실과 현실의 차이는 그것이 노골적인 가상인가 아닌가의 차이일 뿐이다. 그 차이는 가까이서 보면 좀처럼 구별이 되지 않는다.

바로 그러한 의미에서의 현실을, 마곤은 영영 잃어버릴 뻔했다.

마곤의 능력은 자신의 기척을 지우는 것이다. 몸은 그대로 있지만 주변 사람의 인식에서 사라져버린다.

본체는 남아 있지만 이름이 없어져버린 꼴이다. 어렸을 적, 마곤은 아주 오랫동안 그야말로 유령처럼 살았다. 능력을 조절하는 법을 몰랐기 때문이다. 아무도 그를 알지 못했다. 보지도 못할뿐더러 옆에 있는 줄도 몰랐다. 그것은 완벽한 배제의 경험이었다. 마곤은 자신에게 남들과 다른 능력이 있다는 사실을 알지 못했다. 영문도 모른 채, 이 세상의 모두가 자신을 외면하는 것을 감내해야만 했다.

재건이 구원해주기 전까지는.

꼭두각시는 그때의 마곤과 정반대의 상태에 있다. 마곤이 존재하나 보이지 않는 유령이었다면 꼭두각시는 보이나 존재하지 않는 유령이다. 꼭두각시를 보고 있으면 과거의 트라우마가 의식의 벽을 뚫고서 침입해 온다. 그 시절 마곤이 보는 모든 광경은 연극이었다. 관객으로부터 독립된 채 독자적인 세계 속에서 자신만의 이야기를 전개하는 연극일 뿐이었다.

한낱 관객일 뿐인 마곤은 무대 위로 올라갈 수 없었다.

지금 꼭두각시는 어떠한가. 그는 현실을 연극으로 만들어 버리지 않는가. 마곤은 그 점을 견딜 수 없었다.

사무소로 돌아온 마곤은 소파에 몸을 파묻었다. 온종일 돌아다닌 탓에 피곤하기 그지없었다. 하지만 재건은 오히려 시간이 갈수록 활력 징후가 점점 가파르게 상승하고 있었다. 마곤은 그것이 재건이 뭔가 실마리를 찾았을 때의 모습이라는 것을 알고 있었다. 머릿속에서 단서의 조각들이 끊임없이 재배열되며 진실의 심연을 꿰뚫는 창을 만든다.

"그건 그렇다 치자고요. 문제는, 이제 어떻게 할 거예요? 궁지에 몰린 사이킥 사이언티스트랑 가면 쓴 사이코랑. 둘이 화해는 안 할 것 같은데."

"그래도 진전이 있었어. 아직 본질에는 다다르지 못했지만."

"진전요? 난 그저 쌔빠지게 돌아다닌 기억밖엔……."

"정리를 해보자고. 나도 정리가 필요해. 워낙 다양한 사실과 가설이 섞여서 말이지. 추리를 하는 방법은 언제나 일정하단 건 배웠지? 우린 확인된 모든 사실을 사유의 최하단에 둬야 해. 어떤 추리든 거기서부터 시작된다고. 그 위에는 가설적 사실, 혹은 의심할 여지가 있는 증언에 따른 사실들이 올라가. 그렇게 만들어진 토대를 여기 이 깨어 있는 두뇌가 엮어줘야 해. 모든 사실을 만족하고 가설적 사실 역시 만족하게. 이때 가설들은 꽤나 골치 아픈 조건이 되지. 모든 가설은 온, 오프 두 가지로 고려해야 하니까. 사실 A와 가설 B on을 만족시키는 추리. 그리고 사실 A와 가설 B off를 만족시키는 추리는 각각 다를 테니까."

"으으. 이번 일은 대체 뭐가 뭔지……. 모순되는 설명이 너무 많아요. 얽힌 것도 많고."

"어쨌거나 진실은 하나야. 아무리 복잡해 보이는 일도 결국은 일어난 일이라고. 그리고 우리에게는 무기가 있잖아."

"무슨 무기요?"

"바로 이 김재건 님이라는 무기. 상식을 파괴하고 현실을 뛰어넘는 사상 최강의 초월 탐정! 누구도 감히 못 하는 상상을 나는 할 수 있잖아."

"그 점은 인정하지만, 그래서 탐정님은 말도 안 되는 결론을 내리는 일도 왕왕 있잖아요. 이를테면 이번 일은 얼굴을 마음대로 바꿀 수 있으면서 변덕이 심한 능력자 한 명이 벌인 자작극이다, 라고 하면 모든 문제가 해결되겠죠."

종종 그런 식의 결론을 내리곤 한다. 도저히 단서가 나오지 않아 미결이 확실시되는 사건이라든가 능력자가 개입됐지만 누구인지는 알 수 없을 경우. 재건은 모든 미스터리를 봉합할 하나의 초능력을 상정하기도 한다.

"하지만 이번 일에 초능력이 광대하게 개입한 흔적은 없어. 그런 능력이 있다면 차라리……."

문득 어떤 생각이 재건의 뇌리를 스쳤다. 재건은 벌떡 일어났다. 마곤은 그 모습을 보고 무릎 반사가 강하게 일어난 게 아닌가 생각했다.

"그거야! 그렇게 된 거라면 모든 일을 설명할 수 있어!"

재건의 눈은 누구의 방해도 누구의 침범도 받지 않겠다는 듯 맹렬히 불타오르고 있었다. 이럴 때의 재건은 누가 목을 베어도 못 알아차릴 것이다.

재건은 집무용 데스크에 훌쩍 올라섰다. 그러더니 창문 난간까지 뛰어 올라갔다.

"말도 안 돼. 그럴 리가 없어. 하지만 그 설명말고는 모든 일을 엮을 방법이 없어. 역시, 역시 난…… 대단해!"

창문을 열고 난간에 쭈그려 앉고서는 말했다.

“설명이라도 좀 해주고 좋아하죠? 어수선하니까 내려와 앉아서요!”

“그래! 알았어.”

재건은 다시 훌쩍 뛰어 소파에 엉덩이로 착지했다. 자세는 완벽했다. 그 바람에 마곤은 휴대폰을 떨어뜨릴 뻔했지만, 재건은 소파에 파묻힌 채로 말했다.

“오늘은 잠을 못 잘 것 같구나, 제자야. 몇 가지가 더 확실해지기 전까지는 섣불리 말하기 힘든 가설이라서 지금은 얘기 못 해주겠군. 내일 좀더 뛰어다녀보자. 조금만 더 확실한 게 생기면 쳐들어가는 거야!”

“쳐들어가다니, 어디로요?”

“어디긴? 당연히 악의 소굴인 꼭두각시의 수련원이지.”

“어, 가려면 차라리 지금 가는 게 나을 것 같은데요.”

“지금? 왜?”

휴대폰으로 뉴스를 보고 있던 마곤은 말했다.

“누가 선제공격을 한 것 같아서요.”

금요일이었다.

선예는 일을 마무리하고 퇴근할 준비를 하고 있었다.

선예는 일요일 저녁부터 수요일까지는 오전과 오후를 나

눠서 각각 카페와 맥줏집으로 출근하고 목, 금은 카페에서 풀타임으로 일한다. 주 엿새. 휴식은 토요일과 일요일 오전뿐. 친구들은 혀를 내두르지만 선예는 그리 힘든 일이 아니라 생각한다. 학교 다니면서 아르바이트하는 친구들을 생각하면 그렇게 일하는 게 특별한 것은 아니다. 보통은 공부 한 타임과 알바 한 타임. 자신은 그 대신 알바 두 타임일 뿐이다.

그래도 조금, 피곤할 때는 있다. 금요일 저녁 연남동은 서울에서 가장 번잡한 곳이니까, 가게가 좁고 오는 손님이 정해져 있다 해도 때로는 단 일 분 앉아 있을 시간이 없다. 오늘이 그런 날이었다. 선예는 오랜만에 일 하나를 그만둘까 하는 생각을 해보았다. 돈이 당장 궁한 것은 아니니까.

하지만 자취방으로 돌아오며 생각해보니 유난히 힘들었던 것은 딴생각이 머릿속을 가득 메우고 있었기 때문인 것 같다. 일에 집중하지 못하니 시간이 더디게 갔다. 평소에 하지 않던 실수도 몇 번 했던 것 같다. 오빠 때문이다. 재건이 오빠를 데려온 뒤로 선예는 모든 일이 잘 풀릴 줄 알았다. 하지만 재건의 말처럼 둘 사이에 풀어야 할 문제가 있었다. 오빠는 꼭두각시의 단체에서 나올 생각이 없는 듯했다. 오빠는 꼭두각시가 자신에게 새 인생을 주었다고 말했다. 이해할 수 없었다. 그자가 뭐라고. 대체 그자가 뭘 해줬기에 그렇게까지 말할 수 있는지. 선예는 꼭두각시가 쓴 책이라도 사서 읽어볼까 하는 생각을 했다.

내일은 휴일이니까 오빠와 만나서 얘기해봐야지. 아직 부모님한테 연락은 하지 않았다. 둘이서 같이 고향집에 방문해서 깜짝 놀래드릴 생각이었다. 미리 연락하면 안 보겠다고 하실지도 모른다. 선예는 모든 것을 되돌리고 싶었다. 벌써 십년이 넘었다. 그사이 선예는 성인이 됐고 오빠는 더 나이들었지만 어릴 적의 기억은 그대로였다. 오빠가 아무리 바뀌었다 해도, 오빠는 오빠다. 선예도, 부모님도 마찬가지다. 가족이란 그런 게 아닌가.

늦은 겨울인지 이른 봄인지 구분하기 모호한 공기가 살갗에 닿았다. 문자 알림음이 들리자 선예는 휴대폰을 꺼냈다. 대학교 시절 친구가 오랜만에 보낸 안부 문자였다. 답장을 해주고 이것저것 잡스러운 문자를 확인하고 인터넷 창을 열었다. 브라우저 메인의 기사가 눈을 잡아끌었다.

〔속보〕'꼭두각시'의 반석 수련원, 시위대에게 포위돼

재빨리 터치. 추종자가 있으면 반대하는 사람도 있겠지. 주변에도 많이 있었다. 이름도 정체도 얼굴도 모르는 꼭두각시가 청춘의 멘토니 뭐니 하며 추앙받는 모습에 눈꼴시어하는 사람이 제법 있었다. 흔히 있는 팬과 안티팬의 변증법이다. 요새 인터넷상에서도 그렇고 텔레비전에서도 그렇고 꼭 두각시를 너무 치켜세우는 경향이 있다. 이제 반대 측이 행동에 나서는구나, 그렇게 가볍게 생각했다.

하지만 상황은 좀더 심각한 듯했다.

현장을 찍은 사진에는 못해도 수천은 돼 보이는 인파가 도로까지 점거하며 건물을 둘러싸고 있었다. 기사에 따르면 이들은 몽둥이나 화염병 등으로 무장하고 당장이라도 무력 점거를 할 것처럼 험악한 분위기를 조성하고 있다고 한다.

선예는 발걸음을 돌렸다. 무슨 일이 일어났는지는 몰라도 오빠가 거기에 있다. 가서 만나야 한다. 간신히 만난 오빠다. 어디에서 무엇을 하든지, 동생인 내가 지켜야 한다.

선예는 택시를 잡아탔다.

11 꼭두각시 춤

불길한 공기가 감돌았다. 해가 질 무렵부터 여기저기에서 드문드문 나타나기 시작한 사람들은 솜사탕처럼 덩치가 불어나더니 급기야는 근방 도로를 모두 점거할 정도로 불어났다. 그들은 남부순환로 일대를 뒤덮으며 어디론가로 행진했다. 교통량이 많은 금요일 저녁이었다. 서초구 교통의 정맥이나 다름없는 도로가 막히자 그 일대는 멈춰 선 차량과 구경 나온 사람들과 무리 지어 이동하는 사람들로 난장판이 되었다. 그들의 목적지는 한곳이었다.

반석 수련원. 이 기이한 행진은 SNS를 통해 빠르게 퍼져나갔고 방송사와 신문사 기자들도 뭔가 심상치 않은 일이 일어나리라는 것을 알아채고 달려들었다. 반석 수련원 앞을 막아서고 그 행렬이 도로를 건너 차선까지 침범한 모습은 뉴스로 유튜브로 각종 SNS로 퍼져나갔으며 이제 지구 어디에서도 볼 수 있게 되었다.

"우우—."

군중들은 항의하듯이 외쳤다.

"여러분은 지금 불법 도로 점거를 하고 있습니다. 공공의 질서를 위해 도로에서 물러나주시길 바랍니다."

확성기를 잡은 경관은 기계적인 말투로 똑같은 멘트를 반복했다. 하지만 사람들은 들은 척도 하지 않았다.

"우우—."

"꺼져라—."

"꼭두각시는 나와라—."

"반복합니다. 미신고 집회, 일몰 이후의 시위, 도로 점거는 불법입니다."

시위 진압의 노하우가 쌓일 대로 쌓인 경찰도 난감하기만 했다. 이들은 정체부터 가늠하기 어려웠다. 학생이나 주부 등이 참여하는 촛불 시위도 아니었고 노조 등이 참여한 파업 시위도 아니었다. 여기 모인 사람들을 특정할 그 무엇도 찾을 수 없었다. 목적 역시 알 수 없었다. 갑자기 이들은 어디에서 튀어나와 꼭두각시를 지탄하고 나선 것인가?

경찰청은 사전에 시위 정보를 입수했다. 미신고된 대규모

집회가 서초동 반석 수련원 앞에서 벌어지리라는 익명의 신고였다. 그들은 며칠 전부터 서울 각지의 경찰서에 민원 테러가 가해졌다는 것을 알고 있었다. 이 시위 주체와 그 민원인들을 같은 집단으로 보는 데 무리는 없었다. 하지만 무슨 이유로? 지금 이 시점에서 수만 명이 거리로 뛰쳐나올 이유는 경찰 내 누구도 짐작하지 못했다.

경찰보다는 기자들의 발이 더 빨랐다. 현장을 취재하러 나온 기자들은 몇몇 참가자를 인터뷰했고 자신들이 오래전부터 결성된 꼭두각시 안티 카페 회원들이라는 대답을 들을 수 있었다. 그들은 꼭두각시에게 홀려 생계를 내팽개친 사람들의 가족이나 친구라고 주장했는데 꼭두각시가 세력을 키워 뭔가 해로운 일을 꾸미고 있을 것이라 말했다.

하지만 그것만으로는 충분치 않았다. 꼭두각시 안티 카페의 회원 수는 천 명이 겨우 넘는 정도였다. 이 자리에 모인 인원은 경찰이 추산하기로도 만 단위가 훌쩍 넘는다. 설명이 되지 않는다.

무엇보다 그동안 아무런 움직임도 없고, 목소리도 내지 않던 사람들이 갑자기 이렇게 시위라는 형태로 모습을 드러낸 것에 대해서는 아무도 설명하지 못했다.

경찰이 상황 파악을 못 해 우물쭈물하던 사이, 사람들은 움직이기 시작했다.

충동적인 폭력 사태가 아니었다. 사람들은 일제히 밀도를 높이기 시작했다. 어중이떠중이들의 행동이 아니었다. 그들은 훈련받은 군인처럼 정교하게 움직였다. 공간이 없으면 멈춰 섰고 자리가 나면 그 안으로 들어갔다. 목표는 반석 수련원이었다. 그들은 건물 입구를 향해 차근차근 뭉쳐 들어왔다. 정문과 주차장, 후문, 식당 문 등 진입할 수 있는 곳이라면 어디든 빽빽하게 들어섰다.

그들은 문을 두드려 깨기 시작했다. 안쪽에서 문을 걸어 잠그고 몸으로 버티고 있던 사람들은 겁에 질려서 물러났다. 유리로 만들어진 수련원의 문은 이내 깨졌다. 사람들은 안으로 몰려 들어갔다.

그들은 내부의 기물들을 닥치는 대로 때려 부쉈다. 미처 몸을 피하지 못한 회원들은 그들에게 둘러싸여 두들겨 맞았다. 사람들은 끊임없이 들이닥쳤다. 혼란은 없었다. 그들은 차례를 지켰고, 일사불란했다. 누구도 그들에게 폭도라는 이름을 붙이지 못할 것이다. 그렇게 달려들며 남의 발 한번 안 밟는 폭도는 지구상 어디에도 없을 것이다. 차라리 그들은 단 하나의 질서를 위시하여 움직이는 개미떼 같았다. 그들은 개미들이었다. 인간의 그 어떤 군대보다 질서정연한 군인들이었다.

경찰들은 아무것도 하지 못했다. 폭력 사태를 유발하여 그 자리의 시민을 범법자로 만들어버린 뒤에 그것을 명분 삼아 강제 진압하는 것이 경찰의 특기였다. 하지만 여기서 그 방법은 소용이 없었다. 아무도 경찰에게 대들지 않았다. 목표는 오직 반석 수련원 건물이었다. 건물 하나를 두고 수천 명의 사람이 빽빽하게 에워싸고 있는 광경은 아무리 경험 많은 경찰이라도 본 적이 없었다. 경찰기동대와 차량을 이용해 도로 안쪽으로 조금씩 인파를 유도하려는 시도도 무위에 그쳤다. 그들은 일절 유도에 따르지 않았다. 애초에 대치하지도 않은 상대를 제압하는 것은 불가능했다.

결국, 치안총감은 강제 해산을 지시했다. 도로를 점거한 사람들을 내버려둘 수 없을뿐더러 저들의 공격성은 명백해 보였기 때문이다.

하지만 한참 늦은 결정이었다.

택시 요금이 이만 원 가까이 나왔다. 하지만 선예는 거스름돈도 받지 않고 급하게 내렸다. 남부순환도로가 차단되어 근방 교통은 엉망이었다. 이곳저곳이 막혀 있었고 경찰의 교통 통제도 심했다. 하는 수 없이 선예는 도중에 내려서 뛰어야 했다.

속보는 계속 체크했다. 경찰의 강제 진압이 시작됐다는 뉴스, 사람들이 건물 안으로 침투하기 시작했다는 뉴스, 현장을 목격한 사람들의 SNS 정보로 상황은 충분히 알 수 있었다.

정작 오빠와는 연락이 되지 않았다. 몇 번을 걸어도 전화를 받지 않는다. 휴대폰 배터리의 잔량이 위태로웠다. 꺼지기 전에 연락이 돼야 하는데. 선예는 달렸다.

십 분 정도. 한 번 와본 곳이다. 그렇지 않아도 지금 경찰이 잔뜩 깔려 있을 만한 곳은 그곳밖에 없다.

상황은 알 수 없었다. 인도를 따라 경찰이 늘어서 있어서 안이 보이지 않았기 때문이다. 안쪽으로 들어가보려는 시도는 저지당했다.

"어쩌지? 우씨. 연락도 안 되고."

인도를 따라 달려보았다. 소란스러운 소리도 들리고 물소리도 들리는 것 같지만 선예가 들어갈 틈은 보이지 않았다. 높이 하늘을 향해 솟은 건물이 보였다. 신을 위해 지어졌던 건물은 이제 한 우상을 위해 쓰이고, 지금은 사람들에게 공격받고 있었다.

발만 동동 굴리고 있는데 오빠에게 전화가 왔다. 선예는 허겁지겁 전화를 받았다.

"오빠? 오빠야? 지금 어디야? 그 건물에 있는 건 아니지?"

선욱의 목소리에는 힘이 없었다.

"맞아. 여기 수련원 안이야."

"진짜? 어떻게 해 그럼! 바깥은 난리도 아냐. 경찰도 무지 많고."

"선예야. 걱정 마. 이 안은 안전하니까. 지금 수련원 앞이야?"

"응! 나 오빠가 너무 걱정돼서……. 그런데 지금 들어가지도 못하고……."

"안쪽엔 안전한 방이 있어. 여긴 아무도 못 들어와. 그러니까 넌 안전한 데 피해 있어. 아니, 여긴 어디든 위험한 것 같으니 여기서 벗어나 있어."

"응? 어디? 나 오빠랑 함께 있을래."

"여긴 못 들어와. 폭도들이 안까지 들어온 것 같아. 위험해."

"하지만 오빠는……."

"여긴 괜찮다니까. 위험한 건 오히려 바깥이야. 내가 말하는 데에 가 있는 게 낫겠다. 여기서 아래쪽으로 세 블록 떨어진 곳에 수련원 별관이 있는데 안 쓰는 곳이야. 간판에는 아마 반석 교회 별관이라 되어 있을 거야."

"하지만……."

"정말 괜찮으니까, 응? 네가 안전하지 못하면 나도 안심할 수 없어."

선예는 머뭇거리다 말했다.

"정말이지? 거긴 정말 안전한 거지?"

"그래. 별관 건물 꼭대기로 가 있어. 거기에 우리 쪽 사람들이 있을 거야. 내가 보냈다 하고 도와달라고 해. 거기 있다가 사태가 진정되면 만나자. 알았지?"

선예는 알았다고 했다. 뭔가 말을 더 하려 했지만 전화는 끊어지고 말았다. 장시간 알바를 하다 온 터라 배터리가 간당간당했다. 건물 안으로 들어가면 충전을 할 수 있겠지. 선예는 별관을 찾아 발걸음을 옮겼다.

별관은 선욱이 말한 대로 세 블록 거리에 있었다. 그 건물은 시위대의 관심에서 벗어나 있었는데 아마도 본관과의 관련성을 쉽게 알아보지 못했기 때문일 것이다. 현판에는 "반석교회 별관"이라고 씌어 있었다. 바깥에서 올려다보니 불이 켜진 층은 맨 위층인 4층뿐이었다. 선예는 안으로 들어갔다.

호화로운 본관과 달리 별관은 단순한 구조였다. 계단이 있고 방을 주렁주렁 달고 있는 복도를 지나 위로 올라가면 또 복도가 있었다. 계단을 올라갈 때마다 센서 등이 켜져 층계참을 밝혀주었다.

마지막 층에서 한 남자가 기다리고 있었다. 그는 웃으면서 선예에게 손을 내밀었다.

재건의 차가 현장에 도착했을 때, 그곳은 이미 아수라장이었다.

고전하는 것은 경찰 쪽인 듯했다. 사람들은 안으로 들어가는 것 이외에는 관심이 없었다. 옆에서 방패로 밀치고 팔을 잡아끌어도 아무런 저항도 하지 않았다. 연행할 테면 연행하라는 식이었다. 경찰은 인파에 달라붙어 무리의 바깥 부분에 달라붙은 몇몇은 끌어낼 수 있었지만, 손가락 하나 들어갈 틈도 없이 빽빽하게 붙어 서서 들어갈 공간이 비기만을 기다리는 사람들까지는 어떻게 할 수가 없었다.

마침내 경찰은 살수차로 무리를 헤쳐보기로 결정했다. 거센 물줄기는 효과가 있었다. 물줄기를 맞은 사람들은 압력에 못 이겨 밀려나고 말았다. 하지만 효과는 그렇게 크지 않았다. 호스로 차 유리에 묻은 얼룩을 닦아내듯 경찰은 살수차가 뭉쳐 있는 사람들을 금방 흩어버릴 것이라고 기대했지만, 남아 있는 사람들은 양팔을 옆 사람의 팔과 엇갈려 단단히 교착하기 시작했다. 그저 촘촘히 서 있을 뿐이던 사람들의 벽은 단단한 어깨동무의 사슬로 묶였다. 사람들은 한 발자국도 물러나지 않았다. 그들은 강화유리를 깨뜨리고 철판도 휘게 만드는 살수차의 수압을 온몸으로 버티고 섰다. 경찰은 이내 살수차도 소용이 없음을 깨달았다.

눈앞에서 그 광경을 모두 지켜본 경찰들은 아연실색할 수밖에 없었다. 이들은 폭도도 시위대도 아니었다. 이들은 괴물이었다.

어떤 소란스러운 정치적 사건에서도 이 정도로 굳건한 의지를 보여주는 시위대는 본 적이 없었다.

재건은 길게 경적을 울렸다. 경찰 버스와 바리케이드가 대로를 막고 있었다. 하지만 공간이 없는 것은 아니다. 재건의 차는 그곳으로 질주하고 있었다.

"나를 막을 수 있겠느냐! 감히 이 김재건 님더러 내려서 돌아 들어가라고? 웃기는 소리!"

"줄여! 더 줄이라고! 이 차는 지금 브레이크가 안 먹히잖아!"

"유압이 떨어졌을 뿐 작동은 한다고!"

"그게 그거지!"

"지금까지 잘만 타왔으면서 뭘 그래!"

"지금까지는 그걸 몰랐으니까!"

"아무튼 모두 비켜라!"

빠앙—하고 경적이 울리며 재건의 누더기 같은 차는 경찰 사이를 가로질렀다. 경찰들은 또한 자기들 사이로 무작정 돌진하는 이런 차를 본 적이 없었다. 재건은 부드럽게 밀쳐내듯 경찰 사이를 헤치고 들어가서 건물 안으로 빨려 들어가는 인원과 경찰 사이의 씨름이 벌어지는 현장 인근에 멈춰 섰다.

유쾌하게 차에서 튀어 내리는 재건 앞을 기동대원 하나가 막아섰다.

"뭐하시는 겁니까, 지금. 여긴 통행이……."

"쉿."

재건은 순경의 입술을 집게손가락으로 막았다. 순경은 당황하여 얼굴을 붉혔다. 재건은 빙긋 웃었다. 그러더니 순경의 얼굴로 달려들어 이마를 맞대고는 나직이 속삭이듯 말한다.

"쉬이—진정하고. 차분히, 오케이?"

당황한 그는 고개를 끄덕끄덕했다.

"진정했어? 그러면, 뒤로 돌아서, 앞으로 가!"

순경은 재건의 말대로 뒤돌아 가버린다.

"어, 어떻게 한 거예요?"

마곤은 어이가 없었다.

"일종의 최면이지. 남자는 트랜스 상태라든가 명상이라든가 달이 뜬 밤이라든가 해서 초집중 상태에 이르면 테스토스테론을 분출해서 타인에게 일정한 영향을 주게 돼."

"정말요?"

"아니, 뻥이야. 빨리 자리를 피해야겠는걸."

뒤쪽에서 경찰들이 몰려오고 있다. 재건과 마곤은 차를 버리고 뛰었다.

"알아요. 각오하고 있어요."

"뭘?"

"그것밖에 방법 없는 거죠? 저기 들어가려면."

"그게 뭔데?"

"알잖아요."

"음, 그래. 어쩔 수 없어. 미안하게 생각하고 있다."

"넷? 아아, 네. 됐어요. 미안한 맘이라도 있으면 전 괜찮아요."

"그래? 역시 넌 천사 같은 아이야. 그런데 지금은 그 방법을 못 쓸 것 같다."

"왜요? 사람 많을수록 쓰기 편해지는 능력인데."

"아니, 그거말고."

"뭐 말하는 거예요?"

"작전 말이야. 네가 여장을 하고 경찰 버스 위에 올라가서 춤을 추고 있으면 사람들 시선이 집중된 틈을 타서 내가 잠입하는 걸로."

"그건 또 뭔 개소리야!"

마곤은 뛰어올라 재건을 걷어찼다.

"그것밖에 없다며?"

"헛소리하지 말아요! 미안하다는 말도 뻥이죠? 아저씨가 그럼 그렇지."

마곤은 재건을 툭 치고 앞으로 나갔다.

고함이 들려 뒤를 돌아보니 기동대원 여럿이 그들을 노리고 달려들었다. 재건도 마곤을 따라 사람들 사이로 숨어들었다.

두 사람은 골목 안으로 꺾어 들어가 바로 보이는 건물의 안으로 들어갔다. 경찰들은 시야에서 사라진 두 사람을 놓치고 말았다. 조금 전 재건이 쫓아냈던 기동대원이 다른 대원들을 데리고 온 모양이었다. 그들은 흩어져서 두 사람을 찾았지만 가장 가까운 건물을 수색해야 한다는 생각은 못 하는 듯했다.

추격자가 보이지 않을 때까지 기다렸다가 두 사람은 다시 건물 밖으로 나왔다.

"이제 어쩔 건데요?"

"황오규가 여기 있어."

"느껴져요? 찾을 수 있겠어요?"

"응. 복사본이 이렇게 많아져도 원본은 하나니까. 아주 가까이 있지."

"그럼 가죠. 제가 뒤에서 덮칠 테니 납치해서 저 사람들 풀어주라고 해요."

"아냐, 우선 꼭두각시부터 잡아야 돼. 황오규는 문제도 아냐."

"저게 문제가 아니라고요? 그 사람이 지금 몇 명을 부리고 있는지도 모르는데?"

"두 사람은 하나의 지그소 퍼즐 안에 든 조각이야. 어느 하나라도 빠졌다가는 그림이 완성되지 않는다고. 그런데 꼭두각시를 빼앗겼다가는 둘 다 놓치게 될 거야. 황오규는 언제라도 내 능력으로 찾을 수 있으니까. 내가 접촉할게. 넌 조용히 내 뒤를 따라오면서 엄호해."

두 사람은 움직였다.

반석 수련원의 최상단부는 중세 교회의 종탑을 모방하여 만들어졌다. 실제로 종을 설치해서 종지기를 두고 시간마다 치게 하는 것이 조기룡의 원대한 꿈이었다. 하지만 구청에서는 길가인데다 주택가라는 이유로 종루의 설치를 허가해주지 않았다. 그래서 그곳은 종루처럼 생겼으나 종은 없는 이상한 구조물이 되고 말았다.

종 없는 종루는 의외로 쓸모가 많았다. 그곳은 그 근방에서 가장 높은 곳이었다. 아파트나 초고층 빌딩이 없는 곳이라 종루에 올라가면 멀리 내다볼 수 있었다. 그곳은 조기룡 목사의 기도실로도 쓰였다. 새벽에 길 건너에서 종루 쪽을 올려다보면 기도를 하는 번들거리는 정수리를 종종 볼 수 있었다고 한다. 종루의 가장 이상적인 활용법은 지금 꼭두각시가 쓰는 방식일 것이다.

종루 밑에는 사다리로 연결된 다락방이 있고, 다락방은 펜트하우스에서부터 이어지는데다 들어가는 계단은 한 명이 간신히 지날 수 있는 넓이여서 농성하기에 이곳보다 좋은 곳이 없었다. 실제로 조기룡이 검거된 곳이 이 다락방이었다고 한다. 검사는 도주죄까지 더해 조기룡의 가중처벌을 요구했고 조기룡은 그저 기도중이었다고 변명했다.

꼭두각시와 민선욱은 종루에 올라 아래 상황을 지켜보고 있었다. 구호를 외치던 사람들이 갑자기 단결해서 수련원 안으로 밀고 들어왔다. 그 모습은 전에 없이 일체화된 모습이었다. 위에서 보기로는 둥그런 세포 같은 생물이 야금야금 건물을 갉아먹고 있는 것 같았다.

"저걸 보게나. 내가 본 인간 중 가장 추악한 모습이군."

꼭두각시는 말했다.

"훈련이라도 받은 걸까요? 경찰이 어쩔 줄 몰라 하는 것 같습니다."

선욱은 말했다.

"저 뒤에 뭔가가 있겠지. 우리는 과학자라네. 관찰한 결과를 의심하면 안 돼. 저들이 저런 행동을 보인다면 필히 원인이 되는 무언가가 있을 거야. 그보다 뭐가 그렇게 울려대지?"

"아, 동생에게서 오는 전화입니다."

"전에 소란스럽게 했던 그 동생인가?"

꼭두각시는 두꺼운 얼굴 속에서 말했다.

"네, 자꾸 여기서 나오라고……."

"이놈! 나한테서 뭘 배운 거냐?"

꼭두각시는 역정을 내며 벌떡 일어나 선욱에게 달려들었다. 선욱에게는 익숙한 일이었다. 놀라거나 피하지 않고 고개만 살짝 숙였다. 꼭두각시는 선욱의 정수리에다 이마를 가져다 대고서는 말했다.

"어떤 경우에도 휘말리지 말라고 내가 누누이 말하지 않았나! 『윤리학』 7장 25절에도 나오는 말이 아닌가!"

"죄, 죄송합니다! 그럼 당장 잘라 거절하는 말을……."

선욱은 휴대폰을 들었다. 그러자 꼭두각시는 장갑 낀 손으로 그의 뺨을 후려쳤다.

"멍청한 놈! 너의 자유의지를 배반하는 모든 것들을 배격하라는 말이다! 네 동생은 물론 나 역시도! 대체 누구에게 행복을 위탁하려는 건가? 당장 7장 25절을 외워보아라!"

선욱은 더듬더듬 구절을 외기 시작했다. 그의 암송은 처음에는 어눌했지만, 수련원 교사를 하면서 몇 번을 반복해서 외웠던 부분이라 얼마 지나지 않아 유창해졌다.

"여, 영혼을 사려는 자들을 조심하라. 그는, 너의 영혼을 저울에 달아 너의 이웃과 나란히 놓을 것이다. 그 순간 너는 너의 왼편에 놓인 이웃의 종이 될 것이며, 너를 구매한 자는 너와 너의 이웃을 동시에 집어삼킬 것이다. 저울은 지옥이다. 너의 모든 것을 파괴하고 그 위에 눈금을 새겨놓는다. 이건, 자본주의의 위험성을 묘사하는 글이 아닙니까……."

"넌 잠언을 읽는 수준에는 이르렀지만 모든 잠언을 소화하는 단계에까진 아직 이르진 못했군. 이번엔 48절을 외워보거라."

"48절이면…… 아!"

"이제 알겠느냐?"

"사르트르가 말하길, 타인은 지옥이다. 이거였군요. 제가 어리석었습니다. 선생님의 뜻을 알겠습니다."

"그럼 뭘 해야 하는지도 알겠지?"

"예, 제 의지대로 하겠습니다. 선예는 별관으로 피신해 있으라 하겠습니다. 괜찮겠습니까?"

"괜찮다. 내가 거기 있는 사람들한테 말해두도록 하지."

두 사람은 각각 전화를 걸었다. 선욱은 선예에게, 꼭두각시는 다른 누군가에게.

이제 건물이 모두 점거당한 모양이었다. 괴한들은 다락방 바로 아래 펜트하우스까지 도달했다. 그들은 사다리를 타고 올라오려 했지만 천장의 문이 잠겨 있어 도중에 막히고 말았다. 쾅쾅 문을 두드리는 소리가 들렸다. 꼭두각시는 그것을 신호로 삼아 말했다.

"자. 이제 쇼를 시작하자. 저 멍청한 박사에게 진실을 보여주자꾸나. 하하하하! 아주 재밌는 일이 될 거야. 하하하하하!"

"하하하하하! 으하하하!"

웃음소리가 온 거리를 뒤덮었다. 그 자리에 있던 모두가 동작을 멈추고 소리가 나는 쪽을 찾았다. 수련원 건물 어딘가에 대형 스피커가 설치돼 있는 모양이다. 그렇다면 꼭두각시는 숨어서 목소리만 내보이려나 싶었다. 이내 그의 위치를 알 수 있었다. 경찰들이 웅성거리며 올려다본 곳에는 뾰족하게 탑이 솟아 있었고, 그곳을 조명이 사방에서 비추었다. 그 한가운데 꼭두각시가 양팔을 벌리고 서 있었다. 마치 하늘을 향해 기도하는 듯한 자세였다.

꼭두각시는 웃고 있었다.

"잘 있었나? 친구들. 세상은 아직 살 만한가 보군. 하하하하!"

재건은 종루를 올려다보았다. 어둠 속에서 홀로 조명을 독점하고 있는 꼭두각시의 모습은 근방에 모인 모두의 시선을 끌어당겼다. 이제 그를 찾을 필요는 없었다. 재건은 황오규 본체로 목표를 변경했다. 꼭두각시가 모습을 드러낸 이상 황오규 또한 그에게 접근하려 할 테고, 만일 그가 황오규에게 감염된다면 게임은 그대로 끝난다. 재건은 정신을 집중했다. 재건은 능력자의 위치를 찾을 수 있었다. 그러나 대략적인 방향과 힘의 정도만 알 수 있을 뿐 대상이 정확히 어디 있는지,

그가 누구인지는 알 수 없다. 재건이 가진 능력의 한계였다. 황오규는 구경꾼들 사이에 숨어 있는 것이 분명하지만 경찰이 막아선 라인 바깥에 몰려 있는 구경꾼만 해도 수십은 돼 보였다.

"그렇게도 날 가지고 싶나? 난 아무것도 가진 게 없는데? 내가 가진 거라고는 이 닳아빠진 껍데기뿐이잖은가. 이게 그렇게도 가지고 싶나? 그럼 직접 만들어 걸치지그래. 하하하하! 하!"

꼭두각시는 잠시 웃음을 멈추었다. 소리는 근방에 울려 퍼지고 있었으나 높은 빌딩 꼭대기에 홀로 서 있는 그가 뭘 하는지는 알아볼 수 없었다. 재건은 주위를 둘러보았다.

건물 안에 들어가지 못한 사람들은 대부분 경찰의 공격을 받고 흩어져 연행되는 중이었다. 이제 경찰은 어떻게 대응할까. 아마 경찰은 꼭두각시가 피해자라고 판단했을 것이다.

"황오규 박사, 모른 척하지 말고 어서 나오시지 그러나. 나 보러 여기까지 온 거 아니었나, 응?"

꼭두각시는 그렇게 말했다.

"여기 구경꾼도 많이 오셨고 마침 그쪽이 재미있는 볼거리도 만들어주고 했으니 나도 답례를 준비했다네. 부디 거절하지 말아주게나!"

조명이 꺼졌다. 그러더니 이내 또 다른 조명이 쏘아졌다.

빛이 부딪힌 곳은 건너편 건물 벽이었다.

그것은 영사기였다.

경찰들이 웅성거리는 소리가 들렸다. 입을 다물고 있어야 할 기동대원들도 한두 마디씩 탄식을 내뱉었다. 재건은 머리 위로 쏘아진 화면이 잘 보이지 않자 기동대원들을 밀치고 도로로 나섰다. 재건에게 채인 경찰은 바닥에 넘어졌다. 순식간에 주위에서 우르르 달려들어 재건을 붙들었다.

경찰들이 주위에서 시끄럽게 떠들어대는 것은 개의치 않았다. 중요한 것은 꼭두각시가 틀어놓은 영상이었다. 그 영상은 흐릿했고 고르지 않은 벽면을 스크린 삼아 재생되고 있어서 알아보기가 힘들었다. 하지만 그것이 무엇을 나타내는지는 분명해 보였다.

CCTV 화면이었다.

두 사람이 대화를 나누고 있다. 한 명은 얼굴을 보였고 다른 한 명은 등을 돌리고 있었다. 그 얼굴이 누구인지는 바로 파악할 수 없었다. 두 사람은 서로 브리프 케이스를 교환했다. 등을 돌리고 있던 사람이 뒤로 돌면서 얼굴을 드러냈다. 건물 위로 떠오른 얼굴은 황오규가 틀림없었다.

영상은 일시 정지되어 얼굴을 클로즈업하는 화면으로 넘어갔다. 황오규의 커다란 얼굴이 벽면에 드리웠다.

"이게 무슨 영상인 줄 아나? 황오규, 네놈의 얼굴이지. 그리고 건너편에서 수상한 물건을 받은 놈은 천궁파의 두목 천일호고. 둘이 아무 관계도 아니라고 했나? 안됐지만 여기 빼도 박도 못하는 증거가 있다네!"

꼭두각시의 웃음소리가 퍼져 나갔다. CCTV 화면은 다른 장면으로 바뀌었다. 황오규가 같은 장소에서 여러 명의 수상한 사내들에게 인사를 받는 모습이었다. 다음 장면 역시 누군가와 거래를 하는 모습이었다.

적어도, 이 자리에 모인 사람들은 이 화면들의 의미를 잘 알고 있었다. 의혹들. 그것을 단호히 부정하던 인터뷰. 기사들.

"어제는 찬사를, 오늘은 기소장을! 자아, 여기 와서 쥐새끼처럼 숨어서 보고 있는 거 다 안다네. 어서 튀어나오라고. 와서 네놈이 한 추잡한 짓을 같이 감상하잔 말이다!"

"아냐! 아니라고!"

경찰의 벽을 뚫고 누군가 튀어나왔다. 마이크도 확성기도 없는 외침이었지만 그 자리에 있는 모두가 목소리를 들을 수 있었다. 몸을 빼앗겼던 거리의 모든 사람이 일제히 고개를 돌렸다. 모든 시선이 한 명, 황오규에게로 쏠렸다. 마치 지목하기라도 하듯이. 주름진 박사의 얼굴이 파리해진다.

재건은 경찰을 뿌리치고 박사에게 달려들었다.

수십 쌍의 눈이 나를 보고 있다. 동시에 수십 장면의 내가 보인다.

이런 현상은 처음이었다. 순간적인 막막함에 통제가 되지 않았다. 다리가 산산이 끊어져 제각각 꿈틀대는 돈벌레나 난도질당한 채로 살아 있는 세발낙지가 이런 기분일까. 황오규는 산산조각 났던 의식을 간신히 끌어모았다. 손발이 무사한지 확인하듯, 되찾은 권속들을 하나하나 움직여봤다. 다행히 통제력은 그대로인 것 같다.

더는 싫다. '나'를 잃어버리는 기분을 더는 참을 수 없다. 그렇게 된다면 나는, 아니, 나는…….

대체 누구지?

"정신 차려!"

무언가가 의식 위로 거칠게 쏟아져왔다. 오호, 탐정이라 자처하던 청년이군. 갑자기 끼어든 이물질이다. 이 세상에 존재하는 것이 나뿐이고 또 여기 그가 있다.

"당신이 정신을 놔버리면 저 사람들은 어떻게 하지? 어서 눈을 떠!"

재건은 박사의 뺨을 올려붙였다. 박사는 멍하니 목소리 큰 청년을 쳐다봤다. 정신이 들었다. 박사는 자신이 무엇을 하고 있었는지 떠올릴 수 있었다.

"당신 이름은 뭐지?"

재건은 물었다. 박사는 어렵지 않게 대답했다.

"황오규."

"고향은?"

"경남 진해."

"어릴 적 가장 친한 친구 이름은?"

"이진수. 별명은 꼼뿌따였지."

"당신의 고등학교 2학년 2학기 전교 석차는?"

"2등."

"이봐요, 박사님. 이제 이 게임의 끝을 봐야겠어. 그러려면 저자의 가면을 벗겨야 돼요. 도와줄 거죠?"

"결판 짓는 건 나야. 이리 와, 내가 되어라."

박사는 손을 뻗었다. 하지만 재건은 뒤로 훽 물러나 손을 피했다. 경찰들이 다가왔다. 재건은 경계했지만 경찰들은 두 걸음 앞에 멈춰 서서 대기할 뿐이었다. 그들은 박사의 조종을 받는 자였다.

"아니, 댁처럼 둔한 사람이 가는 것보다 내가 직접 가는 게 나아요. 길을 터주고 건물 안에서 창문이라든가 바깥으로 통하는 모든 공간에 사람을 세워줘요. 바깥에서 저격이라도 하면 안 되니까."

박사는 빤히 재건을 쳐다보다가 이내 고개를 끄덕였다. 이 자를 믿는 것은 아니다. 하지만 그는 적어도 이 사실은 알 수 있었다. 자칭 탐정이라고 하는 자. 이자는 적어도 자신의 욕망에 충실한 자이다.

그가 손짓하자 연행되고 흩어지던 권속들이 경찰들을 뿌리치고 일제히 움직였다. 그들은 재건에게 길을 만들어줬다. 입구에서 농성중인 자들도 협력하여 경찰들을 끄집어냈다. 사방에서 방패를 든 경찰들이 달려들었지만 권속들은 효과적으로 막아냈다.

길이 생겨났다. 사람과 사람 사이에 재건이 간신히 들어갈 수 있을 만한 좁은 길이 생겨나 수련원 입구까지 이어졌다. 재건은 곧바로 달려갔다. 틈을 노린 경찰이 몸을 던져 왔지만 가볍게 뛰어넘을 수 있었다.

재건은 건물 입구로 들어갔다. 요청한 대로 안쪽의 사람들은 창가에 붙어 서 있었다. 사람의 벽이었다. 몇몇 통로가 막혀 있는 것을 보아 길 안내까지 해주려는 모양이었다. 재건은 사람의 길을 따라 달렸다. 힐끔힐끔 쳐다보는 시선이 기분 나빴지만 어차피 보고 있는 사람은 한 명이다.

엘리베이터를 탔다. 조작해둔 건지 엘리베이터는 펜트하우스로 직행했다. 지난번에 와본 곳이다. 황오규에게 감염된 사람들이 또 줄지어 재건을 맞이하고 있었다.

"이쪽으로."

그들 중 하나가 재건을 안내해주었다. 재건은 그들을 따라 작은 방안으로 들어갔다.

그곳은 각종 비품을 보관하는 방이었다. 남는 의자, 페인트 통, 안 쓰는 스피커, 부직포, 이동식 칠판 등의 자질구레한 물건들 사이로 계단이 하나 나 있었고 그 주변으로 열 명 정도가 서 있었다.

재건은 그리 튼튼해 보이지 않는 계단에 발을 디뎠다. 그러자 천장에 달린 문이 열리고 누군가 발을 내밀었다. 재건은 뒤로 물러났다.

민선욱이 거대한 몸을 비틀거리면서 발 하나 겨우 놓을 만한 크기의 계단을 밟고 내려왔다. 선욱은 주변을 힐끔거렸다. 박사의 권속들은 아무런 움직임도 보이지 않았다.

"또 만났군."

민선욱은 말했다.

"아아, 피곤하다니까. 유치하게 뭐하는 거예요? 최종 보스 앞에 나타나서 까불다가 주인공한테 깨지고 보스한테는 버림받는 비련의 여인, 뭐 그런 건가?"

"선생님은 내 생명의 은인입니다. 당신이 뭐라 할 자격은 없어요."

"아, 그럴지도. 무슨 사연인지 들어나 볼까요?"

"유학을 마치고 한국에 귀국했을 때 날 써주기로 한 연구소에서 돌연 말을 바꿨습니다. 알고 보니 그곳은 황오규의 입김이 미치는 곳이더군요. 미국 생활을 정리하고 온 터라 한순간에 전 갈 곳이 없는 신세가 되었죠."

"그때 그 사람을 만났다?"

"그땐 그저 길거리에서 마술 쇼를 하는 광대인 줄 알았습니다. 하지만 실은 선생님도 과학계에서 쫓겨난 처지라 하더군요. 선생님은 살 곳을 주시고 일자리도 알아봐주셨습니다. 그리고 큰 가르침을 주셨지요. 선생님은 이 세상을 뒤집어놓을 계획을 갖고 계셨습니다. 폭력적인 방법이 아니라 철학으로, 지성으로, 사람의 힘으로요."

"그래서 그를 극진히 모시는 건가? 얼굴도 이름도 모르는 사람을?"

"그런 건 중요하지 않습니다. 꼭두각시? 선생님은 이름을 붙이는 것을 싫어했을 뿐이지 그 이름 자체는 마음에 들어 하셨습니다. 선생님은 언제나 말씀하셨지요. 껍데기는 꼭두각시일 뿐이라고요."

"그 속에 든 얼굴이 중요할 때도 있지 않겠습니까."

"전혀요. 설령 내가 모르는 새 가면 속 얼굴이 달라졌다 해도 달라지는 것은 없을 겁니다."

"흐음."

재건은 잠시 생각했다.

"그러면 내가 꼭두각시의 가면을 벗겨도 되겠습니까?"

"그건 안 됩니다. 내가 살아 있는 한 온몸으로 막을 겁니다."

"좋아요. 아주 좋아요. 이런 거지! 서로의 신념을 건 한판 승부! 캬!"

"잡소리 말고 덤비시죠. 날 비리비리한 과학자라고 생각하면 오산입니다."

선욱은 거리를 좁혀 왔다. 그는 두 주먹을 턱밑으로 모으는 복싱의 자세를 취했다. 재건보다 1.5배는 넓은 듯한 등짝으로 제대로 연마한 펀치를 날린다면 몇 방 버티지 못할 게 틀림없다. 복서에게 거리를 허락하면 안 된다. 재건은 재빨리 뒤로 물러섰다. 동시에 선욱의 주먹이 바람을 휘갈겼다. 코끝으로 날카로운 바람이 스쳤다. 덩치뿐만 아니라 실력 또한 만만히 볼 게 아니다.

재건은 뒷걸음질쳐 자리를 이동했다. 상대가 복싱이면 좁은 공간은 불리하다. 조종당하는 사람들도 흥미로워하는 표정으로 자리를 비켜주었다.

다시 선욱이 치고 들어왔다. 재건은 얼굴을 가드했다. 하지만 팔의 사정거리가 재건이 생각한 이상이었다. 선욱의 팔은 가드를 넘어 재건의 관자놀이로 들어와 꽂혔다. 한 방에 재건은 뒤로 자빠져 엉덩이를 찧고 말았다. 철저하게 복싱만을 연마한 듯한 선욱은 넘어진 재건에게도 주먹을 꽂아 넣었다.

하지만 이번에는 재건이 빨랐다. 재건은 넘어지는 자세 그대로 바닥에 손을 짚으며 반동을 이용해 뒤꿈치를 길게 찔러 넣었다. 팔과 다리. 사정거리의 현격한 차이로 선욱은 가슴팍을 얻어맞고 말았다.

바닥에서부터 일직선으로 찔러 들어가는 킥은 재건의 필살기였다. 정확하게 들어간다는 것을 확신한 재건은 몸을 튕겨 앞발로 선욱의 가슴을 크게 내질렀다. 선욱은 계단 밑으로 처박히고 말았다.

"디 엔드. 갈비뼈가 몇 개 나갔을 거예요. 이겼으니 올라가도 되지?"

선욱은 고통에 신음하느라 대답하지 못했다. 재건은 손짓으로 인사하고는 계단을 올랐다. 눈치채지 못했지만 그곳은 재건이 갇혀 있었던 공간이었다. 그 위는 종루였다.

종루는 두 사람이 옥신각신하기에 그리 충분한 공간이 아니었다. 꼭두각시는 재건이 올라오도록 입구에서 떨어져 기다려주었다. 바람이 제법 거셌다. 조금만 부주의했다가는 곧바로 바닥행이다.

"위에서 전부 내려다보고 있었다네. 네놈이 나타날 줄 알고 있었어."

재건은 머리를 쓸어넘기며 말했다.

"바보 같은 짓은 그만하지."

"바보 같은 짓? 무슨 짓? 저 황오규가 이렇게 나올 줄 알고 영상을 미리 준비해둔 것? 아니면 네놈이 나타날 줄 알고 그 계집을 붙잡아둔 것?"

"뭐라고? 선예를 네가?"

재건은 꼭두각시의 멱살을 쥐고 벽으로 밀어붙였다. 그가 쓰고 있던 마술사 모자가 바닥을 굴렀다.

"흐흐흐흐. 역시 이렇게 나오는군. 어때? 잘 잡았지 않았나? 네 약점."

"헹, 무슨 근거로? 의뢰인이 내 약점이라고 보는 건 비약 아닌가? 네가 날 얼마나 안다고?"

"이렇게 행동으로 보여주고 있지 않은가? 걱정 말게나. 계집은 안전장치일 뿐이니까. 난 수수깡처럼 약한 꼭두각시라네. 말보다 주먹이 먼저 나가는 무식한 탐정과 단둘이 대화하려면 내 몸을 지킬 장치는 있어야 하지 않겠나."

재건은 꼭두각시를 놓아줬다. 꼭두각시는 뒤로 힘없이 밀려났다.

"그래, 우리 차분하게 대화를 나눠보자고. 이성적으로. 하하하!"

재건은 그의 말장난에 놀아날 생각이 없었다. 말없이 꼭두각시의 얼굴을 후려갈겼다. 꼭두각시는 다리에 힘이 풀려 그 자리에 무릎을 꿇고 말았다. 재건은 무방비 상태인 그의 가면을 잡아채 벗겨버렸다. 이렇게 벗겨버리면 끝이다. 간단히 해결될 일을 복잡하게 끌고 갈 필요는 없다. 가면 속에서 얼굴이 드러났다. 그 얼굴을 확인하고, 자신의 추리를 확인한 뒤 진상을 추궁하면 그만이다.

가면 안에 얼굴이 있었다.

재건 자신의 얼굴이.

재건은 놀라 엉덩방아를 찧고 말았다.

"하하하하! 놀랐지? 놀랐지? 어떤가? 난 사실 자네였다네. 으흐흐."

그것은 재건의 얼굴을 정교하게 흉내낸 가면이었다.

"숙제라고 하지 않았나? 답을 말하기도 전에 훔쳐보려 하다니 버릇이 없구먼."

"난 하드보일드 탐정이거든. 추리 쇼를 보여주는 취미는 없단 말이야. 내 확신만 있으면 되고 내 답안이 맞았는지 확인만 하면 그만이야."

재건은 다시 손을 뻗었다. 꼭두각시는 얼굴을 감싸고 저항했다.

"두려운가? 자기가 도달한 답안이 진실과는 상관없을까봐? 혼자 방구석에서, 그래 나는 틀리지 않았어, 하며 자위하는 게 네가 말하는 탐정인가? 그러면 제대로 추리를 했든 아무 답이나 집어던졌든 무슨 상관인가? 혼자 머릿속에서 리셋하고 나는 옳았어, 하고 중얼거리기만 하면 될 것을."

"난 바보가 아니거든. 그런 도발은 안 먹힌단 말씀."

"그런가? 아쉽구먼. 그런데 이걸 어쩌나? 나는 엄청난 바보인데?"

꼭두각시는 품에서 권총을 꺼내 들었다. 재건은 동작을 멈추고 일어나 뒤로 물러났다. 꼭두각시가 손을 내밀자 재건은 들고 있던 그의 가면을 다시 건넸다. 쓰기도 쉽고 벗기기도 쉬운 가면이었다. 꼭두각시는 본래 얼굴로 되돌아갔다.

"흐흐. 어떤가? 이제 도전해볼 마음이 생기나?"

"이것참."

"기회는 한 번 주지. 내 맘에 드는 답을 말하면 이 가면을 벗어주고 말하지 않는다면 방아쇠를 당기겠다. 탐정이여, 맞혀보게나. 이 가면 속에는 누가 들어 있을까?"

그렇게 말하며 꼭두각시는 공이치기를 당겼다.

재건은 입을 다물었다.

어째서 이놈이 총기를 가지고 있었는지 궁금했는데 이제는 알 수 있었다. 모든 것이 하나의 시나리오였다.

확신은 없었다. 하지만 지금 생각할 수 있는 유일한 답이었다. 그동안 머릿속으로 수차례나 정리했던 내용이었다. 재건은 머릿속 생각의 흐름을 다시 펼쳐서 점검했다.

거짓말이었다. 자신은 바보가 아니라는 말. 재건은 탐정이다. 탐정이 미스터리의 꽃이자 가장 화려한 순간이라고 할 수 있는 추리 쇼를 마다할 리가 없잖은가.

누구도 인정해주지 않는 탐정 짓을 수년째 하고 있는 사람이 바보가 아니라면 또 뭐란 말인가.

재건은 기다리고 있었다는 듯이 말하기 시작했다.

"뭘 말하면 되지? 내가 가진 건 워낙 황당하고 장황해서 말이야. 어디 보자, 그래, 소원대로 주절주절 떠들어보지."

꼭두각시 또한 입을 다물었다.

"모든 가설과 정황을 하나로 묶을 수 있는 답은 그것뿐인가. 적어도 내 추론하에서는 말이야. 우선 사실부터. 첫째, 코엑스 사건으로 가장 큰 피해를 본 것은 황오규이다. 둘째, 꼭두각시는 이 과정에서 영웅으로 떠올랐다."

총부리는 전혀 흔들림이 없었다. 재건은 그 끝을 예의 주시하며, 그리고 보이지 않는 꼭두각시의 눈을 노려보며 말을 계속했다.

"코엑스 사건 이후로 황오규에게 제기된 세 가지 의혹. 너무나 작위적이고 이상한 의혹들이야. 마치 황오규를 겨냥하기라도 한 것처럼."

"오호, 바로 음모론부터 시작하는 건가?"

꼭두각시는 끼어들었다.

"때로는 음모론이 현실보다 더 논리적인 경우가 있지. 난 이번 사건에서 황오규에 대한 꼭두각시의 집요한 원념을 느꼈어. 모든 사건은 황오규를 향하는 동시에, 중심에는 꼭두각시가 있었어. 황오규 역시 꼭두각시를 묘하게 미워하더라고. 아니, 그 둘은 서로가 서로에게 혐의가 있음을 알고 있는 것 같았어.

이거 아나? 요 며칠 경찰서에 꼭두각시 관련 민원이 쏟아지고 있다더군. 난 그게 황오규의 짓이라는 걸 알아. 증거는 없지만 그게 가능한 유일한 사람이 황오규라는 것은 확실하지. 이 시위대 역시 마찬가지. 댁은 이해 못 하겠지만 이건 황오규의 특수한 능력에 의한 거라고."

"좋아, 좋아. 발언할 시간을 충분히 주겠네. 한번 논해보시지."

재건은 헛기침하더니 설명을 시작했다.

"우선 첫 번째 의혹, 황오규가 천궁파의 큰손이었다는 것. 이건 붙잡힌 천궁파 잔당이 한 말이야. 난 개네한테 뭔가 꿍꿍이가 있는 건지 아니면 정말로 억울해서 사실을 폭로한 건지 확인해보았어. 그런데 그들은 철저히 황오규 연루설을 주장하더라고. 증언은 구체적이었어. 형사 또한 진술 사이에서 모순점을 못 찾았다고 했고. 그렇지만 황오규는 이를 철저히 부정했지. 마치 터무니없는 모함이라는 듯이."

"거기에 대해선 내가 이미 증거 화면을 제시했잖은가. 그 점은 명백한 황오규의 범죄 사실이지 음모론이 끼어들 건 아닌 것 같은데?"

"당신이 이 화면을 갖고 있었다는 게 문제야. 어쩌면 이 계획은 내 생각보다 오래된 것일지도 모른다는 생각이 조금 전 추가됐어."

"그래서, 내가 그 천궁파인가 하는 친구들을 부추겨서 황오규를 공격하고 또 제압한 다음, 황오규에게 불리한 증언을 하라고 시켰단 말인가? 그런 부자연스러운 일이 가능할 성싶은가?"

"글쎄. 어쨌든 황오규와 당신 사이에 견해 차가 있는 건 사실이지."

"그래. 계속해보게나."

꼭두각시의 기괴한 가면은 말했다. 재건은 마른침을 꿀꺽 삼키고는 말을 이었다.

"두 번째 의혹인 논문 도용에 관한 건 민선욱이 준비했어. 마치 초시계라도 보면서 준비한 것 같은 절묘한 타이밍으로 모든 게 준비돼 있었지. 아마 언론 여기저기에 단서를 뿌리지 않았을까? 어떻게 해서든 이슈를 부풀린 다음, 황오규의 기자회견을 기다렸다가, 곧바로 방송에 얼굴을 드러내고 반박이 되는 증거를 제시한다. 비록 기자회견은 무산됐지만 예정된 방송은 진행. 뭐, 그 와중에 황오규 측이 끼어들어서 내가 민선욱을 낚아챌 수 있었지만.

그런데 정말로 당신이 민선욱의 행동을 몰랐을까? 민선욱은 당신과 상관없는 독자 행동이라 주장했지만, 황오규에게 피해를 주려는 이 행동을 당신이 몰랐을 리는 없어. 깜짝 축전은 당신 행동과 목적이 상충해."

재건은 반응을 기다렸지만 꼭두각시는 계속하라는 듯 말이 없었다. 재건이 숨을 들이켜고 다시 말을 시작했다.

"그다음 세 번째 의혹이야. 사람을 감금하고 인체 실험을 했다는 기사. 개중에서 가장 믿을 수 없는 의혹이지만 여기서 난 어떤 새로운 사실을 알아냈지. 한 성형외과 의사가 실종된 사건이었어. 안현성이라는 유명한 성형외과의가 황오규의 개인 의사로 고용됐다가 실종됐다는군. 하지만 여기에도 모순이 있지. 다른 성형외과 의사가 주장하기를 황오규의 얼굴에선 어떤 수술 흔적도 없었다네?"

"그 의사의 말을 의심해볼 수도 있는 것 아닌가?"

"글쎄. 황오규가 안현성을 고용한 것은 사실. 이 의사가 실종된 것도 사실. 그리고 의사 소견상 황오규의 얼굴에 수술 흔적이 없다는 것도 사실. 황오규가 안현성과의 관련성을 철저히 부인한 것도 하나의 사실."

재건은 계속 말했다.

"이 세 가지 의혹은 다양한 경로로 각기 증명되고 있어. 천궁파 잔당의 증언, 그리고 당신이 공개한 CCTV에서는 황오규의 마피아 연루설을 증명하지. 민선욱은 황오규의 논문 도용의 당사자라고 증언하고. 그리고 한 성형외과 의사가 알 수 없는 이유로 황오규에게 고용됐고 또 사라진 사실은 다른 의사가 증언해줬어. 하지만 황오규는 이 모든 의혹을 부인했지."

"그래서, 그 의혹들이 조작이라는 말인가?"

"아니, 그 반대. 난 일단 대전제부터 차근차근 가능성을 고정해나가기로 했어. 여기서 황오규에게 제기된 세 가지 의혹을 모두 참이라 가정하기로 했지. 왜냐하면 모순을 해소하기 위해서는 한쪽을 사실로 고정하고 거기에 따른 모순을 살피는 편이 유익하니까. 황오규는 제자 논문을 도용했고, 마피아와 결탁하여 마약을 유통했고, 그들을 배신했고, 다시 만나 코엑스 사건을 일으켰으며, 한편으로는 어둠의 성형외과 의사를 고용했고, 그의 실종에 관여했지만, 아무런 수술도 받지 않았다. 정말 기괴한 진실이지."

"때론 진실이 더 기괴한 법이지."

"아냐, 진실은 언제나 논리정연해. 일어날 수 없는 일은 절대 일어나지 않는다고. 그리고 여기서 추가할 수 있는 또 하나의 진실. 이 사건에서 꼭두각시는 황오규가 잃어버린 명예에 대한 반사이익을 누리고 있다는 것."

"하. 또 그건가? 진정으로 내가 그 모든 일에 개입했다고 말하고 싶은 겐가?"

"황오규는 왜!"

재건은 잡소리를 차단하려는 듯 손가락을 들며 말했다.

"느닷없이 마피아들과 척을 졌을까? 왜 다시 접근했을까? 왜 마피아들은 자신을 배신한 황오규를 받아들였을까? 이 질문에서 시작해보지. 이 사건에서 가장 이해할 수 없었던 부분이었어. 잔당이 하는 말을 들어보면 그 친구들은 여전히 황오규를 믿지 못하는 것 같더라고. 다만 현장에서 살해당한 그들의 부두목만이 황오규를 다시 믿었다고 했지. 잔당 중 하나가 말했어. 오해였다고. 그건 아마 부두목의 말이었을 거야. 오해라니? 조직을 배신하고 두목을 감방에 처넣은 사건에 오해가 개입할 여지가 있을까?

마피아한테 어떤 변명이 통할까? 미안해, 내가 잘못했어. 미안해, 그건 내 본의가 아니었어. 미안해, 사실 너희를 위한 거였어. 미안해, 대신 내가 더 좋은 거 알려줄게. 법적 보호를 받지 못해 서로에 대한 신의와 충성으로 작동하는 마피아 조직에서 그런 변명이 먹힐까? 가만히 생각해봤지. 생각해보니 단 하나 먹힐 법한 변명이 있더라고."

점점 격양된 재건은 양팔을 펼치고서 쏟아내듯이 말했다. 꼭두각시의 얼굴은 천으로 돼 있었기 때문에 침을 튀기는 것은 개의치 않았다.

"너희 두목을 배신한 건, 내가 아니었어. 사실 그건 나랑 아주 닮은 사람이었어. 이제 내가 돌아왔으니 다시 손을 잡고 두목을 구한 뒤 그 녀석을 끌어내리는 게 어때?"

천천히 팔을 떨어뜨리고 목소리도 한결 차분해져서는 말한다.

"황오규는 둘이었던 거야."

"하!"

꼭두각시는 크게 소리치더니 허리를 뒤로 젖힌다.

"가정과 가정. 그런 것으로 진실이 성립될 수 있을 것 같나?"

"물론이지! 모든 가정을 아우르는 단 하나의 설명은 진실에 무한정 가까워지거든. 특히나 이번 경우는 그렇지. 모순점이 남아 있다면 설명은 완벽하지 않아. 하지만 그 모순점을 해소하는 유일한 설명이 존재한다면? 그게 바로 진실이 아닐까?"

"모순이라. 모순은 논리적으로 불가능하기 때문에 모순이 아닌가?"

"그게 가능할 경우 그것은 모순이 아니라 트릭으로 격하되는 거지. 일종의 서술 트릭이야. 현실에선 서술자라는 게 존재하지 않으니 자연적 서술 트릭이라 부를 수 있으려나? 모순이란 것은 누가 의도해서 생기는 게 아니야. 아마 지금까지 넌 모순 따위는 느끼지 못했을걸? 그건 관찰하는 사람의 시각에서만 보이는 착시 효과 같은 거니까."

재건은 저벅저벅 꼭두각시의 주위를 돌며 말한다.

"계속해볼까? 황오규가 두 명이라는 가정이라면 성형외과 의사 안현성이 이 무대에서 맡은 역할도 설명할 수 있지. 그는 또 한 명의 황오규를 만들기 위해 고용된 거야. 그리고 비밀을 감추기 위해 사라진 거야. 살해당했다든가, 아니면 돈을 받고 외국으로 잠적했다든가."

"도대체 황오규를 한 명 더 만들 이유가 뭐란 말인가."

"동기야 본인한테 물어보면 되겠지만, 추측하건대 자신의 대역을 만들려던 게 아닐까? 유명한 과학자로서의 황오규의 역할과 마피아 간부로서의 황오규의 역할을 둘 다 수행하기 위해서. 몸이 두 개가 되고 싶었겠지. 그런데 문제가 발생했어. 둘 사이에 이견이 발생한 거지. 진짜는 가짜를 완전한 자신의 수족으로 부리고 싶었겠지만 진짜는 가짜를 통제할 수 없었어. 마침내 가짜는 독자적인 행동에 나서게 된 거야."

가짜는 진짜를, 배신해버렸지.

재건은 말했다.

"황오규의 이해할 수 없는 행동. 그건 가짜가 진짜를 골탕 먹이려던 행동이야. 그래서 마피아의 정보를 경찰에 넘긴 거야. 주요 수입처인 마약 밀매 루트를 끊어버리고 마피아와 척을 지게 하도록."

재건은 말을 이어나갔다.

"여기엔 두 명의 황오규가 존재하지. 마피아와 손잡고 국내에 마약과 총기를 유통하는 악당 황오규와 그들을 토벌한 정의의 황오규. 그리고 성형외과 의사를 고용한 황오규와 얼굴에 칼 하나 안 댄 것 같은 황오규. 이게 모순으로 보이는 이유는 두 황오규가 한 사람이라고 생각하기 때문이지. 그게 바로 심리적 착시 효과. 만일 황오규가 두 명이었다고 가정한다면 모순은 없어지는 거야."

"하! 쓸데없는 가설이 덧붙기만 하는군. 그런 덕지덕지 바른 누더기 같은 설명이 설득력 있을 것 같나?"

"물론이지. 여러 모순점을 방치한 단편적인 사실의 나열과 모든 모순점을 해소한 나의 추리 중에서 무엇을 진실이라 간주해야 할까?"

꼭두각시는 입을 다물었다.

"내 추리를 따르면 아무런 모순도 없어져. 진짜 황오규는 마피아와 결탁한 악당이었지만 또 한 명의 황오규는 똑같은 얼굴을 가지고 마피아를 배신했어. 그리고 철저히 황오규를 추락시키기 위해서 다시 마피아를 찾았지. 뻔뻔스럽게도 진짜를 가장해서. 저 CCTV 영상은 그런 식으로 찍은 거겠지? 부두목이라는 자는 어쩌면 대역으로 쓸 가짜 얼굴을 만들어 놨다는 사실을 알고 있었는지도 모르지. 그래서 자신을 배신한 황오규가 다시 나타나자 그를 믿었던 거야. 하지만 이 점은 부하들은 이해 못 하더라고. 여전히 그들은 황오규에 대한 원망을 품고 있었어.

가짜는 그걸 이용했지. 코엑스 사건을 일으키고 그 와중에 진실을 아는 자들은 살해해버린 뒤 이해할 수 없는 불합리에 휩싸인 채로 붙잡힌 조무래기들로 하여금 황오규가 모든 사건의 배후라고 실토하게 하는 거야.

가짜는 가면 뒤에서 비웃고 있었겠지. 보아라. 넌 이렇게 몰락할 것이다. 그리고 꼭두각시는 영웅이 되어 그 반사적인 영광을 독차지할 것이다. 넌 이 가면 뒤에 숨은 얼굴을 알고 있겠지. 하지만 감히 이것을 벗기지는 못할 것이다. 그건 너의 또 다른 치부를 드러내는 일이므로. 이러지도 저러지도 못하는 완벽한 복수! 그게 바로 당신의 계획이었던 거야."

재건은 말을 잠시 멈추고 기분을 가라앉힌 다음 다시 입을 열었다.

"이제 처음의 질문의 답을 해야겠군. 당신은 황오규에게서 버려진 또 한 명의 황오규야. 전혀 상관없는 사람이었지만 성형수술로 똑같은 얼굴을 갖게 됐어. 왜 얼굴에 수술을 한 흔적이 없냐고? 당연하지. 황오규 자신은 수술을 한 적이 없으니까. 얼굴을 기존 얼굴과 달라지게 만드는 것이 수술의 목적이 아니라, 다른 얼굴을 자신의 얼굴과 똑같게 만드는 것이 목적이었으니까."

재건의 말에는 확신이 차 있었다.

"에덴동산에서 쫓겨난 가게무샤는 복수의 화신이 되어 돌아왔지. 아주 천천히, 꼭두각시라는 페르소나를 내세워서."

재건은 잠시 말을 멈췄다. 꼭두각시는 아무런 반응이 없었다. 재건은 말을 이었다.

"꼭두각시는 이름을 가질 수 없었어. 왜냐하면 황오규한테 자신의 이름을 빼앗겨버렸으니까. 그래서 '이름 없는 자'로 돌아온 거야. 요상한 가면과 말로 유명세를 얻은 다음, 그걸 이용해서 황오규가 가진 명성을 무너뜨리려 했어. 그 아이템이 바로 황오규의 비리였지. 황오규에 대한 건 속속들이 알고 있었어. 그래서 이용한 거야. 꼭두각시가 처음 등장한 게 내가 확인한 기록으로는 삼 년쯤 전이야. 천일호가 구속된 시점과 일치해.

민선욱. 아마 그 사람을 만난 건 행운이었겠지. 민선욱은 황오규에게 원한을 가지고 있었어. 그래서 마침 한국에서 길을 잃은 민선욱을 측근으로 만든 거야. 최측근인 그에게도 얼굴을 일절 보여주지 않은 이유? 당연하지. 황오규와 똑같은 얼굴이니까. 그리고 비밀이 유지되는지 확인하기 위해 언제나 철저히 감시를 했고. 형제인 선예까지도.

복수. 이 일련의 과정에서 집요한 복수심을 어떻게 읽지 않을 수 있을까! 가짜는 황오규의 대역이었기 때문에 원본에 대한 중요 정보를 알 수 있었지. 그것들은 전부 원본의 약점이 됐고 복수의 재료가 됐어. 처음 그가 전 세계에 이름을 떨친 논문부터, 암시장을 좌우하는 위치, 그리고 사람을 개조해서 대역으로 쓰겠다는 파렴치한 계획까지. 사라진 성형외과 의사. 왔다갔다하는 마피아와의 관계. 그리고 얼굴을 가린 채 이 일에 끼어들고 있는 괴인. 내가 내릴 수 있는 결론은 하나뿐인 것 같군."

재건은 기나긴 말을 마쳤다. 잠시 숨을 고르고, 손가락을 들어 선언한다.

"따라서, 그 가면 안에 있는 얼굴은 황오규. 숙제라고 했지? 이게 내 결론."

이야기를 다 들은 꼭두각시는 어깨를 축 늘어뜨렸다.

"뭐야, 이거. 김빠지게."

그렇게 말하며 투정 부리는 아이처럼 어깨를 흔든다.

"이러면 재미가 없잖아. 어느 정도는 헤매길 바랐는데. 이러면……."

손을 얼굴로 뻗어 가면을 벗어버린다. 안에는 여전히 재건의 얼굴이 있었다. 그 얼굴을 잡아 늘인다. 가면이 찡그리는 것처럼 늘어난다. 잘 안 벗겨지는 듯 허둥대다가 이내 한 번에 잡아 뽑듯이 가면을 벗겨낸다.

"서프라이즈! 하는 재미가 없잖아!"

황오규의 일그러진 얼굴이 나타났다. 하지만 조금 달랐다. 자세히 보니 그의 왼쪽 눈은 의안이었다. 부릅뜬 반대편 눈은 광인처럼 희번덕이고 있었다. 주름의 골은 다른 황오규보다도 훨씬 깊어 보였다. 다른 사람이라 해도 믿을 수 있을 만큼 그의 얼굴은 비틀려 있었다. 하지만 그 얼굴은 틀림없는 황오규였다.

"하하하하! 으—하하하하하!"

"괜찮아요?"

마곤은 선욱의 상태를 살폈다. 매우 좋지 않아 보였다. 재건의 킥이 아무리 강했다고는 하나 단 한 방에 가슴팍을 피로 적시지는 못할 것이다. 셔츠를 걷어올리고 보니 온몸이 말이 아니었다. 여기저기가 찢어지고 피멍이 들어 있었다. 숨쉬기 곤란해하는 것을 보니 갈비뼈도 나간 것 같았다. 이곳에서 농성하며 얻은 상처인 것 같았다.

선욱은 숨을 힘겹게 내쉬었다.

"너는, 탐정과 다니던……."

"이렇게 다쳤는데 싸웠던 거예요? 바보같이……."

선욱은 몸을 일으키려 했다. 하지만 손끝 하나 마음대로 움직여지지 않았다.

"가야 돼……. 선생님을, 지켜야 해……."

"대체 왜죠? 무엇 때문에 그렇게 절실히…… 선생님이란 사람이 뭐가 그렇게 중요한데요? 선예 누나한테 미안하지도 않아요?"

"선예, 그래서, 난……. 한국에 와서 난 선예를 찾고 싶었어. 하지만 찾을 방법이 없었지."

선욱은 마치 마지막인 것처럼 한 마디 한 마디를 힘겹게 꺼냈다.

"선생님을 만나고, 선생님이 도와줘서 선예를 찾을 수 있었어. 하지만 난…… 선예를 만날 수 없었어. 미안하기도 했고, 복수심에 스스로를 제어하지 못하는 나를 보여줄 수 없었어. 그래서 몇 년 동안 잘 지내는지 지켜보기만, 컥!"

선욱은 기침 한 번에 온몸을 부르르 떨었다.

"선예가 대학에 가게 되자 선생님은 장학 재단을 가장해 학비를 지원해주고 장학금이라 해서 생활비도 얹어줬어. 그 돈으로 부모님의 빚을 갚을 수 있었지. 난 그런 선생님을 끝까지, 으윽, 지켜야 해."

"설마 애인하고도 관계를 끊은 게……."

선욱은 말없이 고개를 끄덕였다. 한국에서 만난 애인이 하필이면 선예와도 아는 사이였다, 하는 사연일 것이다.

모든 것이 동생을 위해서였다. 그리고 꼭두각시는 선욱의 마음을 철저히 이용했다. 참을 수 없었다. 마곤은 선욱의 고개를 가지런히 해두고 일어섰다. 이자를, 선예의 오빠를 이 자리에 놔둬도 될까 싶었지만 지금은 방도가 없었다. 구급대원은 올라오지도 못할 테고 마곤이 이 거구를 데려고 나를 수도 없다.

마곤은 옆에서 멀뚱히 보고만 있는 사람들에게 말했다.

"이 사람 좀 내보내줄 수 있어요? 많이 다쳤잖아요. 황 박사님한테 데려다줄 수 있죠? 부탁해요."

발목을 잡는 손길에 마곤이 뒤를 돌아보았다.

"아니, 됐어. 그보다 넌 선예한테 가주겠어? 우리 측 사람이 보호하고 있다지만 네가 가줬음 해. 넌 이상한 능력도 있는 것 같던데."

"알았어요. 대신 쓸데없는 짓 하지 말아요."

"그래. 선예는 별관에 있어. 여기서 세 블록 내려간 곳이야."

마곤은 고개를 끄덕이며 엘리베이터로 달려갔다.

마침 엘리베이터가 12층에 섰다. 문이 열리고 그 안에 있던 황오규와 눈이 마주쳤다. 마곤은 깜짝 놀라 뒤로 물러서며 경계의 자세를 취했다. 그러나 황오규는 마곤을 힐끗 보더니 그냥 지나칠 뿐이었다. 누워 있는 선욱도 지나친 그는 다락방으로 올라갔다. 마곤은 어떻게 할지 잠시 망설이다가 엘리베이터에 올랐다. 이곳은 재건에게 맡기고, 나는 내가 할 수 있는 일을 해야 한다.

별관. 교회가 수련원으로 바뀌고는 사용하지 않는 건지 여전히 "반석 교회"라고 현판이 붙어 있는 멋없는 콘크리트 건물 안에서는 한바탕 소동이 벌어지고 있었다.

"정말 웃기셔! 이렇게 여자를 인질로 붙잡아두는 집단이 사이코 광신도가 아니라면 뭐란 말이에요?"

선예의 목소리였다.

"아니, 우리도 선생님의 지시에 따라……."

쩔쩔매는 남자의 목소리도 들렸다.

"선생님이 시키면 사람도 죽이겠네?"

"선생님은 그런 걸 지시하실 분이 아닙니다. 그리고 부당한 권위는 거부하는 게 우리의……."

"그럼 빨리 풀어달라고요! 부당하잖아!"

문이 닫혀 있어 자세한 상황은 알 수 없었다. 마곤은 여기 있는 모든 사람들의 목소리가 들리기를 기다렸다. 인원수와 안쪽의 상황을 알아야 능력을 써서 돌입했을 때 재빨리 상황을 정리할 수 있다. 아직 선예가 위험해 보이지는 않았다. 하지만 억류돼 있는 것은 분명했다. 대화를 나누는 상대는 평범하고 순진한 회원으로 보였다.

"제발 가만히 계시면 안 되나요? 바깥이 위험하니까 아가씨를 꼭 붙들고 있으라는 게 선생님과 민선욱 형제님의 지시였다고요."

다른 남자의 목소리였다.

"난 그딴 지시 따를 생각 없거든요? 내가 왜 당신들이 명령 지키는 데 협조해야 하는데요?"

"제발 부탁드립니다. 이렇게 묶어두는 건 죄송하지만 어쩔 수 없다고요."

"어쩔 수 없긴 뭐가 없어! 거기 아저씨! 내 핸드백 건들지 마요!"

"이, 이건, 저기 그냥 올려두려고……."

또 다른 남자의 목소리였다. 지금까지 확인된 목소리는 최소 셋.

"그냥 냅둬요!"

이런 상황이라면 좋게 말해서 데리고 나올 수도 있을 것 같았다. 마곤은 손잡이에 손을 갖다 댔다.

"그것참 시끄럽네."

새로운 남자의 목소리였다. 손잡이를 돌리려던 마곤은 기민한 신경을 유지한 채 동작을 멈췄다.

"시끄러우면 그만 풀어……."

새로운 남자에게 쏘아붙이던 선예는 말을 끝까지 잇지 못했다.

탕.

총소리.

"끼아아아!"

총소리에 맞물려서 선예의 비명이 날카롭게 문틈으로 새어 나왔다.

마곤은 손잡이를 움켜쥐었다. 전혀 예상하지 못한 일이었다. 적어도 지금까지의 대화에서 총이 발사될 낌새는 느낄 수 없었다. 도대체 무슨 일인가. 선예의 비명이 들린 것을 봐서는 선예가 총을 맞은 것은 아닌 것 같았다. 마곤은 더는 기다릴 수 없다고 판단했다.

숨을 크게 들이켜고는 안으로 들이닥쳤다.

문이 열리자 사람들은 일제히 문 쪽을 돌아보았다. 하지만 아무것도 발견할 수 없었다.

마곤은 재빨리 상황을 파악했다. 총을 든 사내 쪽에 서 있는 남자가 셋, 쓰러져 피를 흘리고 있는 남자 쪽에서 겁에 질린 표정으로 주저앉아 있는 사람이 넷. 총을 든 쪽은 정장 차림이 아니지만 체격이 남달랐다. 일전에 상대했던 가드가 분명했다. 그림이 그려졌다. 아마도 두 집단은 계통이 다를 것이다. 일반 회원들이라 아무것도 모르는 추종자. 가드들은 꼭두각시의 꿍꿍이를 공유하는 집단. 꼭두각시의 직속 부하들이 아무것도 모른 채 벌벌 떨고 있는 일반 회원들을 제거하려는 것. 그렇게 결론 내렸다.

마곤은 그들의 소지품을 살폈다. 총을 가졌는지 알아보려면 가슴팍이나 허리춤을 살펴보면 된다고 배웠다. 총을 가진 사람은 겉보기로는 한 명뿐이었다.

마곤은 날아올랐다.

총을 든 손을 잡아채 방향을 틀었다. 보이지 않는 무언가에게 손목을 잡힌 사내는 허공에다 방아쇠를 연신 당겼다. 찰칵 소리로 총알이 떨어진 것을 확인한 마곤은 그의 국부를 무릎으로 올려 차 허리를 구부러뜨리고는 있는 힘껏 목덜미를 내려쳤다. 그는 의식을 잃고 고꾸라졌다. 그리고 나머지 두 사내에게도 한 방씩 먹여줬다.

마곤은 선예에게 달려갔다. 단단히 묶인 밧줄 매듭은 가지고 있던 빅토리녹스 칼로 끊어버렸다.

"마곤아! 여기 온 거지?"

선예는 더듬거리면서 마곤을 찾았다. 마곤은 손길을 피하며 슬그머니 능력을 해제하고는 칼날을 접어 주머니에 집어

넣었다.

“빨리 나가죠.”

“앗, 찾았다!”

“이젠 저들한테도 보인다고요. 어서 뛰어요!”

마곤은 선예의 손목을 잡아끌었다.

“잠깐만! 내 핸드백!”

“저기, 그럴 시간이!”

“저건 챙겨야 된다구!”

선예는 벌벌 떨고 있는 남자들을 지나 벽에 걸려 있는 핸드백을 집어 돌아왔다. 짧은 시간이었지만 마곤은 발을 구르며 초조해했다. 둘은 다시 문을 나서려 했다.

“거기까지!”

한 명이 더 있다는 것을 알지 못했다. 그는 문을 막아서며 칼을 내밀었다. 그는 위협하듯 버터플라이 나이프를 손 위에서 빙그르 돌리며 다가왔다. 마곤은 선예를 막아섰다. 그리고 그들이 지금 궁지에 몰렸다는 사실을 깨달았다. 능력을 쓴다면 상대 못 할 자도 아니다. 하지만 그러면 뒤에 있는 선예가 그대로 노출돼버린다. 외통수였다.

“너 이 녀석 잘 걸렸다. 전에도 우리 봤지?”

수련원 침투 때 얼굴을 봤던 남자인 듯했다. 마곤은 기억 못 했지만.

방법이 떠오르지 않았다. 초조함에 주먹으로 땀만 쥐어짜고 있었다. 칼을 다시 꺼내자면 공격 틈새를 주게 된다. 능력을 쓰면 그 순간 선예가 위험해진다. 마곤이 성인 남성 여럿을 쓰러뜨렸다고는 하나 그것은 기습에 의한 것. 어디까지나 마곤은 키가 작은 중학생이다.

먼저 움직인 것은 선예였다.

"악당 졸개의 얼굴 따윈 일일이 기억해주지 않는다고요!"

선예는 그렇게 말하며 핸드백에서 무언가를 꺼내 들었다.

그것은 권총이었다. 마곤도 깜짝 놀라 뒤로 물러섰다. 선예는 시험 삼아 천장을 향해 방아쇠를 당겨보았다. 요란한 소리와 함께 콘크리트 조각이 떨어졌다. 두말할 것 없는 총이었다. 저들이 가지고 있던 베레타. 처음 느껴보는 반동에 선예는 비틀거렸지만 이내 화약이 터지고 금속 조각이 날아가는 느낌을 알게 되었다.

"누, 누나가 그걸 어떻게?"

"그때 하나씩 챙겼잖아. 네 것은 협상 때문에 돌려줬지만 내 건 아무도 말 안 하던데?"

참 대단한 여자다. 마곤은 혀를 찰 수밖에 없었다.

"이제 된 건가? 그럼……."

선예를 풀어줘, 라고 말하려 했다. 전례를 봐서는 협상을 하려 들겠지. 재건은 그것만이 걱정이었다.

"당신은 완전히 잘못 짚고 있어요."

아래쪽에서 목소리가 들렸다. 황오규가 다락방에서 올려다보고 있었다. 재건은 그의 눈에 가득차 있는 분노를 읽을 수 있었다.

"물론 일부 해명이 안 된 부분이 있죠. 인체 실험을 했다는 의혹은 아직. 간접적인 증언말고는 드러난 게 없으니까요. 다른 실험이 있던 건지, 아니면 가짜를 만드는 작업이었는지……."

"아니. 완, 전, 히. 잘못 짚고 있다고요."

아래는 여전히 전쟁중이었다. 고함과 둔탁한 무언가가 부딪히는 소리. 누군가의 비명.

재건은 황오규의 얼굴을 가만히 내려다보았다. 여전히 실소한 듯 주저앉아 웃고 있는 기괴한 사내 쪽을 다시 돌아보았다. 잘못 짚었다니. 재건은 좀처럼 자신의 확신을 바꾸려 들지 않는다. 물론 더 정교하게 살을 붙여야 할 부분은 있다. 황오규의 능력에 관한 것 역시. 초능력은 대개 착란이라든가 착각, 망상, 트라우마와 극심한 스트레스와 결부되어 생겨난다. 황오규에게 그런 동기가 있었던가? 아니, 그런 게 아니다. 황오규의 웃음은 그런 사소한 사실들을 거들떠보지도 않았다.

설마…….

재건은 재빨리 두 사람을 번갈아 쳐다봤다. 설마. 남자는 여전히 웃고 있었다.

모든 가설과 사실들을 만족시키는 단 하나의 설명.

"난 가면 속 얼굴이 뭔지를 물었었지. 일단은 맞혔으니까."

꼭두각시, 황오규의 얼굴은 보란듯이 가면을 뱅글뱅글 돌리며 말했다.

"혹시나 했지만 정말로 저 자식이 살아 있을 줄은 몰랐지."

박사는 말했다.

"머릿속을 비워버리는 약물이라더군요. 자기를 이루는 모든 기억에 혼란을 가져와서 착란을 일으킨다고 하더라고. 수개월 동안 나는 약물에 중독된 채 백치가 되어 누워 있었습니다. 이름도, 고향도, 부모도, 그리고 내 얼굴도 모두 잊어버렸습니다. 붕붕 떠다니는 기억들. 내 안의 모든 것이 그렇게 아무런 고정점 없이 부유하는 끔찍한 기분, 상상할 수 없을 거예요. 언제부터인가 난 원래의 내가 누군지 모르게 됐죠."

박사는 사다리를 타고 좁은 종루 위로 올라오며 말했다.

"그리고 또 수개월 동안 나에겐 엉뚱한 지식이 주입됐습니다. 황오규의 어린시절, 황오규의 가족 관계, 황오규의 친구, 경험, 에피소드, 사상, 몇 살 때 무슨 생각을 했는지, 몇 살 때 무슨 책을 읽었는지, 공부한 분야는 뭔지, 어떤 사람과 어떤 대화를 나눴는지, 그에 대한 모든 것을! 난 몽롱한 상태에서 모든 것을 받아들였습니다. 의심을 하면 전기 신호가 날 괴롭혔고 난 매일매일 내가 누구인가를 배워야 했습니다. 그렇게 나는……."

박사의 얼굴을 한 그는 말했다.

"황오규가 됐습니다."

그리고 덧붙인다.

"언제 이 얼굴이 돼버렸는지도 기억나지 않아요. 뭔가 끔찍하게 아픈 수술을 받았던 것 같기도 하지만 그마저 일 년 전 일인지, 십 년 전 일인지 기억나지 않았어요. 왜냐하면 그 수술을 받았다는 사실조차 이전의 나에게 속한 것이니까요. 인체 실험? 간접적인 목격자? 아마 저를 말하는 것이었겠죠. 네. 그 의혹도 사실입니다."

재건은 뒤로 물러서 벽에 기대어 섰다. 박사의 얼굴은 빨개져 있었다. 조금씩 떨리고 발음이 엇나가는 목소리는 그가 몹시 흥분했음을 알려주었다. 그렇지만 그는 한 글자, 한 글자 차분히 만들어내려 했다. 부들부들 떨리는 자신의 양손을 내려다보면서. 악물린 이를 간신히 벌려 그 틈으로 한 마디, 한 마디.

불현듯 재건은 바라노프의 말을 떠올렸다.

그 사람은, 우리가 알던 황오규였어요.

그 뜻이었던가. 재건은 완전히 착각하고 말았다. 단지 배신하기 전의 황오규로 되돌아왔다, 그 정도의 의미로 이해하고 지나쳤던 말이었다. 하지만 그것은 이 사건의 핵심을 찌르는 말이었다. 그들은 두 황오규의 존재를 알고 있었다. 그들은 진짜 황오규와 가짜 황오규를 구분하고 있었다. 대중 앞에 보이는 가짜가 아닌, 쫓겨났었던 진짜 황오규가 나타났음을 그들은 알고 있었던 것이다.

그렇다면 재건의 가정, 부두목과 부하들 사이에 정보의 격차가 있을 것이라는 추측은 틀린 게 된다. 그들은 재건에게 사실을 숨기고 있었다.

정확히 말하자면 재건이 멋대로 이해하도록 내버려두었다.

오해였다고. 정말 간단한 해답이었다. 가짜가 그들을 속인 것이 아니었다. 단지 진짜로 오해였을 뿐이다. '황오규'가 그들을 배신한 사실이 말이다.

두 황오규의 외관에는 중대한 차이가 있었다. 의안. 꼭두각시 황오규의 왼쪽 눈은 의안이었다. 마피아 잔당들에게 그것은 두말할 것 없는 증거로 받아들여졌을 것이다. 가짜 황오규. 현재 황오규 박사라고 알려진 황오규. 원래의 황오규를 쫓아내고 그 자리를 대신 차지한 황오규는 말했다.

"하지만 완벽한 세뇌 기술은 있을 수가 없지. 수십 년을 지니고 있던 인격을 지우는 게 그리 간단한 일인가? 나는 스스로 황오규라 여기면서도 문득문득 떠오르는 기억과 습관 때문에 점점 혼란스러워졌습니다. 저자도 실험이 실패라는 것을 알아챘죠. 내 운명이 어떻게 될지는 뻔했습니다. 그래서 먼저 손을 썼죠. 연구소에 불을 지르고 탈출하려 했어요. 하지만 얼마 도망가지 못하고 붙잡히고 말았습니다. 그러자 저자는…….”

“실패한 실험 대상은 소각하는 게 원칙이지. 유출되면 곤란하니까 말이야.”

사내는 이죽거리듯 말했다. 박사는 그의 말을 무시하고 말했다.

“끌려가는 나를 무감정하게 쳐다보는 황오규의 얼굴을 보면서 걷잡을 수 없는, 아마 인격을 잃어버리기 전에도 느껴본 적 없음이 분명한 분노를 느꼈습니다. 그리고 그 순간 뭔가가 달라졌다는 것을 깨달았죠. 힘이 생긴 것입니다. 바로 건드린 사람에게 내 인격을 부여하는 능력 말입니다. 처음에는 뭐가 뭔지 알 수 없었지만 나는 점차 내 감각의 범위가 넓어져 가는 것을 알 수 있었습니다. 그렇다면 그것은 누구의 인격일까요? ‘나’라는 존재의 인격? 아니면 황오규의 인격? 도대체 그들은 누구입니까?”

그 질문에는 재건도 대답할 수가 없었다.

“이제 두려울 것이 없었습니다. 나는 연구원들을 끌어모았습니다. 날 살처분하려던 연구원은 물론 전진하며 만난 모든 연구원까지. 나는 그 사람들, 지금도 나와 함께 연구하는 그 사람들과 함께 황오규를 찾아갔습니다. 울고불고 사정하더라고요.

우리는, '나들'은 그를 밤새도록 두들겨 패다가 산에다 파묻어버릴 생각으로 데리고 나왔습니다. 차에 싣고 이동하는 동안 놈이 어린애처럼 흐느끼던 것이 아직도 기억납니다. 차가 멈춰 서고 문을 열자마자 놈은 연구원을 밀치고 도망가더군요. 우리는 놈을 쫓았습니다. 우리에게는 총이 있었죠. 놈이 언제나 갖고 다니던 총이었습니다. 나는 총을 다섯 발 쐈고 놈의 얼굴에 하나, 가슴에 하나 맞는 것을 똑똑히 봤습니다. 놈은 비틀거리다가 다리에서 떨어졌습니다. 당연히 죽었다고 생각했죠. 총에 맞고 강물에 가라앉은 놈을 찾는 것은 불가능하다고 생각했습니다."

"으흐흐. 하지만 난 이렇게 살아 돌아왔지. 간신히 살아남았지만 모든 게 달라져 있었어."

사내는, 황오규였던 자는 무릎을 짚고서 일어나 비틀거리며 다시 몸을 세웠다.

"엉뚱한 놈이 TV에 나와서 잘난 척하더군. 내 비즈니스 라인을 내 이름으로 망가뜨려놓다니! 내가 뒷세계와 바깥세계에 걸쳐 간신히 구축한 신뢰를, 내 세상을! 그리고 기부다 뭐다 해서 재산도 절반이나 떼어먹고. 모든 게 엉망이었어!"

그는 총구로 박사를 가리키며 말했다.

"너! 너! 너 때문이야! 네가 내 모든 걸 빼앗았어! 날 죽이고 내 자리를 가로챈 뒤 내 얼굴을 하고 내 행세를 해왔어! 그 가증스러운 표정이라니! 내가 평생에 걸쳐 이룬 업적을! 내 이름을! 얼굴을! 네놈에게 자격이 있다고 생각하나? 넌 가짜야! 누가 뭐래도 넌 가짜라고! 난 거울을 보고 결심했지. 어차피 내 얼굴은 망가졌고, 사실을 밝히며 내 자리를 돌려받을 수도 없어. 어차피 내 명성을 되찾진 못할 테니까. 내 이름은 끝이야. 난 다시 황오규라는 이름을 가질 수 없게 돼버렸다고! 하! 그럴 바에야 저놈에게 내가 맛본 굴욕을 그대로 맛보여주기로 결심했지. 내가 쥐고 있는 진실로 말이야. 이제 망가진 건 황오규의 명성이지 내가 아니란 말이야. 내가 누구냐고? 으하! 난 어디에도 없는 자거든. 나는 존재하지 않는 곳에서 지배하고 지배받는 곳에서 존재한다. 하하하하!"

박사는 총부리 따위는 개의치 않고 다가서며 말했다.

"내 삶을 빼앗은 게 누구였지? 내 기억을, 내 이름을, 내 얼굴을 빼앗은 게 누구였지? 네가 다 만든 거야!"

"건방진 새끼! 넌 내 대역이었어! 나와 똑같은 생각을 하고서 나를 대신해줬어야 했단 말이야! 가르쳐줄까? 내가 납치라도 했던 줄 아나? 천만에! 넌 자발적으로 내 연구에 지원했어. 스스로 대역이 되기로 계약했단 말이다!"

"넌 범죄자일 뿐이야! 네가 이 일을 일으킨 거야!"

"범죄 좋아하시네. 네놈이 내 것을 빼앗지 않았으면 아무 일도 없었어!"

"지랄하지 마, 미친 새끼야!"

"근본도 모르는 게!"

두 사람은 맞붙기 직전이었다.

조명이 종탑으로 쏟아졌다. 마침내 경찰이 모든 소동의 원인이 종탑 위의 세 사람에게 있다는 것을 눈치챈 모양이었다. 멀리서 헬기 소리가 들렸다. 꼭두각시, 아니, 황오규는 하늘을 올려다보고 헬기의 정체를 확인했다. 그것이 경찰 헬기임을 확인하고는 공중을 향해 총알을 두 발 발사했다.

그것이 신호였다. 근처 옥상에서 대기하고 있던 헬리콥터 한 대가 이륙했다. 곧바로 반석 수련원 쪽으로 날아와서 경찰 헬기와 마주쳤다.

서울에서 헬리콥터의 이착륙은 김포 관제탑의 허가가 있어야만 한다. 지금 서초구 상공에 확인되는 비행체는 경찰의 헬리콥터밖에 없었다. 더군다나 이 밤중에 느닷없이 민간 헬기가 나타날 수는 없었다. 경찰은 당연하게도 식별 신호를 요구했다. 대답은 간단했다.

민간 헬리콥터의 측면이 드러나면서 불꽃이 쏟아졌다. 아무도 예상하지 못한 공격이었다. 개틀링 건이었다. 사람이 아닌 사물을 짓이기는 어마어마한 구경의 총알이 길쭉한 총신에서 뿜어져 나왔다. 경찰 헬기는 피할 새도 없이 격추되었고 파괴되었다. 총신은 건물 쪽을 향했다.

세 사람의 머리 위로 한차례 기다란 막대가 휩쓸고 지나갔다. 재건과 가짜 황오규는 그 자리에 엎드렸으나 발사는 한차례뿐이었다. 그다음 총신이 겨눠진 쪽은 아래였다.

"안 돼!"

재건은 소리치며 품속에서 권총을 꺼내 들었다.

"당장 멈춰! 당신 정말 미쳤어? 여기서 사람들을 학살할 거야?"

"하하하! 뭐야? 총이 있었잖아? 그건 그때 나한테서 훔쳐 간 총이 아닌데? 오호. 원래 그런 걸 갖고 다녔나 보군."

외눈의 황오규는 손짓을 했다. 총알은 더이상 발사되지 않았다. 대신 그의 앞으로 줄사다리가 내려왔다. 그는 사다리에 발을 딛고서 매달렸다.

"잘 있으라고! 볼일이 끝났으니 이제 가봐야겠어!"

"어딜!"

가짜 황오규는 몸을 던졌다. 그는 막 떠나가려는 꼭두각시의 허리를 감싸 안고 매달렸다.

"하하하! 이거 놔라!"

꼭두각시는 발길질하며 박사를 떨어뜨리려 했다. 하지만 그는 필사적으로 발목을 잡으려 했다. 꼭두각시는 아래쪽을 향해 총을 쐈다. 하지만 흔들리는 헬리콥터 로프 사다리 위에서 제대로 겨냥할 수 없었다.

재건은 망설였다. 지금 두 사람을 막지 않으면 장차 어떤 일이 벌어질지 모른다. 모든 것을 잃어버린 가짜 황오규는 물론 정체가 드러난 꼭두각시도 무슨 짓을 저지를지 모른다. 어쩌면 이렇게 서로 물어뜯다가 자멸하기를 기다리는 것도 괜찮을지 모른다. 하지만 재건은 총을 겨누고서 헬리콥터가 건물 주위를 돌 동안 빠르게 결정을 내리지 못했다.

그때 누군가가 재건의 발목을 잡아 쓰러뜨렸다. 민선욱이었다. 그는 재건의 등을 밟고서 허공으로 뛰어들었다.

"당신, 뭐하는……."

선욱은 줄사다리에 매달린 가짜 황오규의 옷을 움켜쥐고 매달렸다. 그는 그 충격에 손을 놓치고 미끄러지다가 꼭두각시의 발끝에 있는 로프를 잡고 간신히 버틸 수 있었다.

"이거 놓으세요! 당신은 나한테 원한을 가질 필요가 없어요!"

황오규는 허리에 매달린 민선욱에게 말했다.

"무슨 소릴! 날 이렇게 만든 게 누군데!"

"내가 아니에요! 나중에 다 설명해줄 테니 이거 좀!"

"당신은, 절대로 용서할 수 없어!"

"제발!"

"참 끈질기군! 슬슬 포기할 때가 되지 않았나?"

꼭두각시는 아래를 내려다보며 말했다.

"네놈만은, 반드시 파멸시키겠다!"

가짜 황오규는 간신히 로프를 잡고 버티며 위를 올려다보고 말했다.

"네가? 어떻게? 그 잘난 초능력으로? 어디 날 조종해보시지? 이 꼭두각시를 말이야! 어차피 우린 모두 꼭두각시가 아닌가? 뇌세포의 농간이든, 무의식적인 충동이든, 남들의 시선이든, 구성된 자아든. 어느 하나 나라고 할 수 있는 부분이 있던가? 그래, 그 손으로 날 만지면 어떻게 되지? 내가 네가 되는 건가? 그전에 넌 내가 됐는데? 우리가 만날 때 만들어질 사람은 누가 되는 거지? 기억해라. 너의 안엔 내 모든 게 들어 있다는 것을. 자, 시험해볼까? 꼭두각시의 주인이 누구인지를!"

그 순간, 가짜 황오규의 손이 꼭두각시의 발목을 움켜쥠과 동시에 미끄러졌다. 가짜 황오규는, 그 이전에 누군가였던 한 육체는, 그리고 민선욱은 허공에서 영원으로……

추락했다.

"으하하하하하! 이거, 이거였어, 그래!"

헬리콥터는 밤하늘 속으로 멀어져 갔다. 재건은 부질없이 허공을 향해 총을 몇 발 쏘다가 어깨를 늘어뜨렸다.

"이 미친놈들……."

재건은 망연하게 서서 중얼거렸다.

12 탐정은 결코 먼저 움직이지 않아

“이상해. 아무래도 이상한 일이야. 내 생전 이렇게 괴상하고 역겨운 사건은 처음이야.”

재건은 커피잔 위에서 시럽 통을 거꾸로 든 채 주욱 눌러 짜며 중얼거렸다.

“우리 커피에 시럽을 타는 건 실례라고요.”

두리는 재건의 테이블에 걸터앉은 채였다.

“손님 테이블에 엉덩이를 대고 앉는 건요?”

“어차피 지금은 손님도 없잖아요. 전 오픈 전엔 여기서 쉬곤 한다고요.”

“손님이 없다니! 지금 눈앞에 있는 건 손님 아닌가?”

“이 가게에서 손님은 커피값을 내는 사람만 말한다고요!”

"하지만 어떡해요. 차 수리비로 가진 돈을 다 썼는데. 선예한테선 아직 의뢰비를 못 받았고요. 아아, 불쌍한 우리 선예. 겨우 오빠를 만났다 싶었는데 다시 그렇게 이별이라니. 선예는 오늘도 안 나오려나 보네요."

재건은 용량을 초과하는 시럽 때문에 넘치기 직전인 커피에 입을 댔다.

"그렇다 하더라도 매일같이 여기 나와 커피를 얻어먹는 건 너무하지 않아요?"

"엥, 전 선예와 연락이 안 돼서 여기서 기다리고 있는 것뿐이에요. 처음 커피를 권한 건 두리 씨였잖아요. 진정한 원두의 맛을 느껴보라며."

"한 번 먹어봐선 모르겠다고 매번 다른 핑계를 대며 커피를 얻어먹은 건 재건 씨라고요."

"하핫, 그렇게 되나?"

재건은 구김 없이 웃었다.

선예는 일주일 넘게 가게에 나오지 않았다. 맥줏집에는 그만둔다고 말한 모양이다. 휴대폰은 계속 꺼져 있었다. 대금을 독촉할 생각은 없었다. 그저 어떻게 되지는 않았을까 걱정될 뿐이었다. 어차피 빈둥거리는 게 평소 재건의 일이다.

"그럼 이번 일은 어떻게 되는 거예요?"

두리는 물었다. 천궁파 사건, 민선욱의 폭로, 하루가 멀다

하고 쏟아지는 기사들, 반석 수련원에서의 소란. 대한민국의 이슈는 이곳에 모두 모여 있었다. 얼마 전까지만 해도 포털 화면을 수놓았던 대통령 문제는 압도적인 오버 뷰에 밀려 한쪽 구석으로 밀려나고 말았다. 바야흐로 꼭두각시의 시대이다. 지금 꼭두각시는 온갖 찬반과 추측과 피곤한 논쟁만을 남긴 채 자취를 감춘 상태다.

재건은 한마디로 상황을 정리해주었다.

"몰라요."

"탐정이라면서요."

"탐정이죠. 탐정은 의뢰로 움직여요. 아무리 흥미로운 일이 있어도 절대 혼자선 움직이지 않아요. 이번 사건은, 너무 오버했어요. 의뢰인의 의뢰 요건이 모두 소멸한 지금은 움직일 이유가 없어요."

"어이구, 예전엔 경찰한테 협박해서 의뢰를 팔아먹기도 했담서요."

옆에 조그맣게 앉아 있던 마곤이 말했다.

"그런 것도 해요?"

"뭐, 궁할 때는요."

두리는 테이블에서 일어났다. 손님의 그림자가 현관문 앞에서 어른거렸다.

"이제 슬슬 손님들 올 시간이에요. 적당히 죽치고 있다가

가세요. 선예는 오늘도 안 올 모양이니까."

"며칠 동안 혼자서 일하는데 안 힘들어요?"

두리는 카운터로 돌아가서는 대답했다.

"특별히 바쁜 건 없으니까요. 뒷정리가 좀 성가시긴 하지만. 맞아. 커피값 대신으로 설거지라도 하는 게 어때요?"

"설거지! 안 돼요!"

"왜요?"

"할머니가 그랬어요. 꼬추 떨어진다고……."

"웃기시네!"

마곤이 쟁반으로 뒤통수를 후려친다.

"어차피 쓸 일도 없잖아요! 폐 그만 끼치고 일이라도 도우라고요!"

"그러는 네가 설거지를 해보는 게 어때?"

"이미 하고 있거든요?"

"엥?"

"마감 직전에 아저씨가 바람 쐰다며 어슬렁거리는 동안 내가 뭘 하고 있었을 것 같아요?"

"이럴 수가! 내 하나뿐인 제자가 무급 노동에 시달리고 있었다니! 그동안 말 안 하고 뭐했어!"

"말했거든요? 귓등으로도 안 들은 게 누군데! 그리고 무급 노동이라뇨! 무전취식하면서 부끄럽지도 않아요?"

"그, 그런가?"

"둘 다 조용! 손님 들어왔어요!"

두리가 나직이 말했다. 재건은 커피를 홀짝였다.

마곤은 평소와 다름없는 새침한 얼굴로 앉은뱅이 소파에 파묻혔다. 두리는 예전과 다름없는 능숙한 솜씨로 주문을 받고 차를 만들어냈다. 손님들은 아무것도 달라진 게 없다는 듯이 도란도란 떠들었다. 어디선가 선예는 외부와의 연결 고리를 끊고 혼자서 슬퍼하고 있다. 황오규는 죽고 꼭두각시는 숨었다.

관심 없다는 듯 말하긴 했지만 재건의 머릿속은 이 사건의 뒷이야기로 가득차 있었다. 3대 포털의 헤드라인은 물론이고 꼭두각시나 황오규, 아니면 여타 가십거리가 오르내리는 커뮤니티에 상주하며 뜬소문이라도 건지려 했다. 카페에 앉아 빈둥거리는 목적에는 그것도 있었다. 물론 그런다고 뭔가를 건진 것은 아니었다. 이대로 기다리다 보면 언젠가 관심은 사그라들 것이고, 그사이 꼭두각시는 무언가를 꾸밀지도 모른다.

마치 커피잔 속에 가라앉아 있는 얼음 같다고 생각했다. 시커먼 어둠 속에 가라앉아 자신을 녹여가며 차가운 온도를 대가로 농도를 가져간다.

꼭두각시말고도 이번 사건에서 붕 떠 있는 것들은 많이 있었다. 조기룡은 무슨 관계인가. 안현성은 어떻게 됐는가. 바이탈 큐는 왜 살해당했나. 그리고 누구에게 살해당했나. 이 모든 것이 관계있을 수도 관계없을 수도 있었다.

단 하나 확실한 것은, 탐정은 결코 먼저 움직이지 않는다는 것이다.

"탐정은 결코 먼저 움직이지 않아."

재건은 턱을 괸 채로 무심코 중얼거렸다.

"그게 무슨 말이에요?"

마곤은 물었다.

"탐정은 정의의 용사가 아니란 뜻이지. 이건 직업이야. 탐정은 절대로 히어로가 될 수 없어."

"진세에 악이 창궐할진대 대의가 없이는 뜻을 펴지 않겠다는 말인가요? 그래서 근질근질해 못 참겠다고?"

정수리를 향해 내려오는 목소리.

"그렇지, 어디서 사건 물어다 줄 미녀 의뢰인 안 떨어지려나?"

"바랄 걸 바라요. 탐정님한테 그런 행운이 있을 리가 없잖아요."

재건은 씩 웃었다.

건너편 소파 뒤에서 마곤의 머리를 헝클어뜨리고 있던 선예도 마주 웃었다.

"그 대신 열혈 초미녀의 의뢰는 어떤가요?"

선예는 말했다. 재건은 씩 웃었다.

"오빠의 복수를 해줘요. 아무리 꼭두각시가 오빠의 은인이라고 해도 지금은 오빠의 원수일 뿐이잖아요."

"그래, 그것뿐?"

"아뇨, 그 밖에 구질구질한 일들 전부 밝혀주세요! 정의의 이름으로요!"

"그건 옵션인가?"

"그렇죠!"

"좋아, 모처럼 끓어오르는 사건인데? 열혈 초미녀 의뢰인님. 반갑습니다. 탐정 김재건이라고 합니다. 사건 브리핑은 필요 없습니다. 왜냐하면 전 대한민국 유일, 아니 세계 유일의 초월 탐정이니까요. 자, 어디서부터 이야기해볼까요. 지금 퍼즐 조각 하나가 마치 우주를 유영하듯 떠돌고 있는데 그것부터 맞춰보도록 하죠. 그게 뭐냐 하면 탈바가지 살인 사건입니다. 바이탈 큐, 아니, 강건하라는 남자가 살해당했는데 범인은 그자의 얼굴에 본드로 탈을 붙여놨더라고요. 이쪽으로 손짓하는 소리가 들리네요. 그건 무슨 메시지일까요? 이번 사건에서 어떤 역할을 하는 조각일까요? 자, 당장 밖으로 나가자고요."

작가 후기

예로부터 로망 같은 게 있었습니다. 제 이름으로 책을 내고 작가 후기에서 소설과 아무 상관없는 딴소리를 하는 것! 왜 보통 유명한 작품들 보면 그러잖아요. 본문보다 후기에 더욱 정성 들이고 심지어 후기가 본문보다 길어지기도 하고. 물론 저 자신은 귀찮아서 후기까지 읽지 않는 경우도 많지만요. 실험을 한번 해볼까요? 후기는 읽어도 그만 안 읽어도 그만이니 가독성과 최대한 반대로 가보는 건 어떨까요? 단락 나누기나 띄어쓰기나 문단별 주제 구분 같은 것은 전혀 하지 않고 죽 이어지는 후기를 보내면 편집부에서 그대로 실어줄까요? 제가 한번 해보기로 하겠습니다. 결과는 나와 보면 알겠죠.

그래도 조금은 영양가 있는 얘기를 해보는 게 좋겠죠. 영광스러운 엘릭시르 미스터리 대상에 그것도 무려 첫 회에 당선되어 이 이야기를 세상에 내놓게 되었습니다. 이야기의 가능성을 알아봐주신 엘릭시르에 대한 감사한 마음은 말로 표현하기가 어렵습니다. 그런데 이제 와서 후기를 적으려니 조금 멋쩍어지기도 하네요. 원래 이 책은 2018년도에 처음 세상에 나왔으니까요. 그때 후기를 안 쓴 이유는 별게 아니라 그냥 일 진행하다 깜빡 잊어서……. 아마도 정신이 없었던 것 같아요. 흔히 하는 말 있잖아요. 얼떨떨해서 꿈인지 생시인지 알 수 없는 상태. 그런 기분이었습니다. 덕분에 제 이름으로 몇 작품을 더 발표할 수 있었고요.

이 이야기를 기획할 때만 해도 과도한 설정이 아닌지, 쓸데없이 복잡한 건 아닌지 걱정했지만(공모가 2017년에 있었으니 기획은 그보다 이전이었죠. 구상에 제법 오래 걸리고 여러 번 갈아엎은 글이었어요.) 그 뒤에 더욱 놀라운 일들이 한국 사회에서 일어나서 소설가로서 조금 분한 느낌도 들기도 했습니다. 더욱 정진해서 더욱더 황당하고 재미있는 이야기를 써보도록 노력하겠습니다. 꼭두각시 뒤로 온갖 이상한 녀석들이 줄 서서 기다리고 있다고요. 참, 결말에 대해 궁금해하실 분이 많으실 거 같아서 굳이 첨언해요. 꼭두각시는 언젠가 다시 돌아올 거예요. 하지만 다음 권에서 바로 오진 않을 거예요. 돌아오더라도 미국 코믹스처럼 별개의 권에서 새로운 나쁜 짓을 꾸미겠죠.

제게 가장 큰 영향을 준 작가는 엘러리 퀸입니다. 엘러리 퀸에는 현대 미스터리의 모든 것이 담겨 있다고 생각합니다.

가장 기초적인 부분이 되는 단서에 근거한 추론에서부터 놀라운 트릭, 심리주의, 캐릭터, 모험과 활극까지. 엘러리 퀸이 저에게 동경의 대상이듯 김재건도 그러한 역사에 남는 탐정이 되었으면 하는 소망입니다. 정의롭고 건실하며 커피의 쓴맛을 즐기는 사회파 안락의자 탐정 김재건! 너무 욕심이 큰가요? 하하. 진짜 욕심은 더 큰걸요. 아마 그것을 전부 적었다가는 후기만 한 권을 더 써야 할 거예요. 그것도 재밌을 것 같지만요. 언젠가 엘러리 퀸의 작품들을 모티브로 글을 써보는 것도 목표예요. 아직은 막연한 계획일 뿐이지만요.

하여튼, 이렇게 자주 만났으면 좋겠어요. 앞으로 보여드리고 싶은 이야기가 무궁무진하니까요. 오히려 인간의 수명은 어떤 세계를 탐구하기에 충분하지 않다고 생각하는걸요. 하지만 탐정은 언제나 답을 찾아내죠. 영생을 누리면서 계속해서 글을 쓰는 삶이 목표입니다. 이야기는 끝나면 안 되잖아요. 제 SNS는 항상 열려 있으니 궁금한 거나 아니면 욕설이나 마타도어 등등이 있으시면 그쪽으로 소통해주셔도 좋을 것 같아요. 무료 공개 글은 전부 브릿G에 있으니 가보셔도 좋고요!

그럼 앞으로도 잘 부탁드립니다!

박하루

순결한 탐정 김재건과 춤추는 꼭두각시

초판 발행 2020년 8월 21일

지은이 박하루
펴낸이 염현숙

책임편집 임지호 | **편집** 지혜림 이송
표지디자인 김마리 | **본문디자인** 이주영
저작권 한문숙 김지영 이영은
마케팅 정민호 정진아 함유지 김혜연 김수현
홍보 김희숙 김상만 지문희 우상희 김현지
제작 강신은 김동욱 임현식 | **제작처** 영신사

펴낸곳 (주)문학동네
출판등록 1993년 10월 22일 제406-2003-000045호
임프린트 엘릭시르

주소 10881 경기도 파주시 회동길 210
문의 031-955-8892(편집) 031-955-8896(마케팅) 031-955-8855(팩스)
전자우편 editor@elmys.co.kr | **홈페이지** www.elmys.co.kr

ISBN 978-89-546-7399-0 (03810)

엘릭시르는 출판그룹 문학동네의 임프린트입니다.

이 도서의 국립중앙도서관 출판예정도서목록(CIP)은 서지정보유통지원시스템 홈페이지(http://seoji.nl.go.kr)와 국가자료종합목록 구축시스템(http://www.nl.go.kr/kolisnet)에서 이용하실 수 있습니다. (CIP제어번호: CIP2020033195)